尋夢記

─浮生尋夢紀行❷─

■ 許極燉 著

自 序

　　人生只有一回，這一回難能可貴的人生過程，該是尋找美夢
的旅程吧。「夢」不應是空思夢想的幻想，而是觸發於追求理想
的媒介體(media)，由是產生「點子」(idea)。所以「夢」不是憑
空的想像，勿寧是實體的飛躍。

　　俗語說：「活到老學到老」，對我來說是「活到老夢到
老」。有夢相隨的人生，生命會充沛有活力，快樂往往會掩蓋苦
痛，因為有了夢，不致會絕望。

　　這本「尋夢記」，記述從出生地幼小時的搖籃到最近的高棉
Ankor Wat(吳哥窟)紀行，時間上長達一甲子以上。空間上則涵蓋
了台灣、日本、印度支那(中南)半島的越南和高棉，還有港市國
家新加坡。另外跨越到達歐洲的意大利、德國、瑞士和法國。

　　全書收錄了十三篇東西，其中有兩篇(第1和第8)用台語撰寫
之外，其餘十一篇都用中文寫的。

　　第3篇(台語世界紀行)描述台灣人母語命運的坎坷，第13篇
(台灣人原日本兵索賠問題)記述台灣人被殖民統治悲哀的一個側
面。

　　這些紀行文的內容著重歷史文化和地理景觀。世界的文化遺產是尋夢的重要指標。尋夢的紀行一直在繼續中，在這過程中，固然常常慨嘆自己的存在不過滄海之一粟。可是，既已發生的會留下痕跡，卻亦未必盡然，爰勉力執筆塗鴉這本續篇紀行。

　　在打字、編輯、印刷製訂，甚至校正稿件各種作業承蒙林健賢經理鼎力協助，借此一角聊表謝意。而在出版發行方面惠承前衛林文欽社長慨助一併致謝。

許極燉　謹識於高雄

2014.01.28

目錄 CONTENTS

📖11、德意志古城探訪紀行

📖12、法國紀行今與昔

13、附篇－撫慰台灣人原日本兵的傷痕

1 南台灣尋夢紀行

夢的搖籃：古亭坑、蕃薯寮、九腳桶佮阿猴

1

南台灣尋夢紀行

夢的搖籃：古亭坑、蕃薯寮、九腳桶佮阿猴

▼馬頭山

▲ 從旗山花旗山莊遠眺馬頭山，出生在山的那一邊，
那裡是稚齡時尋夢的搖籃

📖 I、尋夢中ケ(e)大舞台

　　現在ケ高雄都（市），行政區域包括
以前ケ高雄市佮高雄縣。這後者有三山區
（域）；岡山、鳳山佮旗山。雖然講地名攏
有「山」字號，事實上岡山佮鳳山無啥物有
規模山嶺，獨獨旗山區域內卻是群山連綿龍
蟠虎踞，無論是形勢景觀抑(yah)是地靈人
文，氣象萬千，套一句山明水秀，好山好水
正是對旗山地區e好寫真。

旗山古早叫做蕃薯寮，終戰後，日本人統治時代本底是蕃薯寮街。後來地方行政制度改做旗山郡旗山街。戰後又俗再改成旗山區旗山鎮，對應戰前政區制度，路尾手區制取消，通稱旗山鎮。舊年尾(2010)高雄縣市合併做高雄(都)市，旗山又俗是倒轉(dǹg)去旗山「區」了。不過，此區非彼區，範圍變細了。

按地理位置參形勢來看；旗山位置舊制高雄縣ㄝ東北部。按高雄朝往東北方去，經過楠仔坑(楠梓)，援巢中(燕巢)了後，到嶺口進入旗山ㄝ勢力範圈。

旗山ㄝ西南方是田寮有大崗山好偎(wa)靠，西北方是內門相連。內門古早號做羅漢門，是清朝康熙時代，鴨母王朱一貴「反清復明」(1721)基地。Wì(從)內門西行經由龍崎、歸仁通往府城(台南)。關廟也是一個關卡，是出產荖梨e所在。

旗山街仔e西旁(beng)是鼓山，Kia di鼓山頂看落去，下面是市區，對面是旗尾山，東南方是屏東平野，東旁(beng)過溪(旗尾溪)，亦就是楠梓仙溪下遊，下淡水溪ㄝ上、中遊)便是旗尾，有出名製糖工場，也是以早台糖五分仔鐵路ㄝ(e)樞紐總站。

旗尾俗去東行後東北行，頭先是南台灣客家庄ㄝ大本營美濃，也是名作家鍾理和ㄝ故鄉。俗東北行是六龜，荖濃進入原住民居地。東南方面便是阿里港(里港)、高樹、山地門在眼前。

旗山ケ(e)北方是杉林、甲仙，佫去是桃源鄉、三民鄉。即個區域有福佬人、客人、平埔族以及原住民族。自古以來蕃薯寮佮(東南方)阿里港，攏是族群，特別是原住民進出ケ關卡，行政機關以及教育設施(學校)開設真早。

日本起山統治台灣安定了後，步步爲營，教育佮行政也在旗山展開，會用講是認定旗山是掌握南台灣北部山區ケ鎖匙，在地政學上e意義。即個所在；旗山、蕃薯寮著(di)日本時代造成馳名日本e芎蕉(Banana)王國。何其有幸，我雖然講毌(m)是著(di)旗山出世，但是，伊是我讀小學校一年以後，扶育我e故鄉。正是我浮生尋夢出發點e舞台。

📖 II、馬頭山眺望月世界

按阿里港南行經過九塊厝(九如)前往屏東，廣大ケ平野，看對西旁(beng)去，遠遠真容易視線會互(ho)一個突出的地貌物所吸引；he(那個)親像一隻著(di)山野頂頭疾走ケ駿馬，亦就是馬頭山。

這馬頭山著我ケ經驗記憶中，佔有切割獪(be/bue)開ケ(e)關係。馬頭山是一粒獨立存在著山丘頂面e山崙，形狀足成(seng；很像)一隻馬，伊的頭部面部、耳仔、身軀是完整e馬形，所欠缺者是無腳佮無尾，我參即隻駿馬結緣有一甲子以上兮久長。

因為馬頭山地區會用講是我ケ(e)出生地故鄉，距離旗山街仔無講蓋遠(hng)；現時有舖寬闊打馬膠道路，車程大約15至20分鐘。(可惜陳正祥教授ケ《台灣地名大辭典》有二處馬頭山共著(di)嘉義縣，卻無收錄高雄縣即粒獨立成做馬形正港e馬頭山)

旗山街仔西南角勢有一個所在號做牛乳場，前往馬頭山必定愛經過牛乳場。早前猶未建設準快速道路時代，按牛乳場開始只有細條彎崎e山路。路面坎坎硈硈（kam kam kiat kait：凹凸、崎嶇不平），彎彎曲曲（kiau），由平地一直連續高(quan)起去。雖然有幾處路段是緩降式兮，基本上攏是山路。

旗山到(qau)馬頭山即段山路用行兮(q$_1$a^n-e)一般一點鐘走繪(be/bue)去，落雨天時，有寡路面會滑，實在無好行，山路經過馬頭前正腳邊仔，附近有停歇(hioh)e所在，是即帶山野上高所在，駐足眺望也是一種享受。沿路愈離牛乳場，民家人煙越愈少。

Wi馬頭山佫(qoh)去，緩緩下坡路，先到拍鹿埔(鹿埔村)，佫去是古亭坑(古亭村)，一直去、無外遠就是月世界；低低e山，不毛山壁，土色是鼠灰色，聽先慈講是「海銀土」，土質鬆脆。細漢時陣bat去古亭親情(tsia^n)厝chit tǒr(玩)時去扱(kioh；拾取)草耳(綠色柔軟像木耳)，記憶猶新。

先嚴是古亭坑e人，先慈是拍鹿埔人，我出世是古亭坑，無幾多後搬去關廟鄉ケ龜洞。我讀小學上早是龜洞國民學校，已經

是1941年春天、70年前e代誌了。這是日本時代、龜洞是一個小庄頭，比古亭、鹿埔有較(kah)成聚落，民戶有較濟。

當時厝裡經營坎(籤)仔店，而先嚴有漢醫藥ㄟ專業知識，但當時禁止執業。我ㄟ記憶中伊bat受人拜託，替人行醫，而被人密告，非常狼狽，食苦頭。

後來無外久搬厝徙去旗山，避開被密告 "行醫" 不安e環境。我進入旗山國民學校也是一年仔，遷地為良，對我會用講是尋找美夢對旗山開始。講實在兮(e)，我小學一、二年班級導師是一位姓張e客人，我ㄟ通信簿(成績簿)上少有五個「優」，一、二

▲ 故鄉旗山，市區西邊是鼓山頂，遠方旗尾山，
　這裡以前是台灣八景十二勝之一

個「良」，無半個「可」(可猶算合格)，「可」以下免講ma無。領通信簿同時級任先生賞一打鉛筆互我，加添我讀冊信心。

III、蕃薯寮尋夢路kam kiat

日本軍國主義者野心有夠狂妄，明治維新以後，南進先將琉球王國變成沖繩縣，續落來透過對清國戰爭割取台灣(1895)，15冬後併吞朝鮮(1910)。台灣是日本南進南洋(南太平洋)基地，朝鮮是伊北上滿蒙e跳板。

如果當時日本ヶ政治、軍事掌權者有智慧，應該在關東軍支配滿洲佮蒙古，製造末代皇帝傅儀做滿洲國傀儡皇帝就見好就收，那麼帝國ヶ命運無定着有可能持盈保泰一個時代，日本人ma毌(m)免吞食二粒原子炸彈，死傷hiah ni(那麼)濟人，敗gah hiah ni-a凄慘！

我讀小學短暫六冬，受着大小環境所愚弄、無法度順序進行，毌是學習場所換來換去，抑無就是停校，而且內容以及教學語言變來變去，真正是霧sa sa。

記憶中著(di)龜洞(Qu-dang)入學無rua(偌)久，因爲搬厝轉(tsuan)學進入旗山國民學校。Hit冬(1941)年尾12月、日本偷食步攻擊珍珠港ヶ美軍。發動太平洋戰爭。就安爾(an ni)，我e小學教育命運也伴隨戰爭演變一起一落，彎來又彎去。

太平洋戰爭初初、日本軍勢如破竹；1941年12月尾攻陷香港、隔冬(1942)新正時佔領馬尼拉、隔轉(dng)月15，新加坡陷落。為着慶祝佔領新加波，學生也參加遊行，而且分着"拍黃"(pah ng；麵包)，這是我一生第一擺接觸拍黃，記憶非常鮮明。半個月後，殖民統治印尼e荷蘭投降。無夠半冬，日本席捲西南太平洋、應該是得意chàng鬚絕頂啦！但是，人講hiau bai(得意)無落魄(ㄅ)e久。

1942年6月初，中途島日軍敗戰，其後東南太平洋ヶ戰況對日軍節節不利。一方面中國大陸戰場、蔣介石bih(躲藏)di重慶，一、二百萬日本軍陷入泥沼狀態。1943年11月尾美英中開羅作戰會議後，隔冬(1944)1月、日本政府根據防空法開始實施疏開。我讀小學第四年無rua久，學校休校，進入疏開時期。到戰爭結束大約有一冬外久。

果然，疏開hit冬(那年)10月，美國軍機飛來台灣、日美空中戰發生。其後，美國軍機三不五時來台灣空襲，不但學校教育荒廢，着佫對付空襲bih防空壕生活，物資缺乏，日子歹(paiⁿ)過，di成長中少年人e身心造成苦痛e傷痕斑斑。

📖 IV、複雜多元e教育

國校四年開學後無久學校全面休校，進入疏開e時期。我ケ家族(父母佮三個兄弟仔)疏開去寮仔逃避空襲。寮仔是外公協助

新起兮；外公是起厝師傅(sai hu)，伊是鑿(chak)竹子鬥(dau：組裝)成厝架，編竹片壁、抹土漿，厝頂蓋茅(kam hm)仔草。起厝原始又簡單，因爲是新兮，泥土、竹草味真清芳。

寮仔所在著(在)旗山街仔南旁郊區北勢仔山內。當時有二條路，乾那會當(e dǎng)用行兮，愛三、四十分鐘。一條經過頭林仔(tau na-à)、按北勢仔西行進入山區。一條經由牛乳場行水圳路、beh(跖；登)細條山路，搬山後進入山野區。地點是今日花旗山莊地區。

雖然疏開去寮仔，先嚴三不五時會轉去旗山街仔內e厝。先慈每日差不多愛去山區扱(kioh)柴，飼雞鴨、種蔬菜……。我無學校通(tang)去，有時due(隨)母親去扱柴；剉(chor)刺仔，菅蓁仔，挽山拔拉(番石榴)，也真捷 (tsiap)去溪仔釣魚。無外出留著厝內時，參大兄接受父親 e 漢文授業。

我接受日本式用日語教育三年外，並無學着（dioh）啥物日語，雖然啓蒙教育是日語，印象足深刻，但是只有初步，du(才)beh起步昇級就喝(huah)停。父親並無受過較高e日式教育，毋拘(mu)伊e漢文相當有"二步七仔"，特別是寫一手工整端秀e毛筆字。

當時阮兄弟所接受e漢文教育，主要者是《千字文》佮《千金譜》。授業方式由父親唸，阮due leh(咧)唸，並且愛暗記越念

(背誦)。即二本冊攏是用漢字寫兮(e)，語句尾攏有押韻，讀起來那像咧(leh)唸冊歌仔，所以真心適，ma真好記。

雖然講即二本冊全部是漢字，學會曉(用台語)唸，卻無一定會理解，ma無一定會曉運用來寫。戰後，雖然有一站仔期間，學校為了過渡時期，計劃排除日語，按方言(台語)e學習接入去"國語"北京語，而施行台語教育，但是即二本冊攏無出頭機會。一直到三十外多後，我來日本留學，研究歷史一段落後，於80年代初年，開始投入台語研究，有機會參即二本冊異鄉相逢。

我來日本(1967)二多後被列入烏名單，無法度轉去台灣，即二本冊是拜託人按台灣寄來。王育德教授對我講伊bat聽過《千金譜》，卻m bat看過，我有送一本互伊。

我研究台語以後tsiah(才)知影原來台語語音有二個無共(qang)系統；《千字文》屬於文言音，《千金譜》是白話音，這白話音tsiah是正港e台語，而文言音是運用白話音e基礎模仿(首都)標準音(當時是長安音)所構成者，所以文言音是台語e外來語音。

日本敗戰後，聯合國盟軍統帥麥卡沙命令日本天皇在台灣e軍隊對盟軍(蔣介石軍隊做代表)投降。豈料蔣介石派陳儀來台後，無限越權將台灣編入中華民國版圖，台灣人e國籍變成中華民國籍。

事實上，一直到1951年舊金山對日和約日本放棄台灣，台灣人猶(yau)是日本國籍，而且舊金山和約並無規定台灣歸還任何國家，所以國際法上，到今仔日台灣猶原(yuguan)毋是中華民國e領土。

　　歷史e差錯，真正是「一失足成千古恨」，就怪當時台灣人糊塗，對中國情勢無知。一方面是戰時中在中國大陸e台灣人「半山」配合蔣家國民黨e野心做馬前卒，錯誤引導台灣人坐上(tsiuⁿ)中國國民黨e海賊船，致使蒙受禍害連連至今猶咧受苦。

▲ 石堤原本有2丈高，前面全是菜園也有香蕉樹，堤上也是朝夕尋夢之處。滄海桑田，腳下變成大馬路了

1945年8月15日中晝(dau)時，我著(di)寮仔附近路裡，聽大人(lăng)講起日本投降了，戰爭結束也(a)。起先我完全毋相信，尾手，轉去旗山厝裡，壁堵(do)有貼二張人e相；一個是孫文，一個是蔣介石(當時我毋bat)。

日中二國e教育制度無共(qăng)；原本學年是4月~3月，戰後變做9月~8月。終戰當時我國小五年前半期，事實上日本教育只受三多外，疏開期間(國小四年~五年)接受父親授教台語教育。戰後國小五年是學校e台語教育，但是限於文言(讀書)音。同時，趕緊學習北京語按注音符號ㄅㄆㄇㄈ開始。

疏開時期e台語教育經驗，對戰後e台語佮北京語教育有真大幫助。甚至後來讀初中佮高中，國文佮史地是我e"最愛"。膨風講，高中時同窗學友有給(qa)我綽號「國文先仔」、「歷史先仔」。

V、台語e文言音佮白話音

最大多數台灣人e母語漳泉語傳入台灣，至少在荷蘭統治時代(1624~61)以降將近四百多。即個語言e名稱，因為日本統治台灣以後，「台灣人」(Taiwan-jin)成形，連帶「台灣語」(Taiwan-go)也出現。佮再，台灣總督府下力(helat)對日本e教員、吏員進行台語教育、政府民間出版120種左右台語e冊，「台灣語」成做台灣上多數人母語名稱e主流。

一方面，特別是南部、漳泉移民被客人稱呼爲「Fuklo-gin」(福佬人)，而福佬話(Hok lo-we)也成做台語e俗稱。旗山e隔壁庄美濃是客庄，美濃客人叫旗山e人福佬人。

客人佮福佬人e爭執，我做囝仔e日本人時代猶有經驗。所以，漳泉系台灣人e母語，號做「台語」，俗稱福佬話，已經不止有百外多約定俗成e歷史。

每一種語言攏是由；語音、語法佮語詞(詞彙)三枝大柱所構成，前二枝柱仔無簡單改變，後一枝柱仔詞彙會使借用其他語言e語詞，所以變化容易。其中語音是一種語言e靈魂，是決定語義e關鍵要素。比如講：「阿娘」若讀做a niǎ是母親、讀做a niǔ是姑娘、小姐、女朋友。

台語e淵源雖然講參漢語有足密切關係，但是，台語上早期(約第3世紀前)形成e生活用語，亦就是口語(白語)音未必攏是漢語。只有第7、8世紀以後形成e讀書(文言)音是模仿當時首都長安e漢字音，所以是有字必有(台語)音，而白話音是有音未必攏有(漢)字。

疏開時期我所學習e台語教材《千金譜》是用口語白話音寫兮(e)，而《千字文》是文言(讀音)音e冊。終戰時學校e台語教材完全是文言音，民間傳習《三字經》，尺牘，《增廣昔時賢文》也是文言音台語。白話音台語冊猶有一種是1930年代流行e歌仔

冊(qua-a cheh)。

歌仔冊(七字仔韻文唸歌e冊)佮千金譜全部用漢字寫兮。卻是將漢字準做音標用，無顧字義，烏白使用漢字，錯字真濟。亦就是beh(要)全部用漢字寫台語是不可能兮(e)。所以戰後實施台語教學攏限於文言音。為着解決白話音標記書寫問題，1952年台灣省國語推行委員會出版朱兆祥所著〈台灣方音符號〉，是改造北京音注音符號者，並無好用。

終戰當時e台語教育，期間真短，內容限於毋(m)是正港台語(白話音)e文言音(又叫做孔子白，因為是為讀孔教四書五經形成之字音)，所以我在戰時中會當di厝裡跟隨父親讀正港台語音(白話音)千金譜，後來想起來，實在真有幸。

千金譜愛用白話音讀，所用漢字有寡無正確，也有將漢字準做音標，也有訓用字義配合台語音，例如「不可」讀m tang(應該是「毋通」)，以下舉幾個仔例做參考。

(1)春夏秋冬四時勤勞，不可(mtang)思風騷，不可思勒桃(玩；漢字做音標用)。父母着(dioh)孝順，兄弟着合和，井裡無水着來淘(dǒr)，水裡有魚着下篒(qǒr)。

(2)家(qē)內飼豬着豬槽，涪(àm)着多，渊(pun)着潃，新豬母、老豬哥，豬批照路行，豬子濫滲趒。

千金譜e內容，全是一般庶民生活行為以及各種生活用具、

衣食住行，百般事象，通俗較無文雅，卻是親近、又生動，活跳跳e語言。

台語語音另外一個系統是文言音，這文言音是di白話音e基礎頂頭，模仿(唐)長安音構築形成者。因為唐朝武則天時代七世紀末，陳元光(開漳聖王)引進河南南部音開始在漳州教學。不過，其後，唐玄宗時(第8世紀)長安音教育tsiah正式進入福建，傳入去閩南。

下面舉幾個終戰時期台語教育(只有文言音)實例參考。

(1)人有二手(siù)、一手五指(tsì)、指有節、能屈、能伸(sìn)。

(2)草地上有牛羊(giu yǒng)、牛羊同吃(kit)草、牛大、羊小(siàu)。按「吃」，白話音ke/kue；啃也。台語tsiah是「食」，毋是吃(ke/kue)，ma毋是「呷」(hap)。

(3)一陣(din,白話音tsun)風、一陣雨(wu；白音ho)，路上行人苦、小學生、上學去，上學有決心、風雨豈能阻。

台語e文言讀書音佮白話口語音是有對應兮(e)，「天」e文音是tian，白音是tiⁿ，「馬」是ma/be，「牛」是giu/gu；各自成系統。

有一種讀音類似白話音，但不成系統，例如：「給」讀ho，「不」讀m，「賢」讀gau。即寡字音是訓用(翻譯)漢字字義配合

台語語義，是屬於訓讀音。如果有正確漢字，就無必要用即款訓讀音。

我編撰第一本台語詞典，旨在處理漢字參台語關係，冊名《常用漢字台語詞典》，副題是文言音、白話音、訓讀音e解讀。

VI、少年尋夢e迷茫

疏開進前，太平洋戰爭末期、戰況緊迫，總督府大力推行皇

▲ 與兄哥上鼓山頂，昔日林木成蔭的自然公園尋夢場所，現在變成孔子廟的蚊子館

民化運動，獎勵台灣人改(日本)姓名。一方面台灣人信仰e神像"犯煞"被收去燒毀掉，一方面厲行參拜神社，遙拜(天皇所居)皇城，一幕一幕歷歷眼前。透早五、六點，集合di學校運動庭，遙拜皇城無夠，列隊上去鼓山頂參拜神社(戰後改做中山公園，現在是不倫不類e孔子廟所在)。

戰時中物資缺乏，學生集團前往圓潭仔(旗山北方步行30-40分)種痺蔴，學校附近種菜。日本教育嚴格主義，對於道德精神e提昇有正面作用。雖然講短短無幾年，di少年學生心理中，至少di我e頭殼內，日本式教育留互我無限想像ケ空間。

戰後二冬e國小教育，主要在學習語言；台語佮中國話，是過渡性時期，語言以外學科教育成果如此如此。國小六年e春天，台灣發生驚天動地「二二八事變慘案」，陳儀要求蔣介石按中國大陸調派軍隊來台灣，進行無差別大屠殺。了後實施清鄉，整肅異議份子，進入白色恐怖統治時代。

台灣人陷入烏天暗地長期戒嚴令(1949年5月20日~1987年7月15日，38冬是人類史上空前絕後久長者)時代。即個時代，一個國校卒(出)業e少年進入青年時期，亦就是初中、高中、大學青少年成長發展時期，思想言行、接觸e書刊處處受盡箝制，百般無奈。

1947年熱天，我真幸運考入去省立屏東中學。當時wi旗山去屏東是一條足長e路程。路線有二條；一條是按旗山坐台糖五分

仔火車去九曲堂(大約1點40-50分鐘)，轉坐大線(縱貫鐵路)過下淡水溪2站到屏東。

屏東中學位置著(di)屏東市北方郊外，火車站到屏東中學，郊外道路無舖打馬膠，碎石路歹行，車輛駛過捲起土砂pong pong揚(yēng)。即段路程上少愛行半點鐘。學校規定通學生落車了後必須整隊去學校。

另外一條路是坐車經過旗尾、里港、九如到屏東中學。即條路線較短，但是旗山到里港實際上當時無通行客運，因為高屏溪無安全大條橋。所以wi旗山通學經過里港到屏中無可能。

交通條件，以及年齡關係，初中一年e一年期間，我寄宿di屏東。前半冬是di父親朋友e厝(宿舍)。因為無少年伴歹過日，所以第2學期就搬去共班同窗厝裡，好過日。

我生來道(就)患有嚴重e鄉愁，不時都deh心悶厝裡。有時陣父親或是大兄來屏東看我，一定會di屏東車頭依依不捨，真無奈足歹忍受。

當時，屏東中學四面開闊，校門正面是屏東通里港無打馬膠道路。其餘三面攏是水田。參校門相對e後方是操場，升降旗朝夕會佮運動ケ場地。周圍有高聳(qor sing)e椰子樹。西北兩方看去遠遠e所在有霧氣罩蓋(kam)，似山非山景象，而北方望穿過去想

當然就是故鄉旗山啦。中晝歇睏時間，好天時，校門口路邊，有騎自轉車載四角箱貯旗山出名e雪文冰deh喝(huah)賣。雖然是短暫會當參賣冰e旗山人接觸，na像會得滿足一絲仔抹消鄉愁e感覺來自我安慰。

鄉愁e葛藤佔去一冬時間，無法度承受e限度臨臨，我甚至想beh轉(tsuan)學轉(dng)去旗山中學。其實，同鄉有一位高我一年e秀才郭君正是放棄屏東中學轉校旗山中學(後來伊高中卒業就高入去台大工學院)。結果，雙親e協助結果，第2年決定按旗山通學。

通學路線佮時間是；透早坐4點53分台糖火車，大約7點前到九曲堂，轉換坐7點17-18分大線火車，7點半到屏東，排隊行路趕到學校8點參加朝會升旗。歸途則是逆向路線，每日到厝裡總是7-8點啦。每日消耗di通學e時間，連坐車行路上少5點鐘以上，實在冊是頭路。

母親每日透早四點着(dioh)愛起來準備做便當及簡單早頓，我上慢4點半着愛出門。厝裡到車頭有一段暗路有狗仔群，父親攏會陪我過關。即款通學生活身心負擔有夠重、讀冊時間、精力攏會出問題。大概無夠一冬，有機會參父親e好朋友做伙住宿di九曲堂，每日按九曲堂通學，一直到高中卒業。

VII、下淡水溪畔e青春夢

▲ 九曲堂站西口前「丸通」貨運宿舍（右邊正門）讀屏中初二到高三（1949-53）
寄宿這裡尋夢

　　北高雄縣以旗山爲中心，包括內門、杉林、甲仙、三民等山
地鄉以及美濃、六龜、桃源等廣大地區。青年學生進出高雄或屏
東讀冊，差不多無例外，一定愛利用旗尾糖廠e五分仔火車。總
站是旗尾，第一站就是旗山，經過嶺口、大樹到九曲堂。這九曲
堂是五分仔參大線e轉運站。一旁西行去高雄，一旁東行過下淡
水溪去屏東。

　　九曲堂因爲即款關係，客運以外，貨運也真發達，台鐵九通
(marutong)貨運有九曲堂營業所，附設職員宿舍。我讀初二後期
到高中卒業四多外，頭先是居住職員宿舍，後來所長單身赴任就

參所長倪先生(旗山人)做伙dua伊e所長宿舍。營業所內有職員是父親好朋友，另外幾位也變做忘年交。

按旗山去高雄當然有客運，前往高雄讀冊，利用即條路線通學非常困難，所以一般去高雄通學者會利用台糖火車。火車即條線，旗尾以東美濃、竹頭角、六龜ケ學生通學，也是困難，通學生應該攏是旗尾、旗山、溪洲、嶺口、溪埔、大樹各地學生。旗山、美濃、六龜方面讀高雄、屏東學校者大部分beh通學無簡單。

我通學一學期，家已tiàm(殄：精疲力盡)無打緊(沒關係)，連累序大人負擔、壓力，實在食燴(be/bue)消。不過，住宿九曲堂以後，週末下晡一定轉(dng)去旗山，總是逃(dǒr；拖延)到拜一透早tsiah(才)甘願離開厝。但是，高三hit冬就無共款；因為愛拼考大學是至上命題，專力下(he)精神投入去準備考試讀冊，轉去旗山是加(qe)了時間，加開所費。

旗尾、旗山、嶺口、大樹即條水，幾個仔重點車站，位置偲近下淡水溪畔。透早天猶未光，旗山車頭e通學生並無足濟(tse)。小型五分仔車箱內暗暗，細粒燈球昏黃無光，但是會當辨認是啥人？坐落去了後，真自然就閉目養神進入夢鄉。火車ki-ki kok-kok走一大程後在嶺口站歇(hioh)比較久。

即個時陣已經經過30-40分，大約是5點半到6點之間，天色

略略仔(lioh-lioh-a)拍普光(pah pu qng)。東旁(beng)遠遠看去，下淡水溪畔e芎蕉園，過去一大片(pian)平野、盡頭e天頂互連綿e高山撐稠(te^n diău)咧。天佮山互相抱擁，吐露出彩雲變化e霧氣。火車過了嶺口以後，我常常受着東方黎明e曙光，多彩e朝暉所吸引着迷，精神十足睏神失靈了。

嶺口到統嶺坑即段鐵路di溪邊臨臨，溪埔、大樹離溪畔較遠。六點外以後，早朝空氣清新，通學生加足濟，車頭也真交易(qa yah；繁盛熱絡)起來。

大樹(腳)驛e通學生男男女女互人印象較(kah)深。佃(yin：他/她們)內底讀高雄兮(e)男生濟、女生足少。讀屏東兮(e)，是屏東女中艙少。五分仔火車通學生，彼此每日見面，時間一下(tsit e)久變熟似(sek sai)，甚至做朋友。分手數十多啦，但願逐個平安。

大樹佫過是龍目井，其次就是終站九曲堂。落車了後，逐個趕路轉換坐大線火車，西行去高雄、東行往屏東各分東西。等待各人上課到下晡時5點以後，逐個零零散散倒轉來九曲堂e五分仔車「再會」。

按九曲堂北行轉去旗山，火車大部分是五點前後發兮(e)，到旗山七點左右。即tsua(趙)車，拜六下晡足濟人。火車到嶺口一定會食(加)水，停歇真久，賣甘蔗(削皮好兮)，賣冰真鬧熱。

嶺口到旗山即段，是日頭落山e時段，火車倒旁(左邊)是西旁，規條路攏是低低e山嶺，正手旁(右邊)東旁倚楠梓仙溪下游，溪東規大片(pian)是里港、九如平野。夕陽落照、反照散落廣大平野，自是一幅「夕陽無限好」e美景。

　　在嶺口等火車"食水"e時間，是熟似朋友結伴"話仙"時刻；一禮拜過去也，禮拜(日)轉去厝裡有啥安排？後禮拜啥時陣轉去學校，有啥節目……？

　　歸程e火車，有時會拖載貨e無蓋e車箱，乘坐即種車箱(大部分載甘蔗)，火車煙(土炭)粉末散落滿頭滿身，學生有戴帽仔，乾那衫頂e煙末bue(抔；撥開)膾離，卻也膾感覺偌(rua)討厭，因為坐di即款車箱全方位開闊，會當欣賞日頭落山四面e景緻。

　　後來，糖廠鐵道路新政策，早朝方便通學、通勤專用列車，改採用柴油車叫做汽動機。車輛只有一輛或二輛。即款車走kah緊，大概一點外鐘，wi(對)旗山出發比4點53分e火車慢(晚)半點鐘以上，所以qe足寬活(kua^n wah)。

VIII、椰子樹腳尋找大學夢

　　我讀中學6冬內底有4冬外(1949年初~1953熱天)亦就是14歲~18歲，即段人生由少年轉入青年求學e青春時代，絕大部分時間是di九曲堂渡過。屏東中學是我尋求知識，接受中等教育e搖

籃，而九曲堂卻是我青少年時代編織人生美夢e溫床。

九曲堂舊名「九腳桶」(qau ka tang)，位置di下淡水溪下游西畔。大線(縱貫鐵路)過渡下淡水溪e鐵道大橋佮公路大橋攏di九曲堂附近，特別是大線e鐵路有設車站，而且旗尾糖廠e五分仔火車也有設站。所以九曲堂m na(不止)是高雄、屏東間交通轉承點，佫是北高縣及高屏地區e交通樞紐。

交通利便，賜互生活充滿活氣。小小e庄頭、人情純樸、無奢華(chia hua)e空氣，物價也俗。高三hit冬因爲愛拼考大學，同居人(5~6人)共同「出錢」倩(chia"；雇用)一位女性替阮煮食。此外阮攏家己料理伙食，所以我對煮食也有"二步七"也。

同居人，除去一個是屏中e學友，其餘攏是父輩e忘年交，有一位是出征海南島退役，一位是去南洋轉來，逐個攏受過日本教育，足有「日本精神」—認真而奉公。其中有一、二位足愛唱歌(當然是日本歌)，di即款環境中過生活，補充我所受日本教育之不足，一點一滴供給互我編織向往進一步接受日本教育留學夢e材料。

阮dua e宿舍參九通(maru tong)營業所相連，離台糖火車站免一分鐘，坐大線火車有時會使免經過剪票口，直接過鐵枝路beh(爬)上車輛。宿舍隔壁三腳步dor有雜貨店、市場，實在真方便。

每工透早上慢六點外起床，準備早頓、便當。了後趕坐7點外火車去學校，前往大線車頭e人群裡，有一位初老e紳士；穿插整齊，戴一頂紳士帽，掛烏目鏡，目睭無好，提皮包，按阮宿舍隔壁出來去坐車，伊是屏東女中e先生，是鄭坤五先生。當時我對伊並無啥認識，伊e一個七、八歲細漢後生有時會來chue我解悶。

　　後來經過三十外冬後，我著(di)日本研究台語，接觸鄭老編著e《台灣國風》主張台灣e褒歌價值無輸詩經三百篇，例如；含笑(chiau)開花芳(pang)過山，水仙開花好排擅，神魂互嫂迷一半，克虧哥仔beh安怎。我tsiah感受「寶在身邊毋(m)知惜」，可嘆！

　　高中一年是一個轉越(dng wat)，也是跳躍。班導師教英語，真自然對英語特別下力學習。暑假我報名參加學校辦e暑期軍中服務活動。隊員擁有「一技之長」；籃球、排球選手、歌手，我是文宣手，包括繪圖工課。Hit年暑假我隨隊有機會行透屏東縣南部及近海真濟部隊營區。即回e軍中經驗對於後來大學卒業後做預備軍官不止仔有補所。

　　高中二年時，周圍有幾個秀才同窗已經進入準備考大學狀態。我也「輸人毋輸陣」，對較弱e科目開始按基礎復習整理數學佮英語。其中英語是精讀日本名學者赤尾好夫e冊(旺文社)，三角也是讀日文寫e參考書，足有系統，效果艙bài。高二有化學

▲ 屏東中學是我的第二個母校。青少年期(1947-53)
在這裡尋夢，闊別母校30年後回來探視無恙

課，我對化學足有趣味；國文史地毋免操煩。

高三「起大風」，臨時緊急轉(dng)方向，讀一學期甲組理工科後改讀乙組文法科系。即年學校開始有三民主義e課，教師並無專業。事實上有近代史佮地理知識e人學習三民主義真簡單。

我自信有文科系背景，無必要硬beh挑戰理工科，所以高三第二學期我e考大學準備，除去數學部分較弱以外，國文、英文、史地佮三民主義四科攏總「步步為營」。(後來台大錄取成績單，

英文、史地佮三民主義三科點數就超過二百外點)。

讀冊讀qah(音"甲")無暝無日,這是高三第二學期學校生活e寫實。乙組(文科系)只有一班,同窗有幾個後來變成政治人物;屏東縣長邱連輝、省議長簡明景(攏已作古)即幾個人常在做伙,每日降旗了後留落來讀冊,選擇運動場西旁田岸邊e椰子樹腳。讀冊一段時間了後倒臥(扱[kioh]來e)樹甲裡凝視雲空。有時互相交換心得或意見。日頭落山beh暗,邱君騎自轉車轉去麟洛,先載我去屏東車頭坐火車。

屏東中學操場三面邊界有椰子樹,其中西旁e樹腳有遺留寡阮e身影,ma有阮編織e大學夢。當時台灣ㄍ(e)大專學校無幾間;台灣大學、師範學院(今國立師大)、(台中)農學院、台南工學院(今成大)、行政專科學校及台北工專、淡江英專。逐個所指向者當然是最高學府台大,求其次是師院,又次者是依各種專業選學校。

我參邱連輝君報考學校完全相共(qǎng),依序是台大、師院、行政專校。其中師院,因我對美術有趣味所以報美術系。我因家境清寒,兄妹眾多,考大學以前m na毋bat去台北,其實參加班級旅行上遠去到關仔嶺。

台北對我完全是想像中空白e世界。既是考大學必須去台北,卻對台北全無知識,好得邱君互我靠;伊讀屏農二冬後重

(deng)考高中,所得di屏中做伙。伊有屏農同窗,已經卒業di台北糧食局食頭路猶獨身,已經講好在考試期間beh去同窗e宿舍tsak tsor(打擾)。

兩個南部草地郎結伴來到台北,在長春路dua糧食局e單身宿舍,無想講佫一個高雄工業,一個屏農卒業也來鬥鬧熱,四個人有人必須睏土腳。天氣熱又佫厚蠓仔(蚊子),月亮當圓當光(qng)。我自量;這,即陣毋是讀冊環境,ma無法度單獨早睏,也就家己一人dua外口納涼賞月到天beh光。

考大學感覺有幾分仔「偉大」,監考e老教授看起來有學問、有地位、ma有"皇"(hong)。頭一場是行政專科,考了後我確實感覺真得手。第二場考台大,手勢也真順,所以私下思量至少有一間通(tang;可以)讀,所以師院考學科了後就放棄考術科。

後來放榜,行政專校按成績排,我被排di頭仔部分,而台大是外國語文學系。同窗、朋友真濟人寄明信片來祝賀「金榜題名」,厝e門口也有放炮祝賀者。這是1953年熱天e代誌,已經過了一甲子也。回想當時e狀況,比較目前e情形,互人真正有「隔世之感」。

2 回國探尋殘夢紀行

挑戰黑名單回國拾舊夢

2 回國探尋殘夢紀行

挑戰黑名單回國拾舊夢

▲ 內門觀音亭，幸會余登發老縣長(右)把盞之會

📖 1、調查局「安排」回國

　　1987年1月尾之前，我出國留學後將近20年被台灣的外來政權中國國民黨政府以不明理由（我至今未曾參加任何政治性的組織）禁止回國。那年的1月尾到2月初的一個禮拜，由於駐東京的國府警總當局的安排，協助之下，我得以回國省親。

　　久別了故鄉將近20年，難得回去一趟，卻僅僅滯留了一個禮拜，南北奔跑，著實遺漏的多了！為了彌補這些遺漏，我回到東京後，即急於設法要儘快再回國一趟。

日本的大學，每年2月初是入學考試，也是期末考試的時期。如果沒擔任行政業務，一般教員，改完考卷交出成績，頂多參加入學考試的監考，之外便是自由不受拘束。從2月中旬到4月初是寒假時期，我正要利用這個假期回國，順便遊歷泰國和香港。

　　我雖然持有日本國的旅券（護照），但是仍然沒法自由進入自己的國家台灣。這次替我拆除回國的障礙是國府駐東京的調查局幹部。清理「交通障礙」的工作之所以很順暢，是有它幾個正面的因素；一則是，才不久前警總替我辦理過回國的手續，再則、這回調查局的幹部有一位在台南的友人跟我的一位台南的親戚是「熟似」(sek sai)的關係，所以更加好說話了。

　　其實，調查局替我辦理回國的手續，早在美麗島事件(1979)發生的前夕，在余登發父子被吳泰安構陷當時已經進行過。當時，有一位隨同廖文毅向國府投誠的某幹部從中幫我跟調查局接觸進行中，調查局為打擊余登發所代表的黨外的聲勢，收買了犯罪逃亡來東京的吳泰安，跟調查局合作，回台接近余登發構陷余家父子「為匪宣傳」等通（共）匪罪，所謂余登發事件。

　　東京方面政治犯救援會派人去台灣調查，回來後舉辦報告會，我曾出席參加，調查局即據此中止辦理我的回國手續。這回調查局事隔十年再度給我辦這項手續，在應邀被接待到新店調查局「飯局」時，當時承辦的幹部見面後很自然地談起此事，都惋惜我回國遲延了十年！

　　我的回國手續，在調查局東京站負責趕辦之下很順利地進行，3月初，我又匆匆趕回祖國台灣。在桃園機場，入境的時候，調查局的人已經在入境的通道口等我。於是我的入境安然是一種「特權」式的〝FREE PASS〞。入境之後，調查局有車子要接我，惟我岳家也有車來接我，所以婉拒了調查局的車子，走自己的路。

📖 II、婚禮南北兩樣 〝式 〞

　　暮春三月，亦就是陰（舊）曆的二月，在台灣正是春暖人間的好季節。春節舊曆則過了年，又是元宵上元燈會，一路熱鬧下來。在台南縣的鹽水地方，有一種奇特異常的「熱鬧」，是燃放衝天式的所謂「蜂炮」，亂竄亂爆衝入人群之間，因而發生人身傷害事故。這種風俗是否有繼續存在的必要非常可疑。對我來說連放鞭炮也是野蠻風俗的遺痕，世界上很難找到這種風俗。

　　我跟台灣脫節了將近20年，對台灣的婚禮習俗已經缺乏實感，這回居然有機會參加婚禮，而且一在台南，一在台北。

　　台南是閩南的福佬人移民台灣的古都，自古以來被稱為「府城」（清初台灣隸屬福建省名稱是台灣府，府治台南而得名）。府城迄今仍保存了古早的台灣文化傳統風俗習慣，婚禮亦較有台灣式的色彩。至於台北，雖然也是閩南，尤其是泉州人為首開發的。然而清末，劉銘傳任台灣巡撫時，刻意排斥中、南部的勢

力，奠立台北為省都（1875台灣脫離福建設省）所在。日治以來，台北的近代化建設遙遙超越古都府城。特別是中國國民黨亡命政府逃亡來台灣以後，蔣介石父子厲行鐵血政策，在台北建立「中國式」的政治文化首都，就連戰前移民的台灣人也在這座中國文化的醬缸濡染，而致使台北變成一座中國城(Chinatown)，它的台灣文化色彩已淡薄了。

台北和台南分別變成代表中國和台灣的兩座風貌不同的都城，每有日本朋友要去台灣旅遊時，我總會告訴他（她）們，去台灣而不去台南，等於去中國而沒去台灣，既然要去中國，倒不如去中國大陸無必要去虛構的中國城台北。台北市內的街道名稱都祇是KMT為殖民統治台灣所安排的政治措施。這種術策跟日本對台灣的殖民統治所做的如出一轍。日治時代台灣也有不少「明治」甚麼，或「大正」甚麼之類的地名、路名。

3月11日，我趕到府城參加住我鄰近，在慶應大學留學的姪兒的婚禮。這裡的婚筵的場面可以看出來，相對於府城的婚禮，台北「中國城」式的儀式和婚宴場都不同。

在台南的婚禮，使我回想記憶起20年前(1967)自己在故鄉旗山舉行的婚禮，不論儀式和筵席差不多。但是台北式的我可是首次「經驗」到很不自然。在府城的婚禮，應是南台灣的方式，儀式很簡單沒甚麼嚴肅的「規格」；新郎和新娘在台上，雙方父母（主婚人）同列站著，由司儀分別請證婚人，貴賓講好話，然

後就是開筵。筵席間，安排一些娛樂節目。這一場讓我感到「驚喜」的是，新郎的父親（我的堂兄），居然不但講了一些感謝賓客的話，甚且他也唱起歌來「答謝」筵席中的客人，這在保守的南部是很進步的了。而筵席中，有一位「異樣」的賓客正是這回「協助」我回國手續的駐東京調查局幹部的太太，原來如此。

台北的婚禮是一位多年老朋友娶媳婦，新郎和新娘均第一次見面。場所是在國賓大飯店，儀式是「中國式」的，筵席空很多。主婚人（新郎的父親）是旗山老同鄉、台大農經系和經研所出身，跟李登輝前總統很熟的。在六十年代曾因為被牽連「台獨」問題被KMT關過幾年。這位優秀的台灣知識菁英，他的兒子的婚禮所採用的是中國式的儀式；使用語言是中國話，新郎和新娘要行「三鞠躬」禮。這令我感到很不自然！而且新郎的母親服飾竟也是「很中國式」的，這跟台南的女主婚人完全台灣式衣飾也很對照。這兩場婚禮一南一北，時間上只差六天，卻是天南地北兩樣式。

III、蕃薯寮重溫師生舊夢

我的故鄉旗山舊名蕃薯寮，從台南坐客運大約一個多小時，中間全是山區，道路蜿蜒崎嶇，近來道路建設，路面寬廣、柏油路光滑無礙。在台南參加侄兒婚禮後，我即趕回故鄉旗山。

日治時代，我讀小學一年的第二學期，隨同家庭遷居從台南

縣關廟鄉的龜洞(Gu-dang)國民學校轉學到旗山國校(1941)。以來近70年,旗山一直是我的故鄉。雖然來日本留學,「陰差陽錯」而在東京羈留下來已經40多年,但是,精神上的故鄉仍然是旗山。這裡的旗尾山、鼓山頂、楠梓仙溪和石堤⋯⋯以至於旗山國校、旗山中學等有太多太多我留下的腳跡,尋找過美夢,幻遊過的境域。

旗山的市街,西邊是鼓山(通稱鼓山頂)現為中山公園,不久前蓋一座孔子廟,日治時代是神社所在地。市街的東邊是楠梓仙溪的旗尾溪,溪東是南北連綿的山嶺,主峰是旗尾山,東南方伸展開闊的里港屏東平野。西北潛入山區左邊是內門(清代舊稱羅漢門),右邊延伸是杉林,甲仙(舊稱甲仙埔,1915年西來庵事件而聞名)。

「鼓山頂」的「山麓」(鼓山祇是一座低山崙,高不過百米)便是旗山國民學校。這裡是我童年求學做夢的搖籃。日治時代約5年,終戰後將近1年,中間「走空襲」學校歇業也有半年多。先是日語教育,繼為台語教學,然後是北京語的洗禮!小學時代就有這些「豐富」多元的不同語言,異式的教育經驗者,即便跟我同年代的人怕也不多,我自覺為此慶幸。

日治時代,旗山被列為台灣的「八景十二勝」之一,主要景點是東邊的旗(尾)山和西邊的鼓山(頂),正是旗鼓兩山咫尺相望,又有蜿蜒的(旗尾)溪圍繞其間,形成聚落、市街。小學

時代，登石階上鼓山頂參拜神社，夏天就跑去溪邊游泳戲水，終戰時物資極度缺乏，偕同大哥涉溪水去旗尾山撿拾薪材。中學的時候在屏東求學，假期在旗山時，鼓山頂和旗尾溪邊的石堤上，經常有我的腳跡，在那裡看書、午睡、做夢、眺望、遐思……。

市區南邊的旗山中學，我在大學畢後第二年回鄉任教。當時是旗山地區(包括美濃、六龜、內門、杉林、甲仙各鄉鎮)的「最高學府」，所謂「社會中心學校」。可嘆的是，台灣的整個教育環境非常惡劣，主要是外來統治者的黨化愚民教育猖獗，校長多半是黨棍在跳樑。

我在旗山中學在職5年，實際教授3年半(1年半服預官役)。那時的校長跟旗山農校校長(林淵源)是親威，互爭老k縣長提名，根本不安於教育，根本是老粗一個。他曾對我出示皮帶圈上的"徽章"東京農業大學。我在服預官役時寫信"勸"他給學生授業，他的回信令我真意外；文稚字拙，不敢相信是他的手筆，而且說是在教三民主義，令人仰天！稍後我退伍返校，繼續擔任高二、三歷史課和初三外國史課，校長的上司高雄縣長陳新安先生(舊職)卸任縣長後來旗山兼課教三民主義，曾多次跟我琢磨過教學上的問題。

我讀台大三年時，被推選擔任「旗山鎮大專生聯誼會」總幹事。時陳氏任高雄縣長。我在旗山舉辦了新年聯誼會，陳縣長不但支持更出席，又邀請了一些地方有頭有臉的人參加，我才認識了林淵源。林氏後來仕途暢通，迄今一直跟宋楚瑜很「麻吉」。

旗中的林校長則是晚林淵源幾年後才來旗山。他的囂張和「無品」一言難盡；有一次高市某校足球隊來旗中舉行友誼賽正進行中，校長居然大搖大擺走穿過球場中央！朝會時，他對「看不慣的」女生(穿卡琪製服)出手拉胸部部分的服飾！老師上課中，他會不聲不響地走入教室，順手敲學生的頭部(大概因為學生不認真聽課，或課本沒擺好)，然後若無其事地揚長而去，……。上課的老師簡直被打了一記悶棍，頓時成了啞吧吃黃蓮。這種完全不尊重別人的專橫，何以教育人、做"校長"？

我的從事教育之夢被撕裂不堪，在心灰意懶一籌莫展之下離開「杏壇」一段時期後，重返教壇「補破夢」，繼續追尋教育的夢。但是，祖國台灣雖然夢中不斷在呼喚我，我也很常在夢裡回到旗山中學，站在教壇上面，拿著粉筆和粉刷，忙著滔滔不絕地說個不停。然而，原來我是白忙了一陣，因為這是一段夢！現實告訴我，祖國的外來統治者不讓我回去。研究所的指導教授楊家駱老師不忍我在異邦流浪，想設法找人幫我忙，我卻婉拒了。於是，我的回鄉路，就這樣阻隔而蜿蜒下來！

這回，20年來第二次回國是調查局的「好意」(他們也要業績吧)，并無任何條件，我完全自由行動。在台南參加侄兒結婚禮之後，順路回旗山，首要的活動無他，跟30年前在旗山讀書的十來個學生聚會重溫「師生夢」。這次的重逢，我已經50多歲，而他(她)們當然也都將近50了。門生中有傑出的作家鍾鐵民君，其餘大多在事業上很有成就，真是令人欣慰，俗語說「行行出狀

元」，而我更強調「有狀元學生，無狀元先生」正是荀子的所謂「青取於藍而青於藍」。這樣學生超越老師，子女勝過父母，一代強過一代才會有將來。

IV、觀音亭彷彿羅漢門

從旗山市區往西北方面山區車程不到十分鐘，中途左邊經過實踐大學旗山校區，便是內門觀音亭。還裡一座寺廟非常出名叫「紫竹寺」，是奉祀觀音媽的「觀音媽廟」。

觀音佛祖，俗稱觀音媽，內門有紫竹寺，其所在地叫觀音亭。其實內門在滿清時代叫「羅漢內門里」，通稱「羅漢門」。1920年(日本時代)簡稱內門，設鄉治的所在又叫內埔，仍以內門著稱。

這內門之所以出名，是因為清朝康熙統給下，朱一貴反清事變(1721)，俗稱「鴨母王之亂」的「大本營」即在羅漢門。目前，內埔有一座廟興安宮，屋簷正面中央掛的看牌是「天上聖母」，右邊是「鴨母王朱一貴」，廟裡擺著有關朱一貴的資料，稍加過目卻是胡說八道者多。廟庭前下方有個大水池，有人造水泥的鴨子和人像(象徵鴨母王？)。根據我的踏勘這附近并沒如傳說中可以飼養那麼多「鴨群」的水路，或水埤。後來我去屏東縣林邊、茄苳方面踏勘林邊溪，竟有傳說朱一貴在該處養鴨。將近三百年前的往事，滄海桑田，養鴨場到底在何處還待考。

不過，漳洲人朱一貴來台灣後不到10年32歲時，在內門結拜兄弟舉事反清。同一個時候(康熙60年，康熙去世前一年1721)，屏東方面杜君英也聚集客家人舉起「清天奪國」的旗幟進攻鳳山縣城，朱一貴則由內門集結岡山，與杜君英「閩客聯軍」的架勢指向攻擊府城。

　　反清的軍隊於4月下旬(舊曆)跟府城的官兵會戰，很快就攻佔了台南，清朝的道台、知府等大官全部逃亡到澎湖去了。「反清復明」年號「永和」的鴨母王頭頭們，在府城一個禮拜卻競演分贓權力利益而引發內鬨的悲劇，不但自相殘殺而很快就被來自對岸的清軍殲滅，而且，給統治者分化族群，製造外來統治者「幫兇」的「義民」，而朱杜的反目，杜軍殘殺福佬庄，造成後來閩客械鬥的後遺症，令人扼腕慨嘆。朱一貴的「中興」夢真是一場惡夢，值得引爲警惕，是否應該拍成電影做爲教材？

　　話說內門觀音亭的紫竹寺正逢觀音媽生廟會「迎鬧熱」(gia lau riat)，我陪同和尙寮的「山寨主」摯友李君前往觀音亭湊熱鬧。觀音媽生是舊曆2月19日(據說6月19日和9月19日也是，可能是「二媽」和「三媽」生)，今年是陽曆3月15日，高雄縣的余陳月瑛縣長要來。其實和李君到一位內門「望族」游君家(游妻時任縣議員)時，很有福氣地幸會了老縣長余登發老先生，余陳縣長是余老的媳婦。

　　高雄縣有兩位我敬佩的「男子漢」政治人物，一是旗山出身

的陳新安縣長，另一位是余老，前者我比較有接觸，後者更是一位「鐵漢」，這次真是久仰了。這讓我想念起旗山一位傳奇的名醫柯水發醫師(陳縣長的妹婿)，他偶爾來我家給家母看病時，我會在場，是一位很溫和又仁厚的醫生，可是竟然因政治問題被判過兩次死刑，後改判無期徒刑。

第一次是1941年，日軍偷襲珍珠港的一個月前，他很常為台灣人不平抗斥日本人，以致被「點油做記號」，而遭逮捕判刑入獄至日本敗戰被釋放。第二次是終戰2年後二二八事變發生時，柯醫生擔任三民主義青年團長，協助區長(外省人)保護外省官員眷屬，卻被捕判刑，經營救後改判無期徒刑，坐牢一年免遭大難。

橋頭的硬骨漢余登發(1904-1989)，長期抗拒「穿制服的土匪集團」外來的中國國民黨政權，在當選縣長任期中，仍以莫須有的藉口被停職。在美將斷交的前夕，余老的聲望已經是南台灣黨外的領袖，曾與前台東縣長黃順興代表黨外簽署發表「國是聲明」主張台灣的命運由台灣人決定。

余老老早是老k的眼中釘，這下老k更急於要剷除他，所以調查局乃收買了犯票據法刻在東京走路(逃亡)的吳泰安，教唆吳回國去構陷余老父子，製造「為匪宣傳」的「通(共)匪」罪名予以判刑8年(其子2年)。這是美麗島事件(1979年12月)的另一個導火線「余登發事件」。是年3月，黨外人士在橋頭示威，挑戰戒嚴的禁制。

▲ 內門是鴨母王反清基地，觀音亭的廟會是旗山地區的一大盛事

　　當時，我正在透過調查局疏通回國之路，因為出席日本「政治犯救濟會」舉辦的余案調查報告會，而被喊卡。這樣我的回國之夢才被阻延了十年。這回，在觀音亭不但能夠幸會到仰慕已久的余老，竟又能夠跟他「交臂言歡」，把盞暢飲。然而，昊天不憫，萬萬沒想到兩年後，余老在自宅的寢室被謀殺，真相一直不明？

　　觀音亭的廟會非常熱鬧，因為紫竹寺的香火鼎盛，每逢觀音媽生，從旗山等遠近各地信徒、香客以及一般民眾「萬人空巷」趕來看熱鬧。另外這裡的「宋江陣」武術表演全台聞名已有傳統。從前未出國時，觀音亭的廟會記憶不曾淡薄，今日重溫舊

夢，令人彷彿回到羅漢門。街道上更出現兩種奇異的景象：其一是許多民眾在圍觀一個「童乩」，赤腳裸上半身，右手持鯊魚劍，看情形好像要「操劍」。另一個場面是在表演節目裡有年輕女性扮成日本婦女服飾，也有成隊的少女戴斗笠、穿著頗有日本式的感覺，卻扛著吊式的盛籃，籃內盛有「祭品」？這些異樣的光景，似乎在顯示對日本文化的「鄉愁」？

📖 V、民進黨與調查局兩樣「情」

上次與內人回國是在被「禁足」近20年之後，這回單獨返鄉距上次才1個月。由於調查局的好意協助，我當然會儘量「合理」地配合他們。在抵達台北之後，調查局要請我去局裡「歡敘」并「吃飯」，我無理論拒絕，所以在趕去台南參加侄兒的婚禮之前，應邀搭坐局的車子去新店局的本部。

說實在的，像國府的「CIA」這種地方還是少來為妙，只是我的情形不同，畢竟這回是一種特別的「禮尚往來」，這跟一般的甚麼「（犯）案件」不可同日而語。不過，我確實懷著好奇與「探險」的心情，坐上局的車子任由馳駛來到20世紀的「東廠」。車子進入大門後在前庭停下來，我下了車步入大型「廳堂」（會客廳），眼前有好幾個幹部「迎接」（歡迎）我的來到。他們中有的談起十年前幫我「疏通」回國的障礙(因余登發案而中止)的舊事，有的則說是讀過我寫的些東西……。聽起來，看情形都是善意也是好意吧！

▲ 回國訪問黨禁下的民進黨，左2江鵬堅主席，右端黃爾璇祕書長（餘2人為東京大學劉顏事件事主）

　　然後，到了中午吃飯的時間了，我被用車子載到預約的餐廳，接受副局長安排的午餐。在專用的大餐房內，我的座位被安排在入口的正對面，而副局長的座位跟我正好相對面。他左右兩側依序由左而右，高職位而次職位就座，這樣我也「體驗」到了中國人的餐席文化禮數，而副局長并非是「青面獠牙」的兇神，局的幹部們看起來也不是甚麼牛爺馬爺？不過，搞情報、調查、偵探這類工作的人都不是省油的燈。俗語說「知人知面不知心」，凡事還是「害人之心不可有、防人之心不可無」，這可列為處世待人(特別是跟被中國文化洗禮的人)的不二原則。何況我認為這是一頓對彼此都不是白吃的午餐。

　　　　　×　　　　　　　　×　　　　　　　　×

　　我回到台灣後，在台北沒停留多久就匆匆趕去南部。這裡有我的故鄉旗山，處在台南、高雄和屏東三個重點圍繞的「等距離」所在，有數不盡我留下的腳跡。這回是在闊別20年後，雖然上個月回來這裡也不過3-4天，「虧欠」故鄉的多多，定要「填補」。這麼個念頭驅使我積極行動：跟闊別近30年的學生重聚，在觀音亭幸會了余登發老縣長，在台南參加了侄兒的婚禮……。總之，能夠在故鄉卻似異鄉聚會了眾多舊友新知，機會不多，感到萬分幸福！

　　帶到滿足欣慰的心情趕回台北，我又出席老朋友的兒子的婚禮，那是一場中國化了的無台灣味的台灣人的結婚儀式。也許是在中國城的環境使然？離開台灣之前，在台北我做了一件被調查局等情報機構「不爽」的事情，雖然我「主觀」上的感覺根本是再平常不過，不值得「大驚小怪」的「行動」。

　　三月十八日，亦就是參加朋友娶媳婦婚禮的翌日，20年前(1967)發生的東大「劉顏事件」兩位事主劉佳欽和顏尹謨相約陪我去訪問民進黨中央黨部，拜訪江鵬堅(首任)黨主席和首任祕書長，并跟顏錦福聚會，江主席我是初見面，黃祕書長以前在日本東大舊識。

　　半年前民進黨創黨人士(我至今猶非黨員)，勇於向「黨禁」挑戰，覺悟被抓的心理準備，在圓山大飯店結成「突破」戒嚴令

的政黨組織，他們爲台灣「拼命」的精神，真是照亮了台灣史的一大頁面。中午承蒙黨部招待午餐時，聽了祕書長說〈民進報〉刊出後常遭受被沒收，增加黨務營運的艱難。我雖然身上沒攜帶多少現款，聽到這種「土匪政府」的霸道行徑滿腹怒火幾難抑制，隨即拿出「小額」捐款，婉拒收據。豈料，這個捐錢的舉動竟然很快就傳到東京的調查局了。

拜訪民進黨的第2天上午，我搭乘飛機去泰國遊歷後轉往香港，幾天後回東京才歇了腳，調查局替我辦回國手續的幹部電話來了。電話中對方問我這次回台灣「去了哪些地方？」我反問他「這有必要事事報備或報告嗎？」他說：「不是這樣啦！只是許先生的行蹤有些沒能掌握，反而被別的(情報)單位拿來『做文章』（調查）局的立場會爲難。」然後又問我是否去了民進黨？我回說：「有呀！民進黨是賊黨嗎？」他急著說「不是啦！祇是聽說許先生是代表日本地區回去，而給民進黨捐了××元美金……。」這可就令我心內怔了一下。原來連金額也正確地被報告到情治單位，祇是誤將台幣變美金，且我何來「代表日本地區」那完全不實。然而，我的捐款是五、六名「核心」人士聚餐時的臨時動作，分明這裡，至少黨部肯定有奸細臥底。

在黨禁還沒解除，戒嚴令仍然存續中的此時，我在「事先或事後」都沒跟替我「辦手續」回國的單位調查局「報備」的情形之下，訪問了民進黨又「捐」了錢，這個動作居然「發展」成了一大問題。因爲這樣其後我申請要回國探視岳父的病情，檢附醫

院的證明，辦理簽證（VISA）卻被駁回。於是返鄉之路又被特務機關阻斷了一段時間，一直到刑法一百條被廢止後（1992年5月）才能夠完全自由回國。

VI、蜻蜓點水曼谷探幽夢

新曆的三月下旬，今年是農(舊)曆的二月尾聲，即所謂「暮春三月」，這時才真正是春回大地，溫暖的季節。草長花開，群鳥飛舞，熏風吹得遊人醉，好個春光美景，沒理由罔顧大地的一番情，而不去踏青探幽。

正是這個動念，驅使我萌意順道前往曼谷與香港探幽問俗一番後再返回東瀛。在拜訪了民進黨之後，第二天我就提着簡便的行裏匆匆離開台灣飛往曼谷，泰國的首都。這是我頭一次「探訪」泰國，只在曼谷逗留了兩、三天，主要的去王宮參觀、寺院巡禮、水上市場兜風，以及晚上由友人「案內」去探看泰國特有的「花柳巷」的青樓……。所看到的泰國，不、應祇是曼谷的一點點皮毛而已。

後來，我又曾陪同內人遊歷新嘉坡，泰國和香港。另外，也偕同友人來曼谷後并在普志島渡假了幾天。2004年的夏天，我在大學的教職「定年退職」前夕的暑假，再一次跟友人來曼谷，再折往印尼。這樣，我跟泰國、曼谷的緣分可以說是濃厚的了。既然，泰國的紀行就留待另闢「專篇」來細述，這裡就祇簡單做個

破題用的引子，聊備交待。

×　　　　　×　　　　　×

那是(1987年)3月19日，對我來說是一個重要的日子。日本的大學，每年2月至3月是授業的假期，所以每年這個時期，我幾乎很少留在日本，台灣四年一次的總統選舉也都在這個時期。2004年的總統選舉發生「319」槍擊總統候選人的事件，正是以「319」而在台灣的歷史留下深刻的紀錄。

從台北經由香港到達曼谷，香港的天氣雲空醞釀雨意，雖是白天而顯得陰暗。可是到了曼谷卻是晴空開朗頗有濃厚的暑意。走出機場搭了計程車先到旅館報到，辦妥明天遊覽的手續，即前往友人的公司事務所。屋簷上面橫寫的兩種文字；左邊的是泰國文字右邊的是混雜漢字和變造的漢字，變造的漢字當然看不懂。不過、語言的問題、泰語我是完全不懂，好在朋友是講福佬話的台僑，而且又有一位僑居東京的中年女性台僑也來做伴，并不感覺陌生，有些事情有在地的友人照料畢竟「放心」多了。

×　　　　　×　　　　　×

泰國是王制的國家，現在的王朝叫「恰古里王朝」(又叫曼谷王朝)，於1782年創建，奠都曼谷。自古以來泰國國名是以Siam(暹羅)聞名，至1939年才改稱現在的名稱；Prathet Thai(Kingdom of Thailand)，即「泰王國」。

　　這個國家有兩大象徵性的「國家形象」；其一是王制，另一是佛教。所以王宮及其周邊的寺院是國家首都的精華區，來曼谷不但不能不來這裡，而是應該最先到這裡，沐浴泰國的「國家級」文化，入境隨俗進入狀況才不虛此行。

　　泰國的國王具有絕對權威，他平時雖不直接操作政治，但是卻是政權、政局的「定心丸」。一方面做為佛教的國家，泰國人的佛教信仰融入生活裡，見面的禮儀必然是「合掌如儀」，給人的印象既「柔美」又「貼心」。黃金色的佛寺幾乎到處都可以看到，清潔而莊嚴又高貴，那像台灣的寺廟既粗俗又雜亂，這是中國文化的「濁流」。

　　我頭次來曼谷，僱請了一位導遊小姐專程「案內」我一個人，在王宮地區和寺院巡禮過後，泰國人的水上市場「考察」，也是了解他們生活文化的一個側面。原來曼谷是「Ba-nko-ku」意思是「有橄欖樹的水邊的村庄」。做為曼谷人生活基盤之一的河流「橋普拉雅」河，在市區內的西、南像描繪S字的川流不息。導遊小姐陪同我上了船，在黃土色渾濁的河上來回兜了一趟。河邊兩側民家簡陋又落後的生活環境，跟王宮地區的華麗形成鮮烈的對照。河上漂流垃圾，而划著小船兜賣廉價食物，以水果為多，畢竟賺不了甚麼錢。不過，這河流卻有好多的船隻在穿梭，運載觀光客忙個不停。從船上向東邊看過去，曼谷市內高聳的建築群和寺塔的確是很美。

這次遊曼谷，由於在地朋友的「案內」，我才有機會去「見識」了出名的泰式青樓。晚上接受朋友招待的晚餐之後，跟著他去散步，而到了別開生面的青樓。偌大的櫥窗式大房間，透過玻璃，應該說是房間全面用玻璃隔離，「房裡」有好幾層階梯式座位，應召的「美女」，穿的衣飾有編號，客人看中了哪位，就指定她的號碼，告訴店員，價錢透明，馬上成交帶出場

▲ 遊曼谷寺院內學習合拿行禮之儀

去「消受」！這完全是「公開」的，而且制度化，泰國政府是否「公認」我不知道。不過後來我去普吉島時在地的朋友也帶我去參觀，「制度」做法都差不多。

📖VII、探訪香港走馬看花

在曼谷停留了兩、三天，選擇幾個重點，由導遊小姐帶路做「蜻蜓點水」式的探幽，有了若干印象，自忖我還會再來相會。於是，又行色匆匆地啓程，搭上飛往香港的飛機。雖然是「初到

乍來」香港,人地兩生疏又沒親戚朋友,可也沒僱請導遊,因為語言,尤其是文字(漢字)沒阻礙,安了。不過,我也不打算多停留,所以才兩天多就回日本了。

事實上,因為香港是華南(南中國)的首要門戶,距離台灣很近,我在1992年刑法一百條被廢止後,時常回國。然後由高雄飛往香港,或進而前往廣州北上福建、上海或坐火車前往長沙……。從東京取道直飛上海、北京固然近捷,但是在日本,對香港畢竟另有一番感情。所以,我確信今後我還會有很多機會來香港。這次就先來「投石問路」探訪,這裡也祇做個簡略的紀述,預計另闢專章詳述「香港紀行」。

中國近代史上的最大轉折點鴉片戰爭(1840-1842),結果簽訂南京條約,清朝將香港「割讓」給英國。於是香港乃進入英國殖民地統治的時代。

一般所稱的「香港」(Hong Kong),包括香港島,對岸的九龍半島以及大嶼島(香港島的2倍大)等周邊的島嶼群。其中九龍(Kawloon)半島是中國大陸的南端,於1860年英法聯軍戰役的結果,亦被割讓給英國(北京條約)。另外,在1898年時,九龍北部的「新界」(New Territories)被租給英國,租期99年,亦即1997年租期屆滿應歸還中國。所以1997年,英國須要交還中國的(大香港地區),其實祇是新界之地,至於九龍半島和香港島等是國際條約割讓跟這「歸還」毫無關係。

然而，1984年中英合意的有關香港歸還中國的「中英共同聲明」裡，卻規定連九龍半島(尖沙咀)以及香港島都要還給中國。據推測這有兩大要因；一是中國不承認以往帝國主義強加的不平等條約。另一是，英國認爲廣大地區的新界失去後，九龍半島亦等同脫離，而失去繁榮的九龍半島則香港的繁榮存立必難期待，所以就乾脆統統一次交還中國。這樣英國或者可以從中國獲取某些利益的保證。

×　　　　　×　　　　　×

我從曼谷進入香港是在1987年3月下旬，距離香港的「大限」(回歸中國)還有10年時間。因爲是頭次到香港，印象特別鮮烈。

▲ 回國探尋殘夢後越境前往香港於中文大學

　　首先我所接觸到的香港人的語言，這裡雖然住的是中國人，可是中國的共同語(北京話)幾乎講不通。他們不是講廣東話就是英語，卻不願也不會說北京話。對我來說連跟計程車司機都得講些不靈光的英語。

　　街路上在高樓林立的深谷間穿梭的汽車裡，紅色的二層巴士令人醒目，搭在上層的座位觀光市、街光景，的確很愜意。這種二層巴士在東京我並沒看過，更沒經驗。後來在倫敦觀光時就「見怪不怪」了。

　　到外國或非本國的地域，兌換錢幣是一定要的。在東京要換外幣只有去銀行、觀光旅館或在機場。惟在香港市街內幾乎很多地方都有以錢為商品的店鋪，這種光景，經濟文化也是香港的一大特色，怕是英國「經濟至上主義」殖民政策的反映。

　　香港島上高聳雲霄的大樓林立，有公司和百貨店的集中區，九龍尖沙咀是一般商店的「集中營」。在繁榮華麗的背後卻是晦暗的「貧民窟」毗鄰，形成「天堂地獄」的對照。我住宿在九龍地方，主要的去參觀千年前遺跡的「宋城」和中文大學等一些地方，只是走馬看花，意在「留待」後會有期。

3 王育德博士的台語世界紀行

台語學泰斗照亮母語的桃源鄉

3 王育德博士的台語世界紀行

台語學泰斗照亮母語的桃源鄉

▲ 台語學界的泰斗巨星王育德博士(1924-1985)

📖 I、引言

今年九月九日是台語學界的奉斗王育德博士(1924-1985)逝世27週年忌辰。四月下旬筆者回國時陪同王博士的遺孀林雪梅夫人和千金明理女士(台灣獨立建國聯盟日本本部委員長)在台南訪問。由鹿耳門漁夫得知台南市政府今年開始發行的季刊《台江文學》，正企劃在第四期(11月號)要出「王育德語言・文學專題」。

眾所周知，王博士一生的重要事蹟以及

對台灣和對學術的貢獻是開創領導台灣獨立建國運動和對台語的研究、著述和教學，可以說是畢生鞠躬盡瘁。他的著述之豐富涉及的領域；除語學之外，有史學、文學創作、文化、文學以及政治評論至為廣泛。其大部分的著作均用日文撰寫，於10年前(2002年)由台北前衛出版社出版中文版《王育德全集》(15卷)。其中第7卷《閩音系研究》(博士論文，先前單獨出版書名為《台灣語音的歷史研究》)堪稱是斯界的「金字塔」。王博士遽然(因心臟病)逝世1個多月後，我撰寫了一篇2萬字的〈王育德教授對研究台語的貢獻〉(發表於美國〈台灣公論報〉，後來收錄於拙著《台灣話流浪記》(1988，高雄第一出版社)。

▲ 王育德在東京大學研究台語的集大成結晶博士論文(中文題名為《閩音系研究》)

1990年10月，自立晚報社出版《台灣近代名人誌》第5冊，內收錄張炎憲博士的〈語言學家兼政治運動家王育德〉。筆者隨後在自立周報寫一篇〈台語的文藝復興〉，從台語研究的角度補充評價王博士的貢獻(收錄於拙著《台語文字化的方向》(1992，自立晚報社)。

　　這回《台江文學》企劃專題，為了「共襄盛舉」也為了「回報」王博士的學恩，再次匯整一下「王育德博士的台語世界紀行」，期盼能為台語的振興，加強台語的文字化與文學化，使台語能早日脫離語言的殖民地命運。

📖 II、為台語的起死回生請命

　　這裡所指稱的「台語」是指狹義的，台灣最多數(約75%)人的母語，俗稱「福佬話」(Hələwe)。它固然是「系出」閩南語，從閩南地方流傳來台灣，是閩南語的一大支流，經過四百多年在異質的環境中，先後融入南島語系各族原住民、荷蘭、西班牙、清代中國漢人、日本及國民黨系中國人的多元語言文化。

　　台語就像台灣人的堅韌，經歷四百多年的外來統治，受盡風霜烈火的煎熬，凌遲雖云遍體鱗傷，頻臨滅絕邊緣，卻仍能「浴火重生」再度復甦起來，有賴於像王育德博士等有心人為台語請命所付出的努力與奉獻。

　　日本統治台灣五十年，最初約八年，總督府督促司法人員、警察、教員學習台語，蔚為台語教育的黃金時代。五十年間，政府、民間出版了110幾種台語詞典、書籍。日本警察對人民傳達政令用的語言是台語。然而，到了日中戰爭爆發以後，總督府為了壓抑台灣人的漢民族意識，於1940年發起「皇民化運動」，進而提倡「國語」家庭運動，開始嚴禁台語。

二次大戰結束後，國府佔領統治下，在過渡時期曾經提倡從方言(指台語)的學習進入「國語」(北京官話)的教學，台語一度甦醒。不料「二二八事變」之後，外來統治集團開始嚴禁台語，直到1987年解嚴，長達40年間，台語幾乎處在加護病房狀態，台灣人的失語症近似老人癡呆症的嚴重。

　　王育德博士親身經歷這種背景，對於台語所處的危機狀態，感到憂心如焚而憤懣。他說；「台灣人在主張自己有權利學習母語之前，必須先為學日語和北京語的『義務』廢寢忘食。」(《台灣語常用語彙》，前衛版p.007)。他對台語危機的認識，進而發奮挽救這種危機，除了在東京大學在學中的20年間(1950年復學，1969年取得博士學位)一貫研究台語；(1)學士論文〈台語表現形態試論〉，(2)碩士論文〈拉丁化新文字的台語課本草案〉，(3)博士論文〈閩音系研究〉(單行本出版題名《台灣語音的歷史研究》)。其畢生着力最多的學術研究莫過於台語。這方面著作等身，而且更在日本的著名大學；國立東京外國語大學和東京都立大學開設台語課，創下日本的大學開設台語課程的先聲。

　　王博士熱愛他的母語台語，對它抱負一種捨我其誰的使命感。這種使命感的熱情展現在他於「二二八事變」後偷渡到日本復學，一直燃燒到逝世的前夕發表了一篇長達五、六萬字的論文〈台語記述研究的進展〉。這35年間(1950-1985)，他的台語研究有兩件值得特筆的業績。其一是於1957年，才33歲時出版了《台語常用語彙》，其二是完成了博士論文《台灣語音的歷史研究》

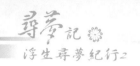

(1987年出版)。

在二二八事變後10年的1957年，王博士還是東京大學博士班的學生，他非常憂慮台語不久恐怕會衰滅，乃抱着鏤刻台語墓誌銘的心情編寫這本詞彙。為了自費出版，將居住的房子賣掉了。它是用手寫謄寫鋼版刻的，印製300本。書的內容記述他自己設計的羅馬字表記，對於有音而沒適切的文字，雖然儘量用漢字記錄，卻都加註疑問符(？)以示慎重。這本書可以說是在戰後的日本，除北京話以外有關漢語方言的第一本正式的研究業績。

王博士對台語的起死回生出力、出錢的投入，其後歷數十年不歇。1960年他組織「台灣青年」社(台獨聯盟的前身)，即開始撰述「台語講座」，在該社刊連載了24回。他一步一腳印地，在獨立運動的辛勞之外，對台語的著述不斷地推出精闢的論文和震鑠學界的鉅著，慢慢地開闢了一大片台語的「科學園區」，花果雜陳，琳琅滿目，美不勝收。

III、追蹤台語探源尋根；柳暗花明

語言、文字是人類社會生活需求所創造的「特產」，族群不同，其語言亦異。可以說，語言是族群的標誌，也是一個人人格的一部分。族群的遷徙帶同其語言的流播。

台語在哪裡發源，如何演變、發展而落實在台灣土地上？

亦就是、台語的故事即投射在台灣人的歷史中，從台灣人的歷史裡可以探尋到台語的故事。筆者長期關注台灣人的歷史，從而投入台語故事的發掘。在尋找謎題的謎底的行旅中，很幸運地「邂逅」了王博士的幾篇台語的論著；〈福建的開發與福建語的形成〉(刊於《日本中國學會報》第21集，1969)，《台灣語音的歷史研究》(博士論文單行本，東京第一書房，1987)等，尤以前者，從福建的移民開發探尋福建語的形成，從而追查閩語的分裂發展，確認閩南語的形貌。

這樣從移民史的追跡入手，去發掘移民者的語言故事，的確是正確的方法。閩南地方的人移民到台灣，同時也把閩南的語言帶到台灣。其後便是閩南語在台灣，演變而發展成為與廈門話所代表的閩南語差異的台灣話。這些發現，早在王博士的《常用語彙》(1957)書內的「概說」舖陳出來了。

福建古代被稱為「八蠻」、「七閩」，所謂「閩」人當然不是漢族。許慎的《說文解字》說「閩」是「從虫門聲」，是指以蛇為圖騰、紋身的「蠻族」。秦漢時代這裡存在過「閩越國」約一百年(史記卷114東越列傳)。惟當時的語言已不可知。

第2世紀末葉黃巾之亂以後，浙江方面的漢人開始移住福建西北部。這第一波首梯次的移民潮在赤壁之戰(208)形成天下三分的局面以後更加熱絡起來。在第3世紀初頭，閩西北已經建置了建安(現建甌)等三個縣治，統屬於會稽郡(現紹興)，孫吳領域。其

語言應是吳語，王博士將之稱爲(福建的)「Proto(原祖)吳語」。

第2梯次的移民則從江西方面進入福建西北部與浙江來的相遇，而於260年建置了昭武和將樂兩個縣。他們的語言被稱爲「Proto贛語」，跟Proto吳語形成了所謂「Proto閩語」，而以吳語佔優勢。

大約同時期，漢人移民經由西北部乘閩江奔流到閩江口，更進而南下沿岸部晉江三角洲，分別開發了侯官和東安(今南安、鄭成功的故鄉)兩個縣。亦即，第3世紀後葉，泉州話的據點東安已經形成了。

其後約半世紀，即第4世紀初頭，中原發生了「永嘉之亂」(311-316)，華北漢人大遷徙。當時的流民因事起倉促被逼「出走」，乃是「就近避難，轉輾遷徙」。他們分成三股；(1)從陝西、山西走向荊州，沿漢水進入洞庭湖流域。(2)河南、山西的難民先到安徽、湖北後再進入鄱陽湖流域或沿贛江到贛南，閩邊境。(3)山東和江蘇北部難民南下到太湖流域，再達到浙江或福建西北部。其中移入閩北的難民既是流民潮的末端，人數殊少。

從晉室南遷(318)到隋統一天下(589)約280年間，閩南的開發成立了幾個重點；龍溪(540)，莆田(567)。第7世紀初頭(606)，隋朝的戶口調查，福建全域僅12,420戶，換算人口約6萬人(每戶約5人)。若從赤壁之戰後的移民算起，將近四百年的漢人移民福建才

這個人數，還得包括「原住民」的閩越族，那麼這裡邊從永嘉後移入的中原人又有多少？

人口的遷徙肯定帶同語言的傳播。同時在移民地必引起新(來)舊(有)語言的交流造成語言的異化現象。隋初，地方政制改制，福建成立1郡(郡治閩侯)4縣；閩、建安、南安和龍溪。這後兩個縣分別是泉州話和漳州話的據點。

一直到這個時期，閩南的語言僅使用口語(說話)的白話音。第7世紀末葉的武則天時代，潮州邊境的「蠻獠」之亂經陳元光(開漳聖王)平定後，建置一個新的「州」叫漳「州」。同時設學校，引進中原方面的文讀(古典的字)音，在白話音體系的基礎上，經過長期的磨合形成文言(讀書)音。而且在開元21年(733，楊貴妃時代)，唐朝中央派一個「福建經略使」來統治「七閩」境內福、建、泉、漳、汀5個州，是為「福建」名稱的誕生。唐末五代以至宋代，閩南語的文言音發

▲ 《台灣話講座》原連載於〈台灣青年〉(台獨聯盟機關誌)

達，可是白話音的語料記錄一直缺乏。到了16世紀明末才有《荔鏡記》(陳三五娘的戀愛故事)的泉清潮方言戲本。清乾隆時(18世紀末葉)有《同窓琴書記》(三伯英台故事)等閩南口白的文白混雜的戲本。

閩南語從第3世紀後葉由福建祖語分裂形成(口語音)以後，在第8世紀以後引進文讀音。泉州話分裂出漳州話(第6世紀)。再由漳州話分出潮州話(第7世紀)。最後由漳泉語匯成台南話和廈門話(第17世紀)。然而，台南話和廈門話近四百年來在不同環境下分頭演變結果，這兩種語言雖「系」出同源，但在音韻，尤其詞彙畢竟已有頗多本質上的差異，亦即台語并不是廈(門)語的翻版。

IV、台語的定位與名稱的定調

台語的特質、內涵和範疇如何，亦即台語是怎樣的語言？有必要加以定位。而且，這個語言的名稱是甚麼，也有必要定調下來。下面不妨探看王博士的台語世界裡有甚麼「景觀」？

(一)台語的定位

每一種語言都是由；語音、語法和語彙三大支柱(要素)所構成的。要分辨語言之異同，可從這三種要素加以比對得出結論。基於這個觀點，王博士認為台語是屬於「漢藏語系」(Sino Tibetic family)的成員(台語講座第一講，台灣話的系譜)。

在這個龐大的語言體系中，就漢語家族成員的「系譜」觀察分析；台語的「身份」(位置)是漢語、閩音系、閩南方言的一個支流。它與閩南方言的代表、廈門話同是不漳(州)不泉(州)的混合語，惟廈門話偏於泉州話，而台語(台南話)的漳州色彩較濃。

　　台語和其他漢語同質性很多；(1)音韻方面；基本上是單音節語，音節結構由聲(母)、韻(母)、(聲)調三要素構成。(2)語法；由語序決定語義。(3)語彙則互相借用，類語詞發達數量詞豐富。不過，台語的音韻系統有白話口語音和文言讀書音兩種系統發達，非其他漢語(廈語)除外所能比。尤其是語彙方面，接納外來語之多，擬聲詞和擬態詞之音樂性豐富，精密性之高，跟廈門話出入很大。另外必須指出廈台兩語的「語調」(intonation)截然不同，一聽說話便可分出孰是廈語，孰是台語。原來，廈門的輕聲的用法很多，而上昇調特別強，台語則否。

　　閩南語在台灣的演變，據道格拉斯(C.Douglas)的《廈門白話字典》(1899、倫敦)的序言說；來自閩南各地的方言已經混淆不清，亦即已經形成一種「不廈不漳不泉」的台灣話。稍後《日台大辭典》(1910)的小川尚義在緒言裡亦指出在台灣的漳泉廈三系方言已難保持其在大陸的純粹性。後來《台灣省通誌稿》(1954)的人民志‧語言篇的編者吳守禮在第一章第四節〈台灣方言志之成立〉更承襲此說加以紹述。

　　王博士對台語的「定位」努力不懈，除了學術的研究做奠基

工作，另方面更在日本的名門大學開設台語課程。教學上所需的教材，除了《台語常用語彙》，更陸續出版《台語入門》(1972)和《台語初級》(1983)。這樣，理論與實用雙管齊下，在學界和教育界，把台語身份定位確立起來。

(二)台語名稱的定調

台灣最多數人的母語通稱「台灣話」（台語），俗稱「福佬話」（被扭曲虛構爲「河洛話」），又叫「閩南話」或「福建話」，令人眼花繚亂。王博士從學理與實存的觀點定調爲「台灣話」，筆者數十年來也持此見解。

(A)福建話之說：福建境內通行的語言大別爲西南部的客家語系和以外區域的閩音語系。客語系可分爲三區；(1)北區(邵武)，(2)中區(順昌)，(3)南區(長汀，上杭。閩語系可分爲五區；(1)閩東(福州、福鼎)、(2)莆仙(莆田)、(3)閩南(廈門、漳州、泉州)、(4)閩中(三明市)、(5)閩北(建甌)。其中以閩南人口最多。

一般說「福建話多指稱閩東福州話或閩南廈門話。以之規範台灣話實在欠周詳不科學。

(B)閩南話之說；台灣的「漳泉之語」固然淵源於閩南之語。然而如前所述，這個「籠統」的有歧異的閩南各地方言傳播到海洋環境的島嶼，不但接觸到土著的各族原住民語言，抑且歷

經四百年外來異族殖民統治，承受了強勢語言的洗禮，台灣的閩
南語之變質，為多數學者所指摘殆不可否認。那麼，兩岸的閩南
語既不可等量齊觀，而「閩」字之(民族)差別含義尤不可取。況
且日本統治台灣以後，隨著「台灣人」名稱的抬頭，「台灣話」
之稱乃水漲船高，有關這個語言的著述莫不冠以用這個名稱，以
來百餘年早已約定俗成。

(C)福佬話與"河洛話"之說

台灣的社會長久以來，有過"閩客"不和、對立的傷痕，
至今猶會陰魂不散作祟。
「Hoh-lo lang」便是客家人
用來對"閩南系"的稱呼。

▲ 王育德博士在日本的大學開設台語講
座的第一本教材

王博士說他在1940年
時，頭次從前輩學友客家人
聽到Hoh-lo人/話。後來在
林語堂的《語言學論叢》內
〈閩粵方言之來源〉(1933)
讀到Hoh-lo，論文引述鍾獨
佛的〈粵省民族考原〉云；
「客家之稱始於宋，福老之
稱始於唐」。那時他才想起
客家學友說的「Hoh-lo」原來

就是「福老」。

筆者也有類似的經驗；時間同樣是1940年代，故鄉旗山是ho-lo庄，鄰近的美濃是keh-lang庄，常聽客家人說ho(hok)-login(人)怎樣怎樣～。

從上述福建的開發與移民史，證實土著的閩（和）越人均非漢人。而最早移民福建的漢人來自浙江操吳語者而非中原（甚麼河洛）之人。林媽利醫師從血液中HLA(Human Leukocyte Antigen人類白血球抗原)的研究結果認爲台灣的閩客并非漢族，而是「漢化的越族」（見2001年4月28日自立晚報及翌日各日報）。

福建東南沿海的住民(以及移民台灣的子孫)原本不是漢人。第8世紀「七閩」之稱被改叫「福建」之後，移住到福建西南部的客家人「對立」稱呼鄰近的閩南人爲「Fuko-login」。寫成漢字是"鶴佬_也是「福佬」，絕不會是"河洛"，意爲福建老/佬(人)。閩南人聽久了，Fuk變Hok又變Hoh或Ho(入聲韻尾脫落有可能)。「福佬」之說在1930年代後多位著名學者的名著裡都被認同[a.羅常培《廈門音系》，1930, P41。b.小川尚義《台日大辭典》1932，P829。c.羅香林《客家研究導論》1933，P1.5.6.18.19.61.63。d.林語堂(上揭書)。e.李獻章《台灣民間文學集》1936，P5。f.袁家驊《漢語方言概要》1961，P147.241。g.郭明昆《中國家族及語言研究》1962，P295.449.461.501。h.董同龢《記台灣的一種閩南語》1967，P1]

然而1950年代，吳槐在《台北文物》發表了〈河洛話(閩南話)中之唐宋故事〉(1955.11月)以及〈河洛話叢談〉(1959~1961)，提倡閩南話即河洛話，更主張閩南人是河洛人，是「炎黃子孫」。

　　台灣人即連閩南人也非河洛之人，前述HLA的研究和福建開發史已有答案。至於閩南話之非河洛話，只要從閩南話的文白兩種音韻系統之發達為"河洛"話之所無，以及中原語言與閩台語言詞彙之殊異便不難判斷。事實上所謂的"河洛"一詞，指黃河與洛水(有兩條)併成詞組不曾聽聞(在當地)，既未成立過，自無存在。可是被有心人發明出來瞞騙，竟也有些"學者"趨之若鶩，而部分媒體也拿它來愚民。

📖 V、描繪台語書寫制度的未來

　　自古以來，台語只有口語傳誦而欠缺文字記錄的語料。參預這個語言的釀造的角色夠多(台語比廈語更多)，因而它的內函之複雜也增加書寫的難度。加之、這個語言的發言人所處環境惡劣，智識分子對大眾的母語教學缺乏使命感。如前已述，王博士對母語教學有滿腔熱情的使命感。他早在《台語講座》(1960-`63)，最後的第24講〈將來的台灣話〉對台語的書寫問題提出幾項重要主張；(1)漢字和羅馬字併用，(2)外來(國)語用羅馬字書寫，(3)改良羅馬字。這些主張也是筆者長年來所堅持的。這三項之外，筆者增加主張；(1)善於運用漢字。(2)擬聲詞、擬態詞、語

助詞多用羅馬字。

以往的歷史經驗，曾經替台語服務過的文字，符號有；漢字、羅馬字、(日本)假名和注音符號，其中以前兩者業績最多，是書寫台語不可或缺的。

(A)入漢字迷宮而不迷失

台語既是漢語方言的成員，基本上用漢字書寫，沒理由反對，廢漢字的主張不可取。台語在運用漢字所展現的智慧非其他漢語所能比美。台語有文言、口語兩種音韻體系很發達，漢字的台語讀音有；文言者、白話音、訓讀音以及假借音、俗讀音。

所有的漢字都可以用台語讀，亦即有(漢)字就有音。問題是；有20-25%的常用詞「有音沒(漢)字」。因為，它們原本非漢語，或因未能多被使用而脫節。在處理白話口語的漢字是否「正字」的方法上，除了堅守字的音(和)義要一致，王博士更提出文白兩字的音節(一個漢字是一個音節)的聲母、韻母和聲調的三要素中，必須有兩個要素一致，否則白話音的字就不對了。

例如；「不」，文音/put/，白音/m/，三要素全不符，故「不」應非m的正字，只能說，「不」是m的訓(翻譯)用字。又如/páh piã/漢字被誤作「打拼」。其實，「打」字文音/teng/，白音/tã/，而/páh/乃是訓讀音，則文音/teng/而白音若是/páh/，兩音節的

聲韻調都不符合。至於/páh/的漢字是「拍」，此字文音/pék/，文白兩音的聲母/p'/和聲調/~h/和/~k/都是陰入聲，而字義也成立，故/páh piã/是「拍拼」而非「打拼」(/tã piã/)。

　　漢字雖然寓有(字)音，畢竟是表意(義)的文字，不宜用來充當音標。1930年代盛行的七字仔「歌仔冊」，濫用漢字做音標，解決了治標，並未解決治本之道。使用漢字寫台語一定要注明讀音，因為同一個字有數種讀法，文言之詞和口語之詞，即使字同而音不同，因而詞義必不同。例如；「山水」讀文音/san sui/，指山和水，或其風景，讀白音/suã tsui/，則指山裡的水。又如；娘，讀/niu/，指小姐，貴婦人，讀/nia/，指母親。漢字的台語不同讀音各有不同詞彙。

　　(B)怎樣的「改良羅馬字」？

　　羅馬字(a.b.c....)之進入台語的世界是鴉片戰爭(1840)時代，英國基督教牧師為了傳教的需要設計出來記錄福建方言。稍後北京(1860)條約台灣開港通商，傳教士將廈門音羅馬字(教會羅馬字，略稱教羅)傳來台灣，先在台南展開教羅布教。

　　以來，教羅曾經多次修訂，仍未盡完善，所以教會外的學者乃有加以修訂或另創新案者。1920年代廈門大學的「周辨明式」最早而最用力。王育德博士對這個課題很關注，除了發表多篇論述(《台語講座》有兩講專題論教會羅馬字)，更設計乙套；「王

第一式」用於《台語常用語彙》，「王第二式」用在《台語講座》。不過他在逝世一個月前，在世界台灣同鄉會席上(筆者在席)宣布他要放棄自己的案遷就教羅，因為個人從事推廣羅馬字孤單乏力，不如由有組織的教會來做。惟他對所指摘過的教羅的缺點，在逝世半年前所發表的最後一篇論述《台語記述研究的進展》并沒「撤回」或修正。

　　王博士對教羅最顯著的異議是；教羅的精神旨在替漢字注音，複音詞的音節間必須橫槓(Hyphen)連起來，而且每個音節都注本調，(其他枝節缺點從略)。由是觀之，他的「改良羅馬字」，距筆者的設想應不遠。

　　台語的常用詞有2成多找不到「正字」，要解除漢字寫台語的瓶頸須要借重羅馬字，況且台灣的人名地名也要用上羅馬字，筆者長年為此傷透腦筋，釐訂出幾項原則。

　　(A)基本原則；(1)做文字兼注音用，所以複音詞不

▲ 王育德博士在大學講座的第二本台語教材

分割注橫槓(連接符號)。聲調注變調，反映實際語音。(2)與國際接軌，羅馬字採英語讀(音)法。(3)考慮跟華語互通。

(B)運用原則；(1)加潤符(如假名濁音加2小點["])。(2)合體字，如ts, ch。(3)變讀，如d讀「多」。要之、台語羅馬字首要在做文字，補漢字之不足，好寫(美觀、經濟)，好教好學(記變調，體現實際語音、語義)。

📖 VI、沐浴學恩如乘春風

筆者於1967年，因日本政府公費進東京大學研究東洋、北亞史。是年與友人參加東方學會即「認知」了王博士而無緣「相識」。在他生前的最後幾年，筆者投入漢語與台語的研究，拜讀他的著作，彼此交流急速進展。他不僅慨贈多篇他的閩台語論著抽印本，也委囑筆者替他翻譯他的著述(日文譯華文)。而筆者也有機會送他《千金譜》。它全部用漢字寫的台語白話音小冊子，筆者在「走空襲」(10歲)時受先嚴教授過，而王博士卻說久聞而未嘗見過。

筆者小時候在二戰終戰前後有接受過台語文音與語音的授業，影響後來對台語的研究受益不少。在日本被限制回國，投入母語台語的研究也有三十多年了。先是從漢語學入門，進而閩南語、台語。

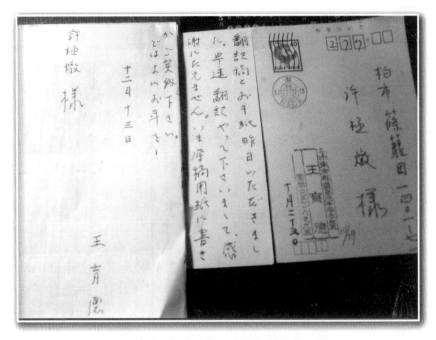

▲ 王育德博士對作者在台語研究的啟發多多，惠予
學恩如山

　　這個領域的研究業績、資料以音韻方面最多，也是筆者的最
棘手，卻又回避不得。後來之所以對音(聲)韻問題稍有領會，可
以說是研讀王博士的著作之所賜。前衛出版王博士論集時，博士
論文《閩音系研究》筆者亦監譯亦重譯仍感「真食力」。

　　台語研究的課程如山之多；音韻、語法、詞彙、語史、書
寫制度、台語文學……。筆者「獨學」台語學，自承駑鈍，涉獵
狹淺，但，多承讀了王博士的著述，既學術又通俗，容易吸收而
聊有心得，竟而不揣淺陋也出版了八本有關台語的書。其中有

半數以上的主題都是向王博士效顰的，例如；(1)綜合的有《台語學講座》、《台語概論》(著墨語法)，(2)語史有《台灣話流浪記》，(3)語音有《常用漢字台語詞典—文言音、白話音、訓讀音解讀》，(4)書寫制度有《台語文字化的方向》等。

　　總之，筆者的經驗印象中，王博士的台語著作是一座寶山，剛進去或會感到草莽叢林，慢慢地展現出田園阡陌、花香鳥語的世界。在是是非非的治學原則之下，他做到了「知之為知，不知為不知」(無把握的漢字必註？符號，不硬拗)，卻又多所創見。筆者非王博士的門生，卻長期蒙受他的學恩，有如乘坐春風，每次神遊他的台語世界總有流連忘懷之情。

　　過去戒嚴時，他的著述無法進入台灣，而其作品又都是用日文寫的，國內讀者不易受惠。惟2002年台北前衛出版了他的全集(15卷)漢文版，必能嘉惠讀者，請信斯言之不妄也。

4 參加世台會回國助選紀行

幸會小英主席助選織美夢

▲ 代表台灣的民主進步黨競選總統（2012、元月）的蔡英文黨主席

4 參加世台會回國助選紀行

幸會小英主席助選織美夢

📖 Ⅰ、我印象中的蔡英文女士

蔡英文主席的名字映入我的眼簾，進入我的腦海，當是她在李登輝前總統時代擔任國安會的諮詢委員。這給予我比較有深刻一點的印象者，據說是李政權末期的「國與國的特殊關係論」，蔡氏是「主謀者」之一。惟既然是李氏國民黨政權的「朝臣」，難免予人「染藍」印色的想像。

二○○○年，陳水扁政權時代，她以四十三歲的「青壯年」出任「陸委會」主

委，遽然顯得「突出」起來。因為是扁政府的朝臣，「應該」是「綠色」的本土派才對。然而她并非民進黨的黨員，也不屑於任何政黨，而我對於「陸委會」這種特殊機構，原應納入外交部，卻特別突出其地位的體制，實在不願認同。不過，蔡氏在主委任內，打開了「小三通」的門徑，本應可擊退KMT對民進黨政府所謂「鎖國」的誣蔑，實則又未見成效；是政府宣導不夠，也是媒體的誣罔。

在紅衫軍猖獗之前，我吸取台灣的資訊主要的是靠台灣朋友郵寄電視節目的錄影帶，不像近年來安裝衛星電視設備，可以隨時直接觀看台灣的訊息。所以，後來蔡主席加入民進黨擔任不分區立委，我的印象比較淡化。不過，她的加入民進黨倒是讓我對她產生很多複雜而正面性的聯想。特別是她擔任了蘇貞昌行政院長的副手以後，驀然她像一顆閃亮的明星懸掛在高空引人注目。可嘆而又令人痛心的是，幾個背叛台灣人所發動的紅衫軍之亂，不但撼動政局搖盪，社會不安，抑且也掩蓋了不少這顆明星的光輝。而本土屬性的民進黨政權竟而一蹶不振！

📖 II、幸會蔡英文主席

在蔡英文女士變成蔡英文主席之前，在我的心目中、印象裡；她是一位斯文的學者官宦，道地的貞潔的清流；她既絲毫未染上國民黨官僚老獪陰濕的習氣，更不具半點民進黨人的草莽性，卻有著和民進黨所秉持的一致的對民主的堅持和願為台灣犧

牲的理念。這可以說是台灣政治人物的異數，不可以輕忽地讓她被惡質的台灣政治文化所傷害，應予以時間妥加呵護，他日必成就大器。

我對蔡女士的「印象」和這番心情，居然跟我內人不約而同。所以當蔡女士挺身表態要參選民進黨的黨主席時，我們都有點不忍，也認為不妥。因為民進黨在當時，可以說是像置身在加護病房的病人，癱瘓在谷底裡。據說也有二億多的負債，在台灣要帶領這種狀態的政黨「起死回生」，真的談何容易，更何況要依賴像蔡女士這樣的一位女性來肩負，說實在，委實太沉重了。

基於這樣的思考、顧慮，在當時參選黨主席的三人當中，雖然阮（我與內人）不是黨員，為了愛惜蔡女士和支持民進黨，一直期待在「過渡」時期先由辜寬敏先生做一任，把民進黨先拉拔一下，至少讓它走出加護病房。因為辜先生不但有財力，經驗也豐富；曾經在日本領導過台灣青年獨立聯盟的運動（委員長），他的夫人王女士也很能幹，而陳師孟先生也表示願全力支持（擔任祕書長？）。一任二年（蔡做副主席）後，再交代給蔡女士把民進黨「復建」起來。

然則，選舉的結果，民進黨人似乎有「脫胎換骨」的願望，讓小英來呵護療傷的期待，她居然高票當選了。既然這樣，當然阮也給以祝福，拚看看。

二〇〇九年春天三月初，東京的台灣人社會顯得忙碌起來；先是三月六日，高雄市陳菊市長來訪，接著一禮拜後的三月十五日，民進黨的蔡英文主席率團來訪，並做演講。

　　陳市長是舊知，一九九三年時，我邀請了十幾位各領域的學者專業（家）共同執筆出版了一本《尋找台灣新座標》，陳市長撰寫〈戰後台灣的人權運動〉。至於蔡主席，過去我一直祗是「心儀」嚮往，從未有所接觸，更不曾謀面。這回她率團來訪，在東京的市谷（Ichigaya）私學會館做專題演講，其講題是〈當前的台灣情勢與台日關係〉。

　　她的演講主要使用中國語，因為聽講者有不少日本人，所以

▲ 蔡英文主席率團首次訪日，演講後的餐會（2009. 3. 15東京左2蔡主席，右端為作者）

全程口譯爲日語，通譯的林先生的翻譯非常好，在我旅日四十多年的經驗裡，這麼精準的口譯可以肯定是第一人。

演講後有質疑的問答，我無論如何要請教蔡主席一些問題，惟受限於時間，我爭取到提問，也可以說是「建議」吧。這有兩項提案；一是民進黨的台灣前途決議文中，「規定」台灣是主權獨立的國家，目前名稱是「中華民國」。這個名稱要不得！另外一個問題是，二〇〇八年總統大選時，初選爭執的後遺症，拖累了黨內團結的離心離德，導致大選的崩盤，主席就任以來以及今後黨內團結有無妙策？民進黨團結未必能選贏，何況內部紛爭更絕望了。

演講後，在會館內舉行餐敘，我不知怎的，竟然跟蔡主席同桌（方形長桌），而且正面相對而坐。對於黨內的團結說是有信心，我也就放心了。幾天後，我按照預定回國省親，搭友人的車時順便帶了幾種拙著約二十本，前往民進黨中央黨部贈呈，其中一種是《做一個有尊嚴的台灣人》。

那年（二〇〇九年）的十二月，蔡主席又率團訪日，在東京市谷我們又幸會了。這回也有民進黨的立委劉建國等人和媒體人隨行，雖然沒有專題演講，卻也有重要的談話，事在莫拉克颱風，我的故鄉旗山方面的甲仙小林（Siona）村全村覆滅的悲慘災情之後。兩個月後的十月，我回國時有跟幾位友人去現地觀看，對照災前的小林村風貌照片，以及我從前到過那裡多次的經驗，

想像那山崩水淹的慘狀，人間地獄的修羅場，令人心碎！可馬政府幾乎是無動於衷，救災不力，民怨載道。

Ⅲ、民進黨的再起與五都選戰

民進黨再起的關鍵是二○○九年秋天，雲林縣立委的補選（國民黨籍立委賄選被判當選無效），結果民進黨的「新秀」劉建國得票率超過58%而當選。這不啻是給民進黨帶來了回春的一聲春雷，也是給蔡主席的一針強心劑。

不久，這年年底的縣市長選舉，雲林和屏東的連任成功、嘉義縣的換人和宜蘭縣對KMT連任的挑戰均告捷。桃園的新人對決，竟也取得了罕有的得票率40%，說是「雖敗猶榮」。澎湖和台東惜敗，相差無多。綜合二○○九年底縣市長等三合的選舉，整個地得票率達45%，比四年前執政時的37%增加了8%，可以說這個百分比還是綠營的基本盤，看來才一年半多，在蔡主席的領導下，民進黨的支持者漸漸回流，它也逐步復甦，充實體力。

二○一○年初，一月有桃園、台中和台東三縣三席立委的補選，而二月尾又有嘉義、新竹、桃園和花蓮四縣四席立委的補選。這兩次七席立委補選的結果，除參選花蓮的蕭美琴以41%得票惜敗之外，其餘六席全部當選。這下，民進黨真的「勇」起來了。這時、民進黨的聲勢節節昇高，同時對蔡主席的滿意度也維持在百分之六十幾。接下來，在五月間，有黨主席的改選和五都

▲ 蔡英文總統候選人於選前訪日,旅日台僑在東京羽田機場接機歡迎(持花束者為作者的妻室)

首長的選舉。

　　在黨主席改選前夕,蘇貞昌未經黨內的民主程序,就率先搶著表態要參選首都台北市長,以致蔡主席減少了一個選擇的機會。黨主席的改選,她以九成的得票率連任,正反映黨對她的期待與信任,也強化了她對黨的責任,所以連任那晚她宣布要參選新北市長。當時,我和內人跟子女去台灣,阮也去立法院前面參加反對ECFA的靜坐,從中午到晚上十點,蔡主席也來現場,這些都是歷史的見證。

　　五都的選舉是在二〇一〇年的十一月尾。我的故鄉在高雄,

但是選區在台北。高雄都的綠營,高雄縣長楊秋興的變節、背叛台灣人令人「痛心疾首」,相信歷史會給以制裁,何況他也得不到多少票而慘敗。民進黨的支持者長期栽培出來的政治人物竟然變成「政治術仔」,實在是可嘆復可鄙!

投票的十天前,我和內人搭飛機回國,先後參加了台北市石碑和新北市板橋的造勢大會。蘇貞昌的場,造勢會的內容,實跟從前不同,新穎有創意應可以感動人。無奈,台北市的選民軍公教和豪商巨賈,又都是唐山來的,包括「在地人」都已在中國文化的缸內被染成異質的中國城,所以即使現任的郝龍斌毫無能力與治績,而且花博,內湖線,新生高架弊案連連,投票的結果,蘇貞昌還是輸了十七萬多票。

新北市投票前一晚的造勢場,蔡主席到場時,民眾的熱情與場面的壯觀,她轉述幕僚的傳言「爆場」(biak diu;場地的人爆滿)了,引起歡聲雷動。台上的電光畫面,蔡主席的演講,少女群感性柔美的吹奏樂韻,真的夠溫馨的。這不像是「選舉戰」的造勢,毋寧說是嘉年華的晚會,觀眾不是來造勢,而是來享受「晚會」。從場內人群中要擠出人群外,走到通往車站的大路,非要費「九牛二虎」的力氣,花上十幾分鐘。看這種場面,不難預測蔡主席一定會當選。

可是、回到寓所專注看電視的時候,忽然播出在KMT的造勢晚會,爆發了槍擊案,兇手在台上向連勝文開了一槍,說是子彈

由左頰貫穿口腔從右頰出來，台下一位坐輪椅的民眾當場中彈死亡。兇手當場被逮捕，兇器也被押收，可是已經一年多了，還偵辦不出真相。而案發當時，國民黨的助選幹部立委，齊聲吼叫要「制裁」，意在誣賴兇手是民進黨指使的。這個案子很直接地影響了翌日的投票。果然開票結果，民進黨至少可以贏三都以上的選舉，因為這顆子彈，只保住了南高兩都。

IV、總統的選舉與回國助選

我被國府禁止回國將近二十年，於一九八七年初開始逐漸能夠回去。國內的選舉我直接幫朋友站台助選是在一九九一年十二月下旬的第二屆國代選舉。當時在台中的楊嘉猷，台南的李宗藩，高雄的周平德和旗山的鄭添旺我分別站台助選（四人均當選），譴責國府的不公平和不義是社會不安定（不平則鳴）的根源，例如老賊退職竟有五百六十萬元「退休金」和18%的優惠存款，而一般勞苦大眾三餐不保。這種不公不義今日依然存在。

後來陳定南選省長，彭明敏教授選總統，則參加海外的回國助選團掃街拜票。惟那兩次都只侷限於台南和高雄兩地。這回蔡主席的參選，我特別有一番微妙的「感情」，所以跟內人很早就報名繳費（機票除外，在國內助選活動每名約六百美元）要參加「世界台灣同鄉會回國助選團」的助選活動。

二〇一一年三月中，民進黨總統參選人初選時，阮就很關注

并期待蔡主席出線。許信良在二〇〇四年總統選後，竟然參加連宋的「屁面集團」在凱道靜坐又嗆聲說他代表台灣人民宣布連宋當選，就這個舉動我就判定他「廢」了。這麼一個「變節」的人還「回歸」民進黨要參選總統。至於蘇貞昌在跟謝長廷「爭」總統初選當時的「同志相殘」，加上五都選舉的「霸道」作風，論斷其為「過時」的人，他出來絕對無贏面。

果然阮所期待的小英取得了民進黨的總統參選人資格。這年，四月、七月和十月三次回國。十月應邀演講後，前往競選總部參訪致意。十二月尾，我早一步先內人回國活動。

十月三日，在東京第三次幸會蔡主席。這回她以總統參選人身份率團來東京訪問。東京有幾個台灣人的社團共同組成後援會，我所屬的「日本台灣語言文化協會」和內人所屬的「在日台灣婦女會」都參加了，而且會長是婦女會的名譽會長郭孫雪娥女士（已故郭榮桔先生的遺孀）。小英來的那天，阮很多人會齊去羽田機場迎接，場面相當感人。

傍晚在hotel有一場立餐會，場內擠滿了人，其實也不在意有沒吃了甚麼，倒是讓小英跟大家「分組」拍照時，她的人氣更可以看出來。接著是她的公開演講，會場又是「biak diu」（爆滿），有相當多的人還「擠」在場外聽。我則移坐到第二排，我的座前是三位上台講話的日本貴賓，對他們質問的「dong suan」，我有機會解說是「當選」。這是我和蔡主席三次的幸會。

　　這之後，在國內三個多月的選戰活動，從衛星電視看到小英的氣勢如虹，民進黨的支持者回流的浪潮洶湧，跟小英之間發生的感人小故事，在台灣，甚至在全世界的選舉活動史上是絕無僅有的，這正是小英的無限光榮，民進黨的資產。

　　十二月尾，我避開在東京跟家族過年，行色匆匆趕回台灣。朋友告訴我，「蔡英文一定會贏，因為民進黨的支持者熱情回來了」，「在集會場，支持者紛紛塞錢給她，難得！」「祇要老K不搞au步」。幾天後跑回南部，這裡是民進黨的大本營更不必說了。世台會助選的行程是一月六日從左營出發。

　　來自世界各國的台灣人僑民參加世界台灣同鄉會回國助選團給蔡英文助選，有三百多人，於一月六日下午在左營蓮潭會館聚集，當日晚上由陳菊市長做東，演出異樣的「誓師大會」。第二天在會館舉行年會以及聽取有關助選活動的演講、報告和座談會。

📖 V、掃街拜票的助選紀行

　　這回世台會助選活動的日程，除了一月六、七兩天的年會及準備活動之外，一月八日由左營出發，到台南、夜宿永康。翌（九）日北上嘉義，新港，夜宿廬山。十日前往南投、彰化，夜宿台中。十一日前往苗栗、苑里、後龍，夜宿桃園。十二日，桃園總部、掃街後北上台北解散。這樣，前後四宿五日，由高雄北

上，配合民進黨部安排的蔡主席行程，一路重點掃街拜票。

　　助選團個人行動的助選之外，阮夫妻參加團體助選，一共五台遊覽車，兩百多人。阮這台約四十名，來自十三個國家；包括前駐巴西的周叔夜代表（大使），有哥士大利加，南非，美加東海岸，德國，紐西蘭……等。這次也幸會了久別的友人，有幾位是早前回國參加台語講習聽過我的講座。

　　助選團於一月八日早朝在蓮潭會館搭遊覽車出發。出發前，南方快報的邱國禎氏帶領了一團人前來歡迎并送行，三立電視台

▲ 助選團出發前夜的晚會時與前駐日代表（大使）許世楷伉儷（左1、2）重聚

的記者也來採訪，居然選上了內人，時間匆促，談的大概回答這次回來助選是值得，因為要為台灣爭取公平正義。

第一站到達永康競選總部，列隊等候小英的車隊。這也是頭次看到小英站在防彈車上，以總統參選人的身分，「英姿煥發，笑容滿面」地向群眾揮手。看起來真的既「可愛」又有「威望」，真希望趕快投票結束，讓她成為台灣第一位女總統。

離開總部移師前往陳唐山立委競選總部。後又去黃偉哲、葉宜津和許添財三人的總部，因時間所限沒法去陳亭妃的總部。台南縣的民進黨立委候選人實力雄厚，除了陳唐山的對手，其餘四人不足輕重。陳是多年的舊識，惟年紀大成了弱點，聽說他相較對手，活動力較差（結果險勝）。

一月九日的助選活動比較「硬斗」；從永康北上嘉義，在新港有兩個地方歡迎小英的車隊，給以壯大聲勢，我們是從海外各國迢迢千里回來支持她的。特別是在新港媽祖廟前的場非常熱絡，當地支持者也加入我們的隊列內。離開新港後取道大林鎮，進入彰化市。在市區內掃街拜票走了將近二小時，民進黨籍的邱健富市長在前頭車上領隊，舊識周清玉前彰化縣長隨車步行，其間也迎接小英的車隊。天黑以後助選團無法活動，車隊開往廬山溫泉區歇腳。

翌（十）日，早上八點就要出發，目標是去草屯。民進黨的

立委候選人張國鑫是從舊金山矽谷回來不久的科技博士優秀的人才。助選團從他的競選事務所出發掃街拜票繞了一大圈，不過助選的重點仍是總統。

　　下午移師台中，民進黨喊出「決戰中台灣（中彰投）」，前回台中都選舉僅輸三萬多票，這回必須贏回來。在台中市區，當然要為小英和林佳龍立委候選人助勢，然後前往總部幫郭俊銘候選人加油，這樣一天很快又天黑了。夜宿通豪大飯店，遇上了一些中國和日本觀光客，我特別給日本觀光客介紹台灣的選舉，KMT的黨產和親中不公不義。同時也推銷台灣的水果；椪柑，棗

▲ 海外鄉親助選團五百多人，助選出發前在左營誓師大會（大旗下持小旗者為作者妻室）

仔……台灣的棗仔甜美，實在真好吃，在日本可以買到椪柑，就是看不到棗仔。

第四天，即一月十一日，早上一大早（六點半叫床）就趕去苗栗，在縣的競選總部聚集一大堆人群，正在聽葉菊蘭女士的演說。小英和楊長鎮（學者型的樸實人）上了台擂起鼓來，歡聲震天，葉女士嗆言苗栗要破「四成五」，我私底說「破五成」。在掃街拜票時，我向路人，特別是女性用客話問說『讓Hakka moe做總統好吧？』對方大多表示肯定。可是開票結果，桃竹苗竟輸了四十多萬票，而且竹苗兩縣客庄小英只得30多％！是「凄慘」，也是「客人無情」？

📖 VI、從客家庄到中國城

桃竹苗除新竹市以外，幾乎是客家庄的天下。台灣的客家人有一個「傳統」，就是記恨福佬人，而偏袒做外來統治者的「幫兇」。這個傳統的源頭是施琅攻佔台灣後，對台政策移民三禁中，不准客家（粵民）來台。後來開放，客家人遲來一步，西岸平原多為閩人（福佬）所佔，被迫進入山區。在南部朱一貴之亂，六堆客家杜君英先是協作，後則叛離。北部在林爽文反清時，新竹一帶客家民團助滿清「平亂」，造就了所謂的「義民」（客人）。日本殖民台灣期間，客人以少數族群，對統治者比較示好或忠誠，所以閩客矛盾無解（漳泉閩客械鬥日治時已消弭），中國國民黨殖民統治台灣善於利用族群矛盾，而客人依然

擅長外來統治者的語言，也取得較好利益，吳伯雄祇是一個典型的客人，畏友已故邱連輝（屏中同班摯友）的「反骨」，屏東縣的客家不像北客那麼多乖乖牌。容有例外，但台灣的客家人真有「硬頸」的有哪些人？

苗栗縣的海線（西岸）福佬較多，山線（東部）則是客家的大本營。苗栗縣政府無血無目尿，深夜破壞快要結穗的稻田，逼得某老婦上吊，政府變賣農民田地圖利企業，苗栗人似乎無動於衷，容認苗栗縣政府，也默認馬政府這種非道德行為所以還要投他。

離開了苗栗市後前往海線的苑里和後龍，等待歡迎小英的車隊。這都是競選總部的安排，反而減少了掃街拜票的活動。從苗栗跳過新竹縣進入桃園，晚上住在高級hotel住都飯店。第二天前往縣競選總部為鄭文燦助勢。

桃園縣除了客人以外，眷村，軍的機構多了，這裡是藍的地盤，惟鄭文燦以五十八日的活動選縣長居然得票率46%，僅輸五萬多票。這回小英也應不致太差（結果卻輸了二十萬票）而鄭本人應可當選，然而據說對手是老Ｋ的老金牛（結果得八萬多票而輸了二萬票），在總部聽了鄭寶清氏擔任台鹽董事長的一些祕話和祕辛。他擔任過黨副祕書長，清廉苦幹。他負責台鹽時全國有五百多支店，換老Ｋ以後現在僅有五十幾所。為台鹽賺了幾十億還免不了被誣告。民進黨人這類為國家苦幹英雄的軼事，應該讓人民知道。

▲ 助選團下榻盧山的旅館出發前於旅館前庭

　　下午前往黃適卓的總部，我們又聽到了適卓的父親黃主文氏支持李前總統民主化運動，從執政時的集思會到下野後的台灣團結聯盟的軼事。在場更加決心政黨票必須分配支持台聯過門檻。

　　走玩掃街拜票的行程，車隊於下午（一月十二日）二點多抵達「中國城」台北市內。大家依依告別後，阮回去外雙溪寓居，準備傍晚出席在世貿大樓舉辦的「國際台灣公正選舉委員會」的感恩餐會。隔日（一月十三日）傍晚，助選團聚集在板橋競選總部，然後整隊前往造勢晚會場，並上了台「亮相」，跟台下支持群眾見面，這是最後一回的拉票吧。

VII、助選活動後的檢討

二〇一二年的總統選舉對台灣命運的影響非常重大。也許是我個人的「感情」成分有些作用，但毋寧是理性的思考更重要，那就是，正面的；蔡英文主席是難得的總統人選。因為她不但有淵博的學識，豐富的國際事務經驗，而擔任陸委會主委，行政院副院長都是無缺失的政務官，尤其是把台灣人的政黨從死亡邊緣救活起來，勇健起來，相信絕對也可以把台灣解救免於淪亡。因為她更有外柔內剛的台灣心，同胞愛。台灣必須立足於世界，然後走進中國，否則先被中國綁架（馬英九之流的作法），必困死在中共手下，無法生存。

　　台灣對外，必須利用國際關係牽制中國求生存，對內必須實現公平正義。選舉不等於民主，在台灣只有選舉並無民主。因為民主的前提是公平，正義。然則台灣既無公平也無正義。中國國民黨的黨產是馬政權的最大貪污。黨產和行政不中立，利用稅金替政府（連司法部門也要廣告）做鋪天蓋地的廣告，完全不中立，不公平。檢調干預選舉，台灣版水門案不了了之？賄選辦綠不辦藍！劉憶如變造公文書誣陷小英是公訴罪檢察卻不行動。一方面馬英九本人就一路騙來始終如一。不存在的「九二共識」硬說是兩岸和平穩定的基礎。

　　馬英九的「騙太多」還有；黨產歸零的謊言，六三三跳票捐薪水的胡說八道，綠卡自動消失，密會組頭，要用生命捍衛中華民國主權，卻讓陳雲林不叫他總統，把國旗踐踏沒收，說是「不統」，做的是傾中統一，登報誓言台灣前途由二千三百萬人決

定，卻徹底反對公投。

四年前，總統選舉時我曾印製一份傳單，題為「他不配當總統」，印發十萬枚。主旨有三項；一是台灣自古不屬中國，二是「中國」國民黨仍是外來集團，三是馬英九的真面目，一個不折不扣的偽善者，偽君子；甚麼「溫良恭儉讓」，甚麼清廉全是假的，他自己說的，給他包裝，騙騙騙，台灣人還真好騙。

這回選舉，連一些外國媒體也有人說是台灣人選擇了安定，就搬出那幾個大企業主挺九二共識。他們殊不知道台灣內部的不公不義，黨產問題，作票買票的問題，行政的不中立，太多太多的反民主和司法的墮落為當權者KMT的工具。請注意，KMT是「中國的」，不是「台灣的」。司法人員檢調，軍公教警媒體通通必須退出政黨，不然台灣不會有公平正義。

這回的助選活動，幾乎為配合「迎接」小英的車隊，以致在各地掃街拜票的活動受到限制。我認為應該連夜間的造勢活動都該出場參加。所以有一次我曾建議，我們助選團不是觀光團，理應儘量走到市場、學校、車站等人群多的地方，一方面亮相表示我們愛台灣千里迢迢回來為台灣加油。另一方面設法造機會讓團員能夠跟群眾對話，訴說我們的心情，而不是團長對團員訓話拉票，那是找錯對象，因為我們每個團員都有深切的認識，如何愛台灣。就我們這部車的人員，平均年齡六十五歲，出國歷在四十年左右，而且被KMT陷害者多的是。

5 北海道紀行

雪國蝦夷的北海和民的新夢鄉

5 北海道紀行

雪國蝦夷的北海和民的新夢鄉

▲ 北海道是日本開發最晚，卻是後起之秀，到處有景勝地，是觀光的好所在

📖 結緣北海道

　　僑居日本將近半世紀了。1967年的春天負笈前來扶桑求學，沒想到竟然才兩年就被限制回國以致長期羈棲東瀛至今。

　　在這漫長的歲月裡，在日本，特別是寓居在東京及其近邊的生活裡，雖然難免有過困苦辛酸，但基本上精神的"自由"、"解放"是最大的安慰。一方面，這裡的社會，有秩序、文明。

大自然的環境，尤其是東京，四季變化可以嗅到大自然的呼
吸，觀察到新綠在探頭、茁壯。然後枯黃、落葉。各種不同的季
節，有許許多多不同的花綻開了，萎謝下去。

六月初到七月中旬的梅雨季節，真是細雨纏綿最引人遐想沈
思。東京偶而會下雪，不大也不會久，不致有積雪的困擾。倒是
細雪飄舞彷若柳絮紛飛，好個詩情畫意的景象！

日本列島包括北海道、本州、四國和九州四大區塊以及沖繩
島群差不多有結過緣。除了東京是本州、東海岸的中心點，是長
年生活的基地，已經是第二故鄉了。最早結緣的倒是沖繩地方，
而最令人懷有夢想情思的卻是北海道。

1967年春天剛來日本，那年夏天回國後返回日本時，便前往
沖繩巡禮，再經由九州、京都回到東京。可是跟北海道結緣竟遲
至14年後1981年的十月初，因為「日本中國學會」的會務關係首
次前往北海道。

日本中國學會是在日本研究中國的哲學(經學、思想)、文
學和語學的學者(包括外國人)所組成的學術團體。它的英文名稱
是"the Sinological Society of Japan"。所謂「中國學」，Sinology
是研究中國的學問、學術。惟，它主要的研究對象首推哲學、思
想，雖包括文學和語學，卻不包括史學，而語學則另有「中國語
學會」。所以研究中國語的學者有很多既參加中國學會也參加中

國語學會。

這兩個學會的 "份量" 當然是中國學會 "厚重" 多了。它是1949年就組成的，1981年時任學會理事長的金谷治教授將會的事務（業務）委囑他的一位高足負責。這位高足成了學會的幹事，邀我參與協助處理會務。

學會的會址設在東京的湯島聖堂，亦即孔子廟內，是御茶水車站鄰近。日本斯界的學者重鎮參與學會，我在協助學會事務的兩年間，不但學習了不少運營學會的知識，也認識了一些著名的學者。1985年夏天，我跟在日本的一些台灣學者組成「台灣學術研究會」，2001年春天成立「台灣語言文化協會」，前後均負責首任會長的會務。

1981年10月初，日本中國學會在北海道大學召開年度大會，我有機會隨同學會事務局幕僚遠赴北海道。這是我首次置身嚮往已久的北國夢鄉。

北海道的諸道

著名的歷史小說作家，也是紀行文學（街道紀行）的巨匠司馬遼太郎氏在紀行文學街道紀行的系列有多達四十三本著作。其中「台灣紀行」的末尾附錄他跟李登輝總統（1994年當時）對談的「場所的悲哀」—— "台灣何去何從"。這篇對談錄被刊出後

半個月，我寫了一篇〈走出中國的陰影結束台灣人的悲哀〉發表於民眾日報（1994.5.26），後來收錄於拙著《台灣研心錄》。

　　司馬氏的街道紀行系列著作有關北海道者有兩本；一本是《顎霍次克街道》（1993年8月），另一本是《北海道的諸道》（1981年7年）。這兩本書對於認識北海道提供了豐富的資訊和知識，祇是在我多次遊歷北海道之前，甚至今年初夏暢遊北海道之前也都未能接觸到這兩本書。

　　提起北海道肯定會聯想到蝦夷（Ainu），北海道原本就是蝦夷（民族）人的"本居地"，固有鄉土。亦就是，蝦夷人是北海

▲ 北海道農校(北海道大學的前身)首任校長庫拉克的名言「Boys be ambitious」流傳海內外

道的先住民，就像印地安人之於美國，高山（砂）族、平埔族之於台灣。

北海道出生的人被通稱為"道產子"（Dosanko），不過，這Dosanko還有一個含義是指北海道馬，因為北海道產馬出名。

北海道的首府是札幌(Sapporo)，北海道的道廳（道政府）在這裡，北海道大學設在這裡，也是我跟北海道初戀定情之地。札幌拉麵，札幌啤酒戶喻家曉。每年二月，雪國日本在札幌舉辦雪的祭典(yuki matsuri)更是吸引了不少海內外的觀光客。

北海道的土地與事物有魅力的可多了。這裡是明治維新（1868）以後，移民大舉來開墾成立的新天地、新社會。這裡的風土與人文頗多迥異於本州其他各地。土地的主人原本是蝦夷民族，以狩獵、捕魚為主要生產手段。由於地處寒冷地帶，從前無法種植稻作。近來雖然有些地方能夠生產稻米也很有限。本州方面遷來的移民（倭人或稱和人wa zin）的性質就是跟蝦夷人不同。

從蝦夷之島轉變為北海道的歷史才一百多年，不過，在文學以及音樂方面卻有很多浸入人心的故事。

文豪夏目漱石（夏目金之助）出生於江戶（東京）卻曾經在北海道西南部積丹半島島根南側的岩石町設籍22年（1892-

1914）。町內現在有刻著「文豪夏目漱石在籍地」。

英年26歲逝世的天才詩人石川啄木，21歲時（1907）離開故鄉岩手縣來函館(Hakotate)，札幌流浪一年多。啄木在北海道流浪時寫下了著名的雋永詩篇；「函館詠」、「札幌詠」、「小樽詠」和「釧路詠」等。函館市的日出町有一座啄木小公園，頻臨大森海岸有他的一座木彫像。

昔日爲影迷所崇拜的玉女影星吉永小百合在電影「華之亂」主演名作家與謝野晶子。石川啄木告別北海道的流浪生活後回到東京，是住在晶子夫妻的家裡。他們關係有如姐弟。後來晶子去札幌演講，也前往函館參觀啄木的文獻和墓塚，曾經寫下一些詩篇。

日本是個童謠歌曲的大國，有一首描寫思念母親的薄幸少女的歌曲「紅色的鞋子」，真實的故事發生在北海道札幌，作詞者是成名的詩人野口雨情。用地名做題名的歌曲不算多，「東京～」則不少。北海道也有幾首感人心絃，孕育情操的地名歌曲，諸如；知床旅情、襟裳岬、宗谷岬、霧的摩周湖、石狩挽歌、函館的女人等。此外，有一首風靡東亞的「北國之春」，雖然沒明言是北海道的歌曲，但吟味歌詞的內容；「白樺樹、藍天、南風（春天來了），……辛夷（雉）的花開，落葉松的嫩芽……」，至少「北國」很難不讓人聯想北海道。

📖 遂行宿願

頭次跟北海道結緣是30多年前（1981），日本中國學會在北海道大學召開年度大會時，擔任幹事的助理「因公出差」，所以個人的行動受限制，除了參觀北海道大學，以及事務局同僚接受招待參觀札幌的啤酒工場以外，少有旅遊觀光的活動。

八十年代，台灣在美麗島事件發生後，正是多事之秋。在日本，尤其是東京地方的台灣人為了呼應祖國島內激變的時代，大家都特別關注台灣的公共事務而熱心投入。這樣公私"雜務"繫身，致使再遊北海道的心願久久未能償現。沒想到第2回重遊北海道，竟然是距頭回長達16年之久的1997年秋天。

第2回旅遊北海道的路程(course)是從東京搭飛機飛往釧路(Kushiro：北海道東南)，然後搭乘汽車沿著太平洋海岸北上到達根室(Nemuro)探望納沙布岬(海角)。從根室繼續走海岸道路西北行來到久仰的知床(Shiretoko)半島。繞行半島之後西南下後折向西北經過著名的監獄所在地網走(Abashiri)地方，遊覽道東區塊的名勝諸如阿寒國立公園、摩周湖、硫磺山、屈斜路湖，眺望顎霍次克海。

在這之後2年，1999年也是九月初，第三次探訪北海道。這回行旅的目的地是道央(中央部)大雪‧十勝區塊，以及道南區塊，而重點則是北海道首要兩個都會及其周邊。道央的精華區是

札幌和小樽(O taru)，而道南的精華區是函館(Hako Tate)。

這兩大區塊除了人文薈萃的都會區，更有風土優美壯麗的大自然勝景，諸如洞爺湖(Tohyako)溫泉區、湖邊南岸於1943年才"誕生"的昭和新山，支笏湖(Shikotsuko)，禪僧定山開拓的定山溪谷溫泉區。道南區塊的函館夜景堪稱世界第一，大沼國立公園及駒之岳，德川暮府時代遺留的松前城。

最足以代表北海道自然風景壯麗之美的另一個側面，烙印在腦中鮮明瀲漾的，那就是在大雪・十勝區塊，亦即位置北海道心臟部所在的美瑛(Biei)和其南邊的富良野(Furano)一帶，盡是詩情畫意的彩色調和的田園風景，遍地是花壇的世界，真夠美極了。

世事難料，沒想到事隔才2年多的2002年2月，正是北海道最是寒冷的季節。台灣的幾位不勝寒的親戚和友人，居然要來挑戰北海道的冰天雪地。此時作為僑居日本已經35年的"地主"，當然樂於帶隊飛往北海道"博感情"。

這是第4回遊北海道。由於天氣實在真寒冷又冰凍，這回祇限於在道央區塊，以札幌為中心做重點巡禮。短短的幾天，在洞爺湖和友笏湖國立公園，以及小樽市區，特別是在札幌市內，北海道大學等地方重點式地留下一些"雪泥鴻爪"而已。

長年來，對北海道有個宿願一直未能償現，雖然跟北海道

結過四次緣了。北海道最北端的宗谷岬，亦是目前日本最北的地方，很早以前，不知幾時候了，早就有立下了願一定要去看看。這個宿願，並沒時間性，聽其自然地在腦海裡醞釀。今年(2013)的初夏，東京梅雨季就要結束了，終於有個機會偕同內人飛往北海道。從道央的新千歲(Shin chitosei)空港換乘巴士後，沿著海岸道路東行，先到東南端的襟裳岬(Eri-mo misaki)。然後東北行，還是走沿海道路。這裡經過一段長達35公里的"黃金道路"（開拓隧道8年完成，花了巨款，無異用黃金舖設而得名）。

道東有幾個重點；釧路（以濕原和丹頂鶴聞名），和北海道極東的根室(Nemuro)。從這裡轉向西北就是知床半島。再向西北，沿顎霍次克海經過網走，一直西北行直搗宗谷岬(Sohyamisaki)，終於實現了到達日本最北端的地方。從西南旁的稚內(Wakkanai)轉向南下到達北海道的第二大都市旭川(Asahi kawa)。進入北海道的心臟部，有大雪山公園、美瑛和富良野美不勝收的田園風景。最後，從富良野上了高速，趕回距札幌不遠的新千歲空港。這次跑了4/5周的北海道，連同以前去過的，差不多是周遊了北海道。然而，從頭次1981年結緣以來，已經蹉跎了三十年的歲月。

「北海道」誕生前的北海道

明治維新的第二年(1869)，「北海道」這個名稱才誕生。亦就是說，這年之前，北海道被叫做「蝦夷地」(Ezochi)。意思是

蝦夷(Ezo/Ainu)人所居住的土地，所以古稱「蝦夷」之地。

　　作為民族名稱的「Ainu」寫成漢字「蝦夷」是假借用的。Ainu亦被稱為「Emishi」以及「Ezo」。兒島恭子博士所著《從Emishi・Ezo到Ainu》（2006年吉川弘文館）內說：『Emishi或Ezo是被大和文化圈的人們所加上的視為夷狄的名稱，而未必能說是在指Ainu。』(P.7)，不過，近世的Ainu被稱為Ezo也是事實，那麼Ezo是否即等於Ainu？

　　「Ainu」一詞成為民族名稱這個Ainu的語詞，乃是相對於「神」(Kamui)的「人」的意思。直至1990年代，Ainu語詞被連結成差別的印象，所以往往被迴避使用。近來Ainu名已稱漸見復權了。

　　北海道以至於日本的東北地方、北方四島、樺太以及千島列島等廣大地域有很多地名還是Ainu語的名稱。古代至中世，環日本海包括北海道的廣域地帶，Ainu人跟對岸大陸的交易盛行。

　　事實上，第13世紀後半，北海道的Ainu進入到樺太(Karafuto現在叫Saharin)，甚至達到阿母河下游地域而跟元朝蒙古軍衝突被壓服。

　　一方面，Ainu人跟本州的Wazin(和人、倭人)經由日本海交易。北海道出產優質的石器材料黑曜石和獸皮運到大陸本州各

▲ 遊北海道必探訪顎霍次克海，冬季更有流水

地。他們漁獵產業的獸皮、鰊魚(nishin)、和鮭魚成為近世松前藩成立時代跟和人最重要的經濟關係。這樣對外交易、交流過程逐漸形成了Ainu的民族團體意識。

　　早在第6世紀末葉至第7世紀中葉，蝦夷曾經有過幾次大規模的叛亂。「蝦夷」成為Ainu的表記在《日本書紀》(720成書，30卷)，以及中國的史書通典(杜佑‧801)、新唐書(歐陽修、11世紀)都有關於「蝦夷」的記述。

　　中世鎌倉時代(1186-1333)、北海道被和人視為「夷島」。「蝦夷之島」成為和人流刑罪人的地方，本州東北的和人逐漸進

入道南。鎌倉時代以後，「Ezo」之稱逐漸固定下來，甚至專指稱Ainu民族，亦就是「蝦夷」。

室町(足利)幕府時代末期到戰國時代(15-16世紀)，和人的武將強大勢力侵入蝦夷之島的南部(道南)。這道南之地成爲和(倭)人的土地以後，北海道開始被稱爲「蝦夷地」，亦就是在松前藩成立以後。嚴格地說，道南的地是「和人地」，以北才是蝦夷地，包括千島列島以及樺太。

豐臣秀吉平定關東(小田原之役，1590)後，一百多年前鎮壓蝦夷最大一次的叛亂的武田信廣割據道南的松前之地，他的子孫此時遠赴京城去謁見豐臣，成爲被欽點的正牌藩主(大名：諸侯)，道南的「和人」最高統治者。秀吉并任命松前氏爲蝦夷的保護者。

這位松前藩主同時也得到德川家康的知遇。道南的松前城做據點的松前藩被納入江戶(東京)的德川幕府的幕藩體制內，本州的和人跟蝦夷地的交易、交流熱絡起來。

松前藩中心的和人對蝦夷民族的剝削、榨取引發重大的抗爭、蜂起。到了18世紀末葉，幕府將松前藩支配下的蝦夷地收回作爲幕府直轄領。由於俄國勢力的南下以及美國艦隊來航、北海道對外國關係緊張，在進入幕領化後展開對蝦夷地的開拓，內國化政策。

▲ 知床半島的自然之美，已被列為世界遺產，名曲「知床旅情」膾炙人口

📖 虛幻的「蝦夷共和國」

西元1867年10月，德川幕府的末代將軍德川慶喜(Tokuga Yoshinobu)將政權「大政奉還」給（明治）天皇。明治天皇即位，「王政復古」，廢止「將軍」制度，德川幕府覆亡，是為明治維新的開始。

翌(1868)年，即明治元年正月，大坂和京都方面舊幕府勢力引發戰爭內亂是為戊辰戰爭。這年的九月改元明治（元年）。

明治政府對於北海道，基於俄國南進「北蝦夷地」（樺太）

的國（邊）防觀點，以及開拓、殖產經營的理由，同年4月在函館設置函館府統轄蝦夷地。翌（1869）年8月，「蝦夷地」被改稱爲「北海道」。

18世紀初頭，帝俄領有了堪察加半島後，勢力伸張到南邊的千島列島北部。德川幕府爲了對應邊防以及經營蝦夷地，必先進行調查掌握實況。於是在18世紀後葉幕府的蝦夷地調查隊對蝦夷地進行測量調查，留下了豐碩的業績。著名的地理學者伊能忠敬不但測量北海道太平洋沿岸，甚至測量日本全國製作地圖，死後不久他的弟子們完成了「大日本沿海輿地全圖」。

此外，像間宮林藏（間宮海峽名稱主人），松浦武四郎等人實地探險調查土地以及民族語言，爲明治政府開拓北海道提供了豐富的資料。

明治二年七月松浦武四郎給政府提出道名意見書。他的六個名稱提案中，政府選用了很像是「北加伊道」(Hokkaido)和「海北道」(Kaihokudo)的組合，而採用「北海道」(Hokkaido)爲正式命稱。

日本古來有五畿七道，七道是東海、東山、北陸、山陰、山陽、南海和西海。蝦夷地不在此內，如今「北海道」誕生了，其土地和住民(Ainu民族)全都被編入日本國了。

　　回頭來看看明治元年初，舊幕府勢力從大坂進擊京都，旋即被薩摩藩和長州藩爲首的討幕軍擊敗。德川慶喜逃至江戶(東京)，四月討幕軍(官軍)無血入城江戶。舊幕府勢力以仙台藩和會津藩爲首繼續抵抗，戰火延燒至東北，也在九月降伏。

　　在這期間，舊幕府的海軍副總裁榎本武揚(Enomoto Takeaki)不滿新政府對德川家的處置，乃宣稱爲救濟德川舊臣要去開拓蝦夷地(翌年8月才改稱北海道)。八月率領旗艦開陽丸等八艘舊幕府的精銳軍艦和2,500多名志士脫出江戶航向仙台，收容各地敗戰的幕府兵士，十月在大沼北方登陸後，向新政府的函館提出蝦夷地開拓的申請書被拒絕。

　　榎本軍展開戰鬥，南下擊敗函館軍，攻佔函館東北方的五稜郭支配函館。然後又揮師西南攻克松前城掌握了松前的藩政。這樣榎本的軍勢操控了道南一帶。

　　函館在幕府末期對外國開放通商，有很多外國官吏、商人、傳教士。這時英法領事宣布局外中立，卻也承認榎本是「事實上的政權」。

　　榎本政權在五稜郭的臨時政府的幹部透過選舉產生。所以英法加以承認而稱之爲「蝦夷共和國」。其實，它是不具實態的虛幻的地方政權。

這個政權維持了半年左右。明治元年(1868)十月上陸道南，翌(1869)年四月、黑田清隆率領的政府軍開始進攻函館，五月中旬榎本投降。

蝦夷共和國覆亡後沒幾個月，蝦夷地改稱北海道。榎本等七名幹部被解押到東京，由於黑田清隆(後來任第三任北海道開拓長官)和福澤諭吉(慶應大學創辦人，現行日幣壹萬圓的標誌像)的盡力得於免死。他們後來於1872被釋放後，發揮在歐洲留學所得經驗與實力，作為北海道開拓使的官僚而活躍頗受注目，不失是美談。

函館巡禮

函館和東北邊的五稜郭等地曾經是「蝦夷共和國」的政權基地。1869年四月發生「函館戰爭」，德川幕府的最後勢力被消滅，結束了明治王政復古(天皇親政)後一年多的「戊辰戰爭」，函館也進入新的時代。

函館位於北海道西南端渡島半島東邊龜田半島的西南海邊。它的西邊是渡島半島分叉(如魚尾)點。這裡是北海道面對本州的前哨站，跟本州北端的青森之間有著名的青函隧道，更有津輕海峽的青函聯運船。

這裡有兩首關連的名曲；其一是「津輕海峽、冬天的景

▲ 探訪日本最北之地宗谷海角是作者久年的宿願，今年夏天終於在這裡留下足跡

色」，另一是「函館的女人(hito)」。

　　前者是老牌女歌星石川小百合的主唱曲，歌詞大意描寫在都市生活累了的女人，跟情人離別回到故鄉的難受的心情。歌詞前段說：

　　從上野(東京往東北的火車總站)開的夜行列車下車後，青森車站在冰雪中。返回北方的人群，誰也不愛說話，只是聽著那隆隆的海鳴。我也一個人，搭乘聯運船，凝視那似乎要凍僵的海鷗，眼淚都掉下來了。

後者是日本歌界男歌星的泰斗北島三郎的主唱曲，1965年發行的唱片暢銷了140萬枚。函館是北島的出身地，正好爲北海道宣傳。歌詞的要旨是；

一、千里迢迢來了呀，來到函館，越過那翻滾的海浪。雖說不要追逐過來，可每次憶起你那哭泣的背影，就很想見你，真是沒法忍受啊！

二、函館山的頂上，七顆星星在呼喚，似乎有那麼個感覺，才來看看的！……

函館市的西郊有一座335米高的函館山，汽車、纜車都可以上去，山麓延伸到市區。市內的街道很多斜坡延伸到港灣，風景真美。特別是山上點了燈照亮(lightap)時，俯覽遠近的夜景像是無數散落的珍珠閃閃發出星光，景觀奇美。

十九世紀五十年代，俄國和歐美的船艦來航壓迫鎖國的幕府開國通商而簽訂了許多條約。函館和下田、長崎就在這時候開港跟歐美通商。因而，函館成爲北海道最先接受歐美文化洗禮的港市。市街區到處有西洋式的建築、事物、教會、修道院、商館以及外國人墓地……。

函館既是舊幕府勢力的最後據點，又是明治新政府開拓移(殖)民北海道的前哨站。這裡帶動了北海道的開發，而北海道接受歐美技術文化的移植成爲模範地域，可以說是日本近代化的先驅。

📖 札幌農校的魅力

明治維新也給北海道帶來了"變天"的時代，地名從「蝦夷地」(Ezochi) 改稱「北海道」(Hokukaido)。

它的面積將近8萬平方公里（台灣的2倍多），一直到明治初期(18世紀60-70年代)，除了道南的函館一帶因和人的進入比較有日本本土(本州方面)的文化景觀。道央以北是遼闊未開墾的曠野，Ainu民族的社會文化，跟本州就是有異域的差別。

日本的稻作文化從南九州一直北上到本州北端的青森為限。北海道地處寒帶原本不適稻作，近年才漸見出現。而日本原汁的杉與竹的文化在北海道是看不到的。

北海道的天空特別大，而土地也特別廣，明治政府直轄之後，首要的至上命題有二；一是防禦俄國的南侵，二是開發以及移民殖產興業。而推動這些事業的總機構就是北海道開拓使。

開拓使總廳初設在函館，不到一年(1871)就改設在札幌。北海道開拓事業的首腦人物是鎮壓蝦夷共和國的薩摩軍人黑田清隆(第三任開拓長官)。而殖產興業的大功臣厥為札幌農業學校。

蝦夷地的開拓，幕府曾嘗試過均失敗收場。原因是跟本州的氣候、風土不同，從來的技術無法奏效。在寒冷地帶要使開拓者

定居下來必須有新的生活文化。

於是注意到自然環境類似，而對開拓(發)有豐富經驗的北美的技術文化。黑田急急率同留學生赴美，聘請美國的農務大臣克布農做開拓使顧問。北海道的移民開拓就是要模仿美國方式。開拓使所僱用的外國人多達78人，美國人佔48人，其中有一位W.S克拉克擔任札幌農校的首席教師(實質上是校長)。

開拓使為培育(開拓事業的)人材，除了派留學生赴美之外，在札幌設立農業學校(1876年開校)。這所學校正是北海道大學的前身，也是我初次跟北海道結緣的所在地。後來我每次去札幌都會去北大，除了克拉克之外，還有一位令人尊敬的新渡戶稻造(Nidobe Inazo：不久前通行的五千鈔票的標誌像)是札幌農校的校友，也是教授。

克拉克博士

北海道札幌農校首任校長克拉克博士原本是美國麻州農科大學的校長。農校開校時即應聘來札幌。他參考麻州農大的組織釐訂學校規章和學科課程，配合從事開拓的設校宗旨，從學識和實技兩面去教育青年。修業年限四年，學費由開拓使支給，畢業後有服務開拓使五年的義務。

農大的學科課程除了基礎科目、教養科目，英語的教學時間

很多，授業差不多用英語。教學不偏重理論，教授跟學生一塊在學校的農場工作，教授西洋式農法。另外也重視人格教育(精神的與道德的)和軍事訓練。

首屆學生24名，畢業獲得農學士的只有13名，可見教學之嚴格。而且，克拉克本身是一位虔誠的基督徒，在精神、道德教育方面即以基督教和聖經做根底，黑田開拓長官予以默認。

克拉克校長不限於熱心農校的教育，對開拓使的政策亦頗多建言，對學生尤多感化。他在札幌渡過充實的八個多月後要回美國，來到札幌南方的島松(現北廣島市)跟送行的學生分別握手道別後，隨即輕巧地跨上了馬背，向學生們喊出一句(名言)：

『Boys be ambitious』(青年們懷抱大志吧！)。

克拉克的這句(臨別)贈言流傳百餘年，膾炙人口，不只北海道，日本甚至在海外也很受讚賞。這句話被刻在石碑上，札幌的北海道大學校園以外也有。雖然直接受過他的教澤的學生只有第一屆的24名，但是，這句話到現在還繼續對不知多少人的內心深處產生影響。

新渡戶稻造功在台灣

札幌農校的傑出校友，著名教授首推新渡戶稻造博士(Nidobe

▲ 新渡戶稻造有名著《武士道》，更締造了台灣蔗糖的基礎（左為三弟於北海道大學）

Inazō：1862-1933）。

　　新渡戶是岩手縣盛岡出身，札幌農校第2屆畢業生(19歲)，東京大學肄業一年後赴美留學，三年後赴德國留學，於29歲(1891)回國擔任母校教授。

　　他是日本最初的農學博士，代表著作有《農業本論》。而最具影響力的名著是用英文寫成的《武士道》，是李登輝氏極力推崇的一本書。

　　這本書出版(1900)後接受贈書的美國老羅斯福總統曾經公開

讀後感說：

　　『《武士道》頗能克明地描述日本人民的精神。我讀了這本書才知悉日本國民的德性。我立刻向書店買了三十本，分別給知友以及孩子們，希望他們日常閱讀，能夠涵養像日本人那般高尚優美的性格，誠實剛毅的精神……。』

　　新渡戶不但是多才多藝，擁有農、法、哲三科博士學位。他是熱心的教育家，札農以外，歷任京都大、東京大教授及東京女子大首任校長。他而且是國際和平的推手。第一次大戰後擔任國際聯盟的首任事務次長。

　　最可貴令人尊敬的是他對本業初志的"忠誠"。札幌農校設校的宗旨是為了培養開拓北海道的人才。他畢業當時提出自己要做的工作有兩項志願：一是開墾事業(opening up)，二是作物栽培(sugar beets)，即甜茶的栽培。由於這種「基因」，他終於跟台灣結上了緣。

　　《武士道》出版當時，新渡戶在北美西海岸結束療養，正要回札幌農校復職。這時剛在台灣兒玉源太郎總督身邊就任民政長官的後藤新平，積極在託人工作要聘請新渡戶來台灣幫忙。

　　後藤認為台灣統治的關鍵在財政的獨立。那就必須要發展產業，振興農業。台灣地處亞熱帶、水稻與蔗糖業的發展有天惠的

條件。但是傳統的蔗作與製糖法落後沒將來性。

《武士道》出版後，新渡戶的心情有了變化。同時因爲受到後藤的火急，而又長篇電報熱忱的邀請 "遊說" ，因而改變了回母校的心意，而接受到台灣的招聘。

新渡戶於1901年初被任命爲台灣總督府技師，旋又昇任殖產局長、台灣糖務局長。至1904年離職，前後在總督府勤務三年左右。他在職時最大的貢獻是提出了「糖業改良意見書」，促成台灣製糖業的黃金時代。由於新式糖廠的崛起，巨大化與綜合多角化，更構成龐大獨佔性的糖業王國。在20世紀初期，台灣的糖業勢力擴及歐・亞及澳洲各地而竟被誇稱爲「糖業帝國主義」。台灣人飲水豈可不思源！

×   ×   ×

每次旅遊、探訪北海道，幾乎都會去首府札幌。到了札幌，一定會前往火車站北邊不遠的北海道大學，去探尋昔日札幌農校克拉克和新渡戶等師生們所遺落的夢痕。每次佇立在克拉克和新渡戶的銅像前，仰視先賢的形容時，身上似乎感觸了微妙的 "電流" ，有一種聲音在呼喚： "教育、樹人、遺愛給人間吧！"

6 琉球・沖繩紀行

琉球與台灣的因緣和恩怨

6 琉球沖繩紀行

琉球與台灣的因緣和恩怨

2011.01.23

▲ 琉球王國被處分，設置沖繩縣(1879)，從前三山國鼎立，以中山國最強，是為中山世土

📖 I、琉球殘夢在沖繩

　　台灣的東北方和日本九州的西南方之間，有一道弧形的列島嶼，名稱叫「琉球列島」。這些島嶼的東邊有一道海溝，叫「琉球海溝」，并不叫「沖繩列島」或「沖繩海溝」。

　　現在的「沖繩」（Okinawa），是日本國的沖繩縣（日文不寫成「沖」或「縣」），這裡古來原本是一個「王國」（不是甚麼「縣」），叫琉球王國。所以地

理上，任何地圖都把它記明「琉球〇〇」而不是「沖繩〇〇」。

日本現行的行政區域制度是；一都二府一道四十三縣。都即東京都（不是市），二府是京都府和大阪府。一道即北海道，四十三縣有神奈川縣等，都是一級政區。日本的縣（Ken）相當於中國的省，美國的州（state）。

沖繩縣原本是琉球王國，在明治維新（1868）前夕，德川幕府時代被薩摩（九州鹿兒島）藩（藩即王藩，藩邦）所〝綁架〞，成爲藩的「附庸」（操控）。明治政府對內推行「廢藩置縣」，對外推行「南進」政策，而南進的急先鋒正是鹿兒島的薩摩（Satsu-ma）藩。

明治維新第4年（1871）實施廢藩置縣當時，琉球在薩摩管轄下保持「琉球藩」（已非王國）地位未被廢藩置縣。但是，才幾年後，因爲琉球人遭遇風災漂流到台灣恆春海岸被當地原住民殺害，引來日本政府干涉的牡丹社事件，日本侵台之役（1874）。結果演變成明治政府對琉球強制（派軍警）進行所謂「琉球處分」（1879）將王國消滅，設置沖繩縣，把琉球納入日本近代國家體制內。

所謂「沖繩」(Oki-nawa)含義；「沖」(oki)的日語語義是；海上、洋面、湖心。它跟中文的〝衝〞，或沖淡的〝冲〞無關。亦就是說；沖繩是洋上（或海面上）的一條繩子了。沒錯，琉球

列島，正是極像一根（條）懸浮在日本九州西南方海面上的弧形
列島。

　　「琉球」一詞，這個「地名」很早就進入我的腦海。在大
學歷史系研讀台灣史時(1955～56年)，接觸到隋書「流求國傳」
（卷81）。這個「流求國」所指涉的究竟是甚麼地方？學者專家
的意見紛歧；有主張就是琉球（王國），有認為是台灣，也有綜
合說是包括台灣和琉球……，莫衷一是。

📖 Ⅱ、見證沖繩的琉球夢

(一)結緣琉球訪沖繩

　　大學畢業十年後，我來到日本領取日本政府文部省（教育
部）的錢（獎學金）在東京大學讀書。文部省提供的待遇，除了
免除學費，來回免費的機票，每年有一次學習旅行費用，每月3
萬日幣（稍後提高為4萬7千円），因為（博士班）在學中，前
後領了4年。當時一般薪水月額也不過2～3萬日幣。一碗拉麵20
圓，電車20圓起算，6帖他他米房間月租5～6千圓。（目前分別
漲了十倍左右）

　　那年(1967)，我到東京，因為出國手續被本國政府刁難遷
延，致使四月初到日本時，大學院（研究所）的入學考試已經
（在2月下旬）過去了。這樣反而減少了一樁負擔，留待明年參

加。所以，七月暑假回國辦理「人生大事」。

九月中旬，在返回東京的旅程，我決定前往沖繩去探尋琉球王國的殘夢。從松山機場第二次搭飛機到那霸，鎖定琉球王國的〝守禮之邦〞的首里王府。然後從那霸搭船到鹿兒島，在鹿兒島宿泊小遊後，搭火車到京都。在古都做重點遊覽後，再搭火車回東京。

在那霸短暫的時間，巡禮的地方有限，除了郊外東邊的「守禮之邦」的琉球王國的「王城」，市內最熱鬧的街道「國際大道」。當時(1967)，沖繩還處在美國的統治支配下，雖說戰後已經過22年，但是，這裡仍然是美軍在佔領統治。在這5年後的1972年5月、沖繩才結束了被異族美軍的27年支配，復歸日本。但是，到目前，沖繩依然是美軍在日本佔70%的最大軍事基地。

對照當時蕭條稀微的環境狀態，今日沖繩的發展繁榮，諸如單軌鐵道(mono rail)、機場、港灣、道路的整備，琉球村等觀光景點，海洋博覽會設施、飯店hotel的建設、世界遺產的登錄誕生……彷彿令人有隔世之感。

46年前，沖繩留存的淡薄形象，主要在那霸一帶。在書本上拾得有關琉球王國的歷史倒是最令人關心和興趣的所在。可惜，跟古疏球王國有關的中國閩人三十六姓等史蹟的地方，諸如久米村也沒能去採訪。

(二)東大的〈暖流〉

戰前的東京帝國大學，隨著敗戰帝國瓦解而易名爲東京大學。戰後從台灣進入東大的留學生，在校內組織一個同學會的團體。由於當時的國際環境，日本政府支持蔣介石政權的國府，以及像戴國煇等一些大中國主義者，乃將會名定爲「中國同學會」。

不過，在1972年日中(共)建交後，東大還沒有（真正的）中國來的留學生，所以從（假中國）的台灣來的留學生，爲了正名，并且避免侵佔中國留學生組同學會的權利，而東大校內也不准鬧兩個中國的雙胞。雖然國府駐日機構一度硬作困獸之鬥，企圖在東大校內成立甚麼「中華民國東大同學會」，終究破功，而出現了「東大台灣同學會」。

東大的台灣留學生（同學）會有一本會刊叫做「暖流」。它是年刊，每年出一期（本）。我進入東大第一年是做「研究生」（祇能聽課，不能選修學分），第二年(1968)初才考入大學院（研究所）博士班做「院生」（要履修學分）。

這一年我在同學會「當選幹事」，擔任學術部門，主編「暖流」。那是第11期，我在會刊發表一篇有關琉球的文章；〈從明賜閩人三十六姓看明清時代的中琉關係〉，文長約7,500字。

「暖流」并非純學術性刊物，而是〝同學會〞的會刊。惟這一期236頁中，學術論述的文章有164頁，約占70％。以下簡單介紹暖流第11期拙稿要旨。

(三)明賜閩人36姓

從明初至清末的五百年間(1372～1879)，琉球王國成爲中國的藩屬，接受中國的冊封，向中國進貢物（交易）做貿易交流。這種情形很類似李成桂創建的朝鮮。

明史卷323琉球列傳載述；『（洪武）5年，……詔告(琉球的)中山(國)，其王察度遣弟泰期入貢。』又『25年，中山又遣使請賜冠帶，……賜閩中舟工三十六戶，以便貢使往來，……。』

明洪武25年(1392)當時，琉球的沖繩本島有山北、山南及中山三個政權鼎立。在那霸東北邊浦添地方的中山（國）政權因跟明國進行〝朝貢貿易〞，經濟力最強。在察度王及其子武寧的56年間成爲琉球的強國。不過後來，在1406年，尚巴志崛起取代了察度王統，進而分別消滅了北方（今歸仁）的山北政權和南方（大里）的山南政權。尚巴志在閩人懷機的輔佐之下，實現了琉球統一王國的誕生(1429)。

閩人移住琉球又歸化者由來已久。惟那霸市西邊的久米村住民「久米三十六姓皆洪武永樂兩朝所賜閩人」（清初徐葆光著

《中山傳信錄》）。

賜閩人是為了指導琉球的航海和中琉往來文書的製作。閩人三十六姓又稱久米人，其地叫久米村。因生活習俗、服飾與土著有異，自稱「唐營」。至於「久米」來源，或謂字音「Jioumi」，諧「朱明」之音也。

事實上，閩人在琉球多從事教化工作，更有在政治外交活躍的。較著名者如尚寧王（薩摩島津入侵時被俘）的宰相鄭迥，被公認為琉球史上最偉大的政治家蔡溫（尚敬王的國師，於1701年撰著第一部中文正史《中山世譜》），又如著名的朱子學者程順則被譽為「名護聖人」的大教育家，他的塑像仍佇立在名護市役所前。

III、琉球與台灣的「因緣」

(一)隋書流求國傳的困擾

唐初魏徵奉勅撰的隋書85卷中，第81卷〈流求國傳〉的「流求」到底是指啥地方？歷來有三種說法；一是指現在的琉球（沖繩），二是指台灣，第三種主張則是琉球和台灣的總稱。

隋書流求國傳所記述的「流求」這個國家指何方這個問題，竟然惹來琉球（沖繩）跟台灣的糾葛，造成台灣無謂的困擾。

▲ 宮古島的船團有一艘遇難漂流至恆春東北海岸後被排灣族殘殺事件（1871），
引發日本侵台之役（1874）。當時日軍在這裡社（射）寮灣（車城南）登陸

　　流求國傳說：『流求國居海島之中，當建安郡東，水行五日
而至。』

　　它又說：『天清風靜，東望依希似有烟霧之氣，亦不知幾千
里。』（○點筆者）

　　隋朝統一天下，政區改制（大業3年，607），福建地區（名
稱「八蠻七關」，唐玄宗時《733》才叫「福建」）為一郡四
縣，郡叫建安郡，郡治在閩，現在的閩侯。

那麼，從這裡「水行」要5天才能到的地方，琉球或台灣，哪裡較合理？還有「東望不知幾千里」？可能是台灣嗎？福州至台灣大約180公里。

隋煬帝命陳稜率萬餘大軍攻打流求，從義安（潮州）出發要3～4天才到。當時的軍隊是東陽（浙江金華）的兵。這個〝行程〞又怎麼說是台灣而不是沖繩？

流求國傳有記述，煬帝令朱寬去流求採訪異俗，帶回布甲，適日本遣隋使在場隨口說那是「夷邪久國人所用」。這夷邪久即九州南方海上的「屋久(Yakiu)島」，南邊就是琉球列島（相距約300多公里）。

然而，視流求為台灣而非琉球者，則從物產與風俗的觀點論斷。(一)物產部分；有稻梁禾黍麻豆，樟松楠杉竹藤等。(二)風俗方面；居處壁下聚髑髏，門戶上安獸頭骨角。『南境人有死者，邑里共食之。』他們說這些都是台灣才有，而琉球是沒有的。

隋書記述的流求是第七世紀初頭的時事。從唐初以後至南宋滅亡的七百年間（第7世紀初到第13世紀後葉），〝流求〞竟在中國的史書消聲匿影，雖然唐宋時代中國沿海貿易熱絡，泉州的阿拉伯人絡繹不絕，獨獨完全沒半點對岸台澎的消息。

〝流求〞再度出現是在元史（卷210）的「瑠求」傳（字面

改一字）。元世祖曾招撫瑠求毫無結果。到了明初，朱元璋招諭
「琉球」，開啓了明清兩代中琉五百年間（14世紀末葉至19世紀
末葉）的密切關係。

然則，明史裡的琉球即今沖繩，《明史》（卷323）和《明
史藁》（卷302），均載有「外國傳」，分別記述琉球和雞籠
（即基隆，指台灣）。明初，即使鄭和7次遠航南海各地長達約
30年(1405～1430)，卻未見有關台灣的消息。到了明末，荷蘭來
佔澎湖，福建派重兵對付荷軍，結果議和。荷蘭撤離澎湖，移駐
台灣無異議，明政府保障荷蘭對明國的通商。明政府〝默認〞荷
蘭佔據台灣并非是「割讓」，因它對台沒主權。就連施琅攻佔台
灣後上疏康熙帝還說『台灣一地原屬化外，土番雜處，未入版
圖』。

近世學者對「流求國」，論爭不休，中國的官方史書〈大
明一統志〉、〈大清一統志〉以及民間史書（明）陳侃〈使琉球
錄〉，清徐葆光〈中山（琉球）傳信錄〉等以及日本學者新井白
石（研究琉球的最高權威）、幣原坦等人均認爲流求即琉球（沖
繩）。但是像市村瓚次郎、和田清等人則主張是台灣。

西洋的學者如Dr. Riess（李斯）的《台灣島史》，Saint
Denys等則認爲隋的流求泛指今日的琉球列島和台灣。台灣的梁
嘉彬研究這個問題著名，也持這個說法，論駁流求爲台灣說的虛

(二)牡丹社事件的「恩怨」

公元1871年尾，琉球國的船在海上遭遇暴風漂流到台灣恆春東北的八瑤灣，登陸後被排灣族的高佛社〝蕃〞殺害。嗣後日本擅自出面向清廷問罪而興師侵台灣，日軍與排灣族在牡丹社附近的石門發生戰鬥(1873)，史稱「牡丹社事件」。

這個事件後清廷開始重視台灣，派沈葆楨來台設防，開山理蕃。更重要的是，開啟了二十年後日本攫取台灣的序幕。

琉球船漂流八瑤灣

那是西曆1871年的12月初，琉球的宮古島和石垣島各有2艘船，將海外物產和本地土產進貢到那霸首理王府。進貢使團在宮廷完成儀式之後，船團要先回本地，然後再啟航到南方各地進行朝貢式貿易。

12月11日的過午時分，船團在那霸住民的歡送聲中帶著興奮的心情啟航指向故里。初冬的太陽柔和，風也安穩，在北風的推送中，頭一天順風滿帆。從那霸到宮古島約三百公里，再一百四十公里到石垣港。船的時速約十公里。

可是，第二天的傍晚，風突然停了。一時黑雲密布，太陽不見了，迎面襲來的不是冷風而是季節錯誤的溫風。瞬時風向變成

相反的南風，天氣驟變，海洋也咆哮起來。瘋狂的烈風發飆地摧殘船團，帆降落下來，船體被海浪撲打都裂損了。據說這是〝亥子之風〞，亥子是指十二（地）支的鼠（子）和豬（亥）；子是正北，亥是偏西30度。所謂「亥子之風」，是冬天的琉球列島從北‧西方面吹襲來的暴風。這種風發生在東海和台灣北方。

船團的四艘船就這樣被暴風刮得遍體鱗傷，各不知去向。後來才知道第一艘的宮古島船（團長宮古島支廳長仲宗根玄安的座船）漂流到恆春的八瑤灣。其餘三艘漂流到巴士海峽後，一艘在打狗（高雄）附近獲救，另二艘按原先的預定往南洋進行貿易。

虎口餘生

宮古島支廳長的座船一共有69人，除了十幾名是船夫之外，其餘都是公職人員及其隨從，所以是一艘〝官方〞的船，卻被誤作〝漁船〞。

這艘船被暴風襲擊脫離原先的航道，被丟進台灣東部的海洋中。從啓航（12月11日）的第二天(12月12日)傍晚遭遇惡魔的風的洗劫，到12月17日的傍晚漂流到八瑤灣。這5天5夜,這艘壞了舵，斷了帆柱的船，已經不再是船而是一大塊木板，在發飆的海洋中任由風浪擺布。

船漂流到海岸，船上的人連忙從本船移乘小艇急著登陸。那

裡是岩塊的海岸，在薄暮陰暗中，疲困又饑渴的難民，有2名失足落海溺死。另一名登陸後體力不支病弱斷了氣。

剩下66名從魔風的虎口九死一生逃脫出來，正面臨另一次生和死的分歧點。一夥人在海邊的岩石間渡過了在陸上安堵的一夜，把希望寄託在黎明。

第二天早朝，遇上了一對漢人男女，語言不通透過聲音和手勢，難民所領略的是教他們向南去滿州，再西行是恆春。後來才判明原來這裡是八瑤灣，北邊是港仔和南邊的中港之間，西邊附近是片埔和排灣族的高士佛（蕃）社。

難民們先是依指示沿海岸南下，卻遇到河流過不了。旋改向走陸路西行山徑，狼狽像〝監囚〞的難民發現了蕃薯畑後，為了覓食走向有房屋的聚落，殊不知那裡竟是要去了他們腦袋的高士佛社。

在蕃社附近的蕃薯園，專心忙著徒手挖蕃薯時，忽然發覺成群的裸著上半身手持武器（刀槍）的兇惡的猛漢出現在面前，把難民圍住，隨即帶去蕃社。這之後的幾個晚上，他們分批在馘首的廣場被砍掉腦袋。這個慘事被一個等待馘首的難民窺見時，被斬首者達51人，剩下15人。

楊友旺的義舉

這15人可要嚇死了。於是連夜逃亡，走入山林中求生。在黑夜中摸索逃亡中，有一個誤墜懸崖，一個病弱死去，另一個發瘋失蹤，剩下12人。

12月20日的早朝，逃亡的一行人從朦朧中醒來，發現附近有部落，山腰的屋頂上飄散著炊煙。正要朝那邊去，沒想到一群跟上次同一模樣的兇漢嗾使吠叫的狗，猛趕過來。這12個人即時全被逮住了，被帶去的也是排灣族，卻是牡丹社。

酋長阿祿決定今晚就要舉行這12個冒犯蕃界的異地人的馘首儀式。但是必須準備酒和肉，尤其是酒才會讓儀式衝上高潮。於是派蕃丁帶同從琉球人身上剝奪的冠帶服飾趕到漢蕃物物交換的交易所。

經管人鄭天保熟悉蕃語，深得蕃人的信任，他看到蕃丁帶來的東西既非蕃人的也非漢人的，而是類似清朝的官服感到驚訝，問明是今晚將被馘首的遭難者外地人的。鄭隨即叫蕃丁回去轉告酋長，酒和肉可以照給，不過今晚暫別馘首，把難民帶來交給他〝處理〞，說罷將服飾還給蕃丁拿回去。

蕃民們對遭難者原本沒仇恨，經議論後決定這回就聽鄭天保的了。這十二人就這樣從鬼門關脫身出來，被帶離蕃社，走下了山坡後，遇到來接的鄭天保。一行人即由鄭親自護衛送到他居住的保力村（車城東南的統埔）移交給總管楊友旺。

　　楊友旺也真是慈悲的熱心腸，取得同村張綿和林阿九的協助分別將12人匿藏在他們家加以保護給以療養了40多天。然後，楊友旺親自跟兒子和幾位護衛送到鳳山縣，再送去台南府（府城）。

　　翌年(1872)2月24日，台南府將他們送往福州移交給琉球館。同年7月12日，12名難民經過7個多月的生死掙扎苦難之後，終於回到那霸。楊友旺除了救出這12人之外，還去搜索收集被馘首的50幾個人的屍體，并建立墓所慰靈碑予以祭弔。

▲　參訪琉球村彷彿置身在台灣，有很多傳統的東西，跟台灣的很類似

Ⅳ、日本滅琉又侵台

九死一生回到琉球的難民的消息傳開之後，鹿兒島方面的薩摩藩對於救護12人的楊友旺和鄭天保的感人義行毫無興趣。藩士們衹把焦點聚集在「生蕃殺人」，說絕非民間「個人」的代誌，而是國家的大事，也是國際問題。

鹿兒島縣令大山綱良和熊本鎮台的隊長樺山資紀（後來的第一任台灣總督）等人積極主張（明治）政府出面干涉，向清國追究台灣生蕃殺人的罪行。尤其是樺山專程為此上（東）京（1872，9月），向陸軍次官西鄉從道（隆盛之弟）報告琉球民遭難情狀并要求出兵〝征〞台。

(一)薩摩侵入琉球（國）

日本戰國時代末期，豐臣秀吉掌握天下大局後，發動侵攻朝鮮之役(1592)年。豐臣曾強迫要琉球出兵參戰并提供兵糧。當時琉球和朝鮮同是明朝的屬國，處境兩難。

德川幕府初期，在德川家康的許可之下，薩摩藩發動侵攻琉球之役(1609)。一百多艘的船艦，三千多名的兵員，向西南的琉球國南下。從來衹發展經濟、貿易而不整軍經武的首里當局面臨大軍壓境時，哀願敵人求和無效。結果雖然殊死抵抗，各地還是被蹂躪，國王尚寧等人被擄，琉球國變成薩摩島津（藩）的從

屬，雖說還維持了形式上的〝獨立國〞。

在薩摩藩的掌控之下，琉球跟往常一樣繼續和中國維持冊封和朝貢的貿易關係，而薩摩則從中搾取貿易的利益。

(二)明治政府處理琉球

琉球船遭難事件發生時（1871年尾），正值明治維新伊始（明治四年）。這一年、明治政府實施廢藩置縣政策，并沒涉及琉球。

在琉球遭難民12名生還琉球（1872年7月）的三個月後，明治政府將琉球從（薩摩）鹿兒島藩脫離，另設置「琉球藩」，授尚泰王以爵位，成為琉球藩主。

這樣，琉球五百年來跟明國和清國長期的冊封與朝貢的關係被〝清算〞掉了。琉球國從來所保持的外交權完全由日本政府繼續接掌。

琉球被處置成為日本明治天皇支配下的一個〝藩〞侯，對於台灣「生蕃殺人」事件的外交問題乃有大義名分振振有詞出面跟清廷抗議交涉。

日清雙方在交涉的過程中（1873年5月），沒想到清方代表

毛昶熙對日方副島種臣、柳元前光說：「台灣生蕃所居乃化外之地，非中國政令所及」。這句話被日方抓住了把柄，促使日方有藉口決心派兵去攻打台灣的生蕃。

日本出兵侵攻台灣恆春一帶佔駐半年之久經（1874年4月～10月），十月底在北京議和，清廷承認日本這次侵台是「保民義舉」。琉球人變成日本國民，當然琉球列島被國際公認成為日本的領土了。

琉球〝藩〞在日本近代國家體制內，顯得特別而不和協。日本出兵台灣的五年後的1879年4月，明治政府將琉球藩命名為「沖繩縣」脫離鹿兒島縣的控制成為獨立的一個縣。琉球的君臣人民舉國抵抗，依然敵不過明治政府松田道之所率領的四百名軍隊和160名的警察隊的武力侵入，強行把琉球處理掉。自是琉球人的殘夢就一直遺留在沖繩縣裡。

(三)是「魚釣島」不是「釣魚島」

尖閣島嶼群有五個小島和三個岩礁，其中最大的島叫「魚釣島」（日本名：Uotsuri shima），表示是日本的領土。但是，1970年代以後中國（甚至台灣也有人），因為這個地方調查發現海底有石油資源而開始主張領土主權而叫它「釣魚島」（Diaoyudao），意思是中國的領土。

　　日本九州南端鹿兒島到台灣北端之間1,200公里，從北向西南有一連串的大小島嶼形成一個弧形，叫做琉球弧。這些島嶼群，主要有：奄美群島、沖繩群島、宮古群島和八重山群島，它們在早期都屬於琉球王國。九州薩摩藩侵入琉球以後，祇有奄美群島才不隸屬琉球。

　　尖閣(Senkaku)列嶼於八重山群島（人口最多約有5萬人的第2大島是石垣島），位於石垣島的西北、台灣的東北等距離各約170公里。琉球弧最西南端的與那國島距台灣約110公里，更近。

　　沖繩本島（首府那霸在西南端）距尖閣四百公里，古代琉球王國未必支配過尖閣列嶼。日本將琉球收編為沖繩縣（1879）後，實地勘測並調查這些島嶼（最大的魚釣島面積4平方公里，周圍約11公里）。確定沒人居住也未有（清朝）支配管理過的痕跡，這才慎重地將這無人島依國際法宣布為日本領土（1895年正月），將之隸屬沖繩縣。這事未有任何國家表示異議，三個月後的4月17日，清國跟日本才簽訂下（馬）關條約，割讓台灣。所以尖閣之日本領有化跟馬關條約毫無關係。

(四)中國政府早已承認尖關屬日本

　　日本將尖閣列嶼納入領土九年後的1884年，九州福岡人實業家古賀辰次郎（1879年移住那霸營商），前來調查。近邊海裡有大量的鰹魚成群，島上有信天翁飛翔棲息，他認為這些豐富的資

源可以加工生產。於1896年即向政府租借土地，建設紡織鳥毛的工廠和製造鰹魚罐頭工場。

古賀的事業從1896年到1940年，二次大戰末期琉球海域戰況惡化才結束。在這近半世紀之間，島上盛時有99戶248人居住。如果這裡真的是中國的所謂「固有領土」，為何不聞有抗議或嗆聲？

再者，1919年的年尾有一艘福建省惠安縣的漁船〝合金丸〞在海上遭遇風雨，而災難漂流到魚釣島附近擱淺。古賀辰次郎

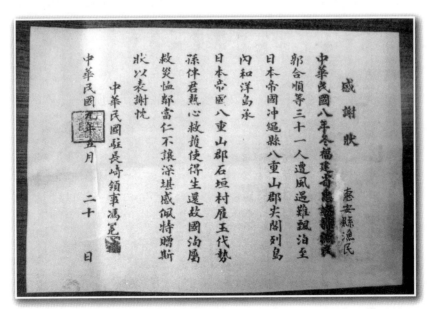

▲ 1919年尾福建漁船在尖閣列島遇難被當地島民救護，翌年長崎領事代表中國政府致感謝狀明言尖閣是日本的領土

（一年前已故）的兒子善次發現遭難船後隨即招集員工營救，船長郭合順（38歲）等31人全數獲救。經保護十天之後，善次用自己的漁船把難民移送到石垣村公所（現石垣市），被收容在旅舍。

又經過十一天後，由大阪商船八重山丸移送基隆，然後再經由廈門到達福州，平安回到故鄉。這時是1920年2月了。

三個月後的5月20日、中華民國（北京）政府的駐長崎總領事馮冕，代表政府贈感謝（七枚）和支給費用還古賀善次。感謝狀記明「日本帝國沖繩縣八重山郡尖閣列島內和洋島……」，這和洋島即釣魚島的別名。狀末并蓋有領事館公印和領事的私印。

從這份感謝狀的內容可以確定1920年當時（第一次大戰後北京五四動反日激烈）中國政府公認尖閣魚釣島列嶼是日本的領土。

2006年正月我曾經援引一些資料撰述一篇「中國早已承認釣魚台屬日本」，發表在1月18日的〈台灣日報〉。今將該拙文附錄於後或可供作證之用。(附錄)

📖 V、美軍攻佔沖繩

公元1895年4月17日，在日本本州西南端的下關(Shimonoseki)

春帆樓，清國的李鴻章對日本的伊藤博文說：『台灣是花不香、鳥不語的地方，台灣人愛抽鴉片，土匪多……』，就無情地簽訂下（馬）關條約，把台灣和澎湖（永遠）割讓給日本。

然而，二次大戰末期的1943年11月下旬，蔣介石跟羅斯福、邱吉爾在開羅召開軍事會議時，居然發表「新聞公布」，說是『日本從清國〝竊（盜）取〞的台澎，戰後要歸還中華民國』云云。這種無視國際條約的態度正突顯中國人的無法治的文化傳統。

對台灣這麼大的海島，一直到明朝末年既無知也就無視，所以政府編纂的正史（明史），認為是外國，是「雞籠山」。這名稱來自日本人對北台灣平埔族Ketagalan族的認知，漢字借用「雞頭籠」，卻被中國人改成「雞籠」。需要時據為「反攻復國基地」，不要時就棄如弊履。

也許閩浙漁民曾經發現無人島尖閣列嶼而在附近捕魚，但是，從來不曾在島上居住開發過，政府也原本一無所知，怎麼會變成是「固有領土」呢？

回頭來看看戰後美軍駐留下的沖繩，如果按照中國的霸道邏輯，那麼美國不該有大義名分主張沖繩是它的領土嗎？

(一)冰山作戰大災難

第二次世界大戰，在亞太地域的戰役，從日本侵略中國的盧溝橋戰役勃發(1937年7月)，到日本軍偷襲美軍珍珠港之役(1941年12月)，美國和中國相繼對日本宣戰。這樣進入太平洋戰爭時期。從1941年尾到翌年(1942)的6月5日，美日在太平洋的中途島(Midway)決戰後，日軍原本席捲太平洋到達南太平洋的印尼、新加坡，卻因此役而節節崩盤，一敗塗地。

大戰末期的1943～44年間，太平洋的美軍反擊挺進指向日本本土的作戰計劃中，曾經有過兩種方案；一個是「堤道作戰」，另一個是「冰山作戰」。

所謂堤道作戰是；美海軍提督尼米茲麾下的陸海軍和海軍陸戰隊從夏威夷經由中部太平洋向西進擊，繞過菲律賓攻取台灣，到達中國沿海，然後直搗日本本土。

冰山作戰計劃是，麥克阿瑟指揮下的聯合國陸海軍部隊，從澳洲沿著新幾尼亞、印尼轉向北部攻取菲律賓，繞過台灣進攻沖繩，指向日本本土。

這兩種作戰計劃中，美軍為攻佔台灣確實曾經在紐約哥倫比亞大學舉辦過訓練2千名軍政要員的教育訓練（包括福佬台語）。

然而，這個計劃卻被羅斯福總統所否決掉，而採用了聲言要

重返菲律賓(I shall return)的麥克阿瑟的「冰山作戰計劃」（麥帥原本駐守菲律賓）。這個決定，不但犧牲了沖繩，抑且種下了戰後台灣被中國國民黨集團凌辱大災難的禍根。

1945年2月，麥克阿瑟的軍隊在尼米茲的海軍艦艇掩護下攻佔了呂宋島。接著2個月後的4月1日，美軍展開在沖繩登陸作戰。

因鑑於前一年(1944)6月6日、聯軍在法國西海岸諾曼底的登陸作戰，遭遇德軍的激戰抵抗、犧牲慘重。這回沖繩的登陸戰，「覺悟」將會有一番苦戰和犧牲。所以美軍的登陸作戰準備很周到。而且在登陸前，即在登陸的地點周圍每百米丟下25發炸彈地毯式轟炸。結果登陸時竟而如入無人之境。美軍在沖繩本島中部、西海岸（渡具知海岸）登陸時，作戰開始後一個半小時居然沒發一彈，連腳也沒浸濕。

日軍（第32軍）的司令部在那霸東方的首里，主力部隊沒有配備，在登陸預想地點，而是在通往首里的丘陵部，打算誘引美軍深入再予以殲滅的持久戰。

但是，美軍登陸後隨即制壓了讀谷、嘉手納機場。三天後即切斷了沖繩本島，勢如破竹地進擊南下。四月九日，美軍在宜野灣的戰鬥遭遇到猛烈的抵抗。到了5月29日，經過2個月的激戰，星條旗終於冉冉地在首里城昇起飄揚了。

首里淪陷後，配備在中部丘陵地的防禦陣地的日軍主力部隊在美軍龐大強的砲火下泰半喪失，乃轉進到沖繩本島南部，司令部即設在東南端的摩文仁。南部一帶變成軍民混在的大戰場，日軍嚴禁沖繩人民不得向美軍投降，悲慘的「集體自殺」不斷發生。

在戰鬥行將終結的交月初，雨期已結束，被捕虜在美軍收容所者更時有被慘殺的事件。美軍更以怒濤之勢，動用各種武器進行「掃討」作戰。被捲入沖繩戰的本島50萬居民，在南部死傷之慘非言語所能形容。一方面美軍的死傷在中部的激戰場中，亦令人嘆息。

六月下旬，沖繩本島的日軍(第32軍)的司令牛島滿中將在「糧盡彈絕」，苦戰三個月之後，為天皇而戰不屈，終於「自殺」報效。7月2日，美軍正式宣言作戰結束，但就在這最後的一個禮拜，日方軍民又戰死了一萬多人！

像這樣，沖繩戰如同「鐵的暴風」，蓆捲全島，荒狂亂飆，山河豈止變色，也變形了。人們心中所留下的傷痕跟2個月後的原子彈所造成的「痛」都是永遠的。

(三)美國的軍事佔領

美軍在沖繩本島的登陸戰雖說只有短短的三個月，動員艦

▲ 第二次大戰末期美國在沖繩作戰（1945.4至6月），死傷慘重，沖繩本島南端的和平公園有戰死者「碑林」（導遊小姐左手指邊有台灣）

船1,500艘，兵員18萬2千名，沖繩的犧牲慘重，全島成了一大戰場，軍隊戰死10萬人，縣民也死了15萬人。

　　戰鬥結束後，美軍佔領沖繩，接著日本無條件投降，一直駐留下來。終戰後國際情勢的劇變，美軍乃長期佔領支配沖繩，并將沖繩大規模基地化。

　　二次大戰的西歐戰線在諾曼底登陸戰後，英美已預料戰後世界民主與共產對立的局勢。美國的極東戰略原本要扶植反共的（蔣介石）中國對抗蘇聯。但是”萬”沒想到，中國的國共內

戰,國府一敗塗地,一方面朝鮮戰爭勃發,中國(共)參戰。

這麼一來,為了遏阻共產勢力的擴展,不僅需要借重日本的力量,而沖繩在遠東的戰略地位行情暴漲。目前中國不斷地造謊,甚至利用台灣硬拗尖閣列嶼是其"固有領土",意圖不止是地下資源,更重要的是軍事上的戰略地位。

沖繩的地理位置有一項嚴重的缺點,那就是太平洋颱風的十字路,颱風太多了。美軍當初領教了颱風的威脅後即喪失了確保沖繩為主要基地的意願,就因為中共崛起與韓戰而使沖繩的基地成為美國在太平洋地域最重要的焦點。

美軍佔領沖繩跟登陸戰同步進行,這和佔領日本本土不同。佔領的基本方針是設立軍政府促進軍事任務的遂行,為此要利用現地政府的機關。佔領當初美軍發布指令將沖繩從日本範圍排除,在政治、行政上跟日本分離。

沖繩從1945年4月1日美軍登陸沖繩本島以後,到1972年5月15日,沖繩返還(復歸)日本,前後長達27年間,被置於異族的支配之下。戰前被日本(本土的)人差別,戰後受美國的凌辱。沖繩人在做琉球夢也莫怪。

(四)美軍的基地化

　　美軍在沖繩本島登陸後才幾天就在讀谷村(中部西南海岸)設立軍政府。一邊戰鬥一邊佔領，戰後於1952年初要在沖繩建設恆久性的基地。同年4月在舊金山條約發效前設立具有行政、立法和司法機能的「琉球(民)政府」。同年12月、美軍政府改稱為「美國民政府」。

　　戰後國際情勢演變快速；1947年~`48年初美蘇的冷戰(Coldwar)正式表面化。`49年中華人民共和國成立，美國在遠東的軍事戰略軸心被逼轉換，從中國轉移到沖繩。事實上，`50年4月、美國陸軍當局在議會證言：『美軍要無期限佔領琉球列島』，『琉球的可耕地的1/3將被美國軍事設施所佔用』。

　　國際法裡有「海牙陸戰法規」(1907年)，規定：「一個地方實際上歸屬陸軍的權力範圍內時亦即是被佔領者」，但是，亦規定「不得沒收其中的私有財產」，並「嚴禁略奪」。美軍便是依此規定，行使佔領軍的權限自由佔領並使用土地。

　　韓戰的發生加速了舊金山對日和約(1951年9月)。和約第3條規定沖繩跟日本分離，由美國信託統治支配。同日，在同地締結美日安保條約，其第五條適用到尖閣列島。安保條約讓美國在日本回復獨立後仍能夠在日本全國繼續維持軍事基地。

　　不過，對日和約第三條所規定的在沖繩美軍基地跟美日安保條約下的日本美軍基地，被賦與明確不同的任務。亦即保障美軍

可以自由將核子武器帶進沖繩基地，並且確保在日本、韓國、菲律賓、台灣等美軍基地一體化的機能這項任務。

結果，是「沖繩內有基地」抑或「基地內有沖繩」，毋寧說：「沖繩在基地內」較正確。事實上、美軍基地內據說大約有2萬名日本人勞工就職，確實人數日方無法掌握，法律也管不到，形同外國。最大的嘉手納(Katena)基地住址可不是"沖繩縣嘉手納町"，而是18WG-PA unit 5141Box30 APO AP 96361-5141。

沖繩的天空和海域的40%被美軍所佔領。沖繩的土地面積雖然只有全日本(37萬7,700km^2)的0.4%(2,270km^2)，但是其空間遼闊；南北400公里，東西有1千公里。其中的40%是海空的美軍基地。這些基地的設置形同包圍沖繩。據說海空和陸上的軍事演習年間達五千次，尤其是飛機的起落、飛彈的發射訓練和炸彈的空投訓練，造成當地住民的不安不難想像，委實令人同情。

📖 VI、探訪美軍基地下的沖繩

沖繩這個地名概念，應該指包括沖繩本島北方的一些島嶼，南到台灣東邊的石垣島一帶的列島嶼。不過，一般所說的大多是限於沖繩島。

頭次走訪沖繩是初到日本那年(1967)的秋天，是46年前的往事了。那是沖繩還在美軍信託統治之下，"琉球"的標誌物還滿

多。那5年之後的1972年，沖繩才復歸日本。

　　初次去沖繩，其實一個人行旅只去那霸，才一天多的時間，主要的是去首里參觀琉球王府「守禮之邦」。在那霸市內，逛遊市內最大的通衢「國際大道」。往時的印象，隨時間的消逝而模糊了。

　　幾十年來很想再訪沖繩尋找琉球夢，每每宿願難償。一直到2年前，2011年的正月下旬，終於有了機會跟一些朋友，偕同內人前往沖繩。

　　還好這回有了兩夜三天的時間，所以除了那霸之外，當然再訪首里城，還有前回沒去的一些地方。海洋博覽會的Okinawa World，琉球村、讀谷村、水族館、果樹園、和平公園以及山丹(Himeyuri)之塔等。沖繩島以外如宮古島、石垣島仍然沒機會去。雖然沖繩本島的中南部走了很多地方，可就是沒能到達比較〝稀微〞的北部。

　　探訪沖繩的主要目的在於尋找琉球的殘夢；往時的歷史、文化傳承。一方面見證現代沖繩發展的面貌，認識到美軍基地下觀光產業生氣勃勃，或許是琉球人與海挑戰傳統的遺惠。

(一)Gusuku與按司

沖繩島好比一截繩子（或竹桿）懸浮在九州和台灣之間的海面上。由於島嶼群的地理環境，居民主要以漁撈和耕作為生。而14世紀以後，因為跟中國（明和清）從事冊封和〝朝貢式〞貿易，海外交流和交易頻繁，所以經濟力對文化做出相當大的貢獻。

著名的紀行文學作家司馬遼太郎在他的紀行系列著作（六）「沖繩」裡說：『（日本）本土在千年前說不定已經滅絕的古代，在這裡卻生動地在民俗裡面呼吸鼓動。神明們好像還在生活的文化裡頭慢慢地飄上、飄下——是現實呢抑或是想像的世界(roman)呢？就像海天的境界渺茫不定——有這樣感覺』。

沖繩人一直到被明治國家收編，從來都被稱呼為琉球人，因為他們的國家被朱元璋「命名」為琉球國。

琉球的歷史，有關王朝（統）記錄從第12世紀開始。那時，建造了許多用石垣圍成的Gusuku，是有權力的人的〝居城〞，類似一種城寨或城堡。Gusuku k 大多數是建立在石灰岩的丘陵的台地上。13世紀以後這種建築（城寨）開始令人注目，琉球的文化可以說是Gusuku所代表的「石頭的文化」。

古代琉球的北山王國的據點「今歸仁Gusuku」，用幾萬塊石頭堆積起來，城牆長達1.5公里，是沖繩的城堡中的異彩。今歸仁在北部西南端（中部的西北邊），其規模僅次於首里Gusuku，於

公元2000年都被登錄為世界的文化遺產。

　　琉球王國時代，各地方的有勢力豪族據地為王，建造Gusuku
做為基地擴張勢力，互相抗爭，最後勝者為王。這些Gusuku城寨
的寨主叫做「按司」(aji)，大多集中在沖繩島的南部。南山王的
Gusuku在大里（南部東邊），而中山王的Gusuku即首里王城是
Gusuku中的Gusuku，可以說，中山王便是按司中的按司了。

(二)聖的首里與俗的那霸

　　沖繩縣的縣都在那霸，而琉球王國的首府在首里。那霸在本
島南部西南海邊，首里位於那霸東邊郊區。

　　目前，從那霸機場下機後，隨即有單軌鐵道可以利用。從那
霸機場駅（站）到終站的首里駅一共15個站，大約23～25分。下
車後步行15分便到首里城址，這一帶有玉陵（即王的陵墓），城
址等世界遺產。那霸市中心在縣政府附近，有縣廳前站，機場站
算起第七站，國際大道也在眼前。

　　王國時代，首里和那霸分別獨立扮演不同功能、任務的城
鎮。現在的那霸市，在行政區域上則包括首里。這兩個城鎮的都
市功能不同，目前在人們的使用語言和氣質上面可以感覺出來。

　　琉球王國時代的王都首里是中央集權的政治都市，各地的按

▲ 目前(1913)沖縣人口140萬人，到處有美軍基地，
美化景點修復古蹟招徠遊客

司（豪族）被聚居在周邊的20個村落。同時，最高神女「聞得大
君」也住在這裡，統轄各（土）地神女(noro)。神女集團形成一
個有體系的組織。她們是國王的姐妹（是守護兄弟的神），有絕
對的權力（威）可以廢掉國王。首里是一座充滿〝神〞秘的宗教
都市。

　　當時作為首里外港的那霸，距離首里約四公里。在薩摩入侵
(1609)以後變成殖民地都市的據點，商業機能發達起來。明治政
府〝處分〞琉球(1879)；在那霸設置沖繩縣廳，成為近代式政治

都市。

二次大戰後，美軍佔領下，戰後（經濟）復興以及〝歸本土（日本）（1972），那霸的發展與繁榮令人刮目相看。尤其是1975年的「沖繩海洋博覽會」，空港道路整備、軍軌鐵路(monorail)的通車，招來年間三百萬人的觀光客。

那霸的商業區，堪稱是那霸的銀座〝國際大道〞長僅1.6公里，卻有450間商店，有百貨公司、大飯店，更有傳統式的市場。近代商店東京有的是，在這裡除了注意土產店，更吸引人的是傳統市場。

進入市場，發覺跟台灣的傳統市場很類似，這在東京已經沒有了。台灣的水果鳳梨、柑仔……都有，可是太貴了。豬頭（整個的）、豬耳……都有，彷彿身在台灣哩。這裡的麵食，說實在不敢恭維，遠不如東京的拉麵才好吃。

那霸還有一個怪現象，就是有好多的軍用補助設施，亦即軍事用地夠多，佔全市面積的16％。

再來看首里，那邊就像古都，王國時遺留下來的古蹟，被登錄為世界文化遺產，形成一座首里城公園。附近有小學、高中以及藝術大學，是一個教育、文化與歷史古蹟的區域(area)，顯得清靜幽閒，不時在散發昔日琉球王國神祕脫俗的幽光訊息。

(三)琉球村與和平公園

那霸和首里是探訪沖繩，尋找琉球的殘夢必去的地方。這之外，以琉球爲名的琉球村（在本島南部的西北角）。以及讀谷村都是值得探訪的景點。琉球村的聚落重現舊時琉球人生活的形態，給人印象最深的是用水牛拖磨輪加工甘蔗製糖，這跟清朝時代台灣南部製糖的工法沒啥不同。

本島南部是美軍登陸戰後段的一大戰場，美日的激烈戰鬥死傷慘重，可真驚天地而泣鬼神。特別是最南端跟戰爭與和平有關的史蹟，也不能錯過。

南端喜屋武岬（海角），俯瞰海面蝟集成群的美軍艦艇拼命進行登陸的作戰。它的東邊就有一座「創造和平的森林公園」，再往東，在島的東南端，日本守衛軍(第32軍)的後段司令部所在地摩文仁的東南邊有和平祈念堂，和平祈念公園，和平祈念資料館等一些祈願（念）和平的設施，附近又有女學生殉難的「Himeyuri」（山丹）之塔。

這一帶現在是「沖繩戰跡國定公園」。在公園區內有許許多多的墓碑區，上面刻著成千成萬名英勇戰死的芳名，其中也有不易數清人數的美軍的名字。

和平與戰爭是矛盾的，明知戰爭會死很多人，所以口口聲要

和平，卻就口是心非要發動戰爭。人類的這種心態與行徑果真永
遠無解嗎？

(附錄)　中國早已承認釣魚台屬日本

（原載2006.1.18台灣日報）

　　日本著名的「文藝春秋」雜誌社發行的月刊誌「諸君！」最
近一期（2006年2月號）刊載了攝影記者山本皓一氏的一篇有關
採訪釣魚台列島的文章。文章裡附了三張圖片，其中的一張是中
華民國政府頒贈的「感謝狀」。這張中文感謝狀的內容，清清楚
楚地證言早在85年前，中華民國政府已經公認「尖閣諸島」（即
釣魚台諸島的日本名稱）是日本的領土。山本氏的這篇文章有必
要介紹襄更多人知道，尤是中共政府以及台灣的親中反日政客！

　　土地的歸屬必須依據法律和歷史，而法律更優先，這是常
識。然而，無此常識的政治人物居然比比皆是；像中共集團，像
據台的統派集團……，他們明明知道就法律地位，就歷史事實台
灣不屬中國，卻要硬拗，甚至說「台灣自古屬中國！」，法律根
據何在說不出來，根本就沒有！他們只會扭曲歷史。

　　同樣道理，釣魚台諸島既不屬台灣，更不是中國的。有人
說，日本殖民台灣時，釣魚台隸屬宜蘭廳，所以是台灣的領土。
這種似是而非論未免太膚淺，殊不知當時台灣在法律上是日本帝

國的領土，一如中華民國成立時台灣跟中國毫無瓜葛。可也有人主張釣魚台是中國的，其說詞或是因爲它是台灣的，而台灣是中國的；或者直截說，中國大陸棚延伸到釣魚台，所以……，這種如意算盤豈不太一廂情願，不值一駁。

　　戰前在台灣的著名日本人學者安倍明義，在他的名著《台灣地名研究》（中文版1987，台北武陵）曾介紹基隆外海最東北的三個島嶼；即花瓶嶼、棉花嶼和彭佳嶼（分別距台灣本島各約32、43、56公里），卻未涉及到釣魚台諸島。而戰後著名的中國出身的在台地理學者陳正祥教授，在他的鉅著《台灣地名辭典》（1993，台北南天版），不但也未涉及釣魚台，還明確地說上述三個島中，彭佳嶼是台灣「領土的最北處」，而棉花嶼則是「領土的極東」。實際上，釣魚台島遠在彭佳嶼的東北偏東約150公里處，除非像金門馬祖懸掛中華民國的神主牌接受台灣當局的統治，否則如何跟台灣址上關係。

　　釣魚島目前在登記簿上仍然是個人所有的島嶼，日本政府每年支付2,256萬日圓租金，委由海上保安廳管理。這裡原本是無人島，西元1884年九州福岡出身的商古賀辰四郎最先組隊探險，發現近海有鰹魚成群洄游，島上信天翁島簡單可捕獲。由於豐富的海產資源與無盡的海島羽毛資源，古賀在釣魚島經營「柴魚」（鰹魚）加工，罐頭、羽毛加工大舉成功，而成爲釣魚台諸島的「開拓之父」。在戰前，島上的最繁盛期有99戶，248名日本人在這裡工作生活。

古賀歿後其子古賀善次繼承為「島主」的翌年（1919）冬天，有一艘福建的漁船遭遇暴風雨漂流到釣魚島擱淺向島民求救。在古賀善次等人熱心營救之下，這艘遇難漁船「金合號」的船主兼船長郭合順等31名船員，半個月後被護送經由台灣平安回到福建。翌年(1920)5月，中(華民)國政府為了對於善意營救海難的義舉表示感謝，由駐長崎領事馮冕代表政府致贈感謝狀給古賀善次等七個人。感謝狀清清楚楚地寫明海難發生場所的釣魚島是「日本帝國沖繩縣八重山郡尖閣列島」。感謝狀用中文寫的，全文如下：

　　『感謝狀　中華民國八年冬，福建省惠安縣漁民郭合順等31人遭風遇難，飄泊至日本帝國沖繩縣八重山郡尖閣列島內和洋島（按即釣魚島）承蒙日本帝國八重山郡石垣村雇玉代勢孫伴君熱心救護使得生還故國，洵屬救災恤鄰當仁不讓深堪感佩，特贈斯狀以表謝忱。中華民國駐長崎領事馮冕（印）中華民國9年5月20日(公印)（蓋在「9年」上）。

　　這張感謝狀影印在山本記者的文章裡，據他說是去年7月在石垣市役所時在資料室發現的，此外還看到了該海難事件的相關的官方電文39張，這才知道感謝狀有7張，除了贈玉代勢氏這一張（1996年初寄贈石垣市）外其餘下落不明，而電文亦被長期埋沒。吾人從本件感謝狀，至少可以肯定，在1920年當時中國政府確已認定釣魚台是日本的領土。

惟戰後，沖繩被美國佔領統治至1972年。於1971年，由聯合國協助，日、台、韓協同調查海底資源結果，確認有石油資源的埋藏，乃引起中國、台灣的「保釣」運動要求釣魚台的主權。日、中締結日中和平條約，對兩國的領土問題並未涉及，惟鄧小平訪日換約時說是要將釣魚台主權問題留給子孫去解決，不過是虛晃一招。而馬英九對釣魚台主權的虛張聲勢，扭曲歷史，無視國際法殆民粹式的作秀耳！

7 越南紀行

長年被中國侵凌浴火重生的越人國家

7 越南紀行

長年被中國侵凌浴火重生的越人國家

▲ 阿哦窄（Aosai；越南的女性民族衣裳）打扮的女性，顯得溫柔優雅、美麗。書齋牆壁上這幅畫隨時可以欣賞

I、國土的形成

(一)弓形的國土

從印度支那（中南）半島的根部跟中國大陸接壤的地方，向南的海岸部延伸到半島的南端，一條細長如弓形的土地。總面積大約33萬2千平方公里，相當於扣掉九州之後的日本。

北部可以看成是頭部，南部比做尾巴吧。中部纖細的腰肢，從陸地到海岸最狹隘的地方只有50幾公里，這腰肢都快要斷掉了。

紅河三角洲的北部和湄公河三角洲昀南部，南北兩頭好像是〝扁擔〞（扁形的竹桿子）懸掛的兩個裝著穀物的籠子。而中部便是肩膀支撐的腰肢。這扁擔兩頭沈重而彎曲成弓形。

這樣的國土，海岸線南北延長達1,600多公里。南北伸長，東西短促，像一枝弓，說實在的，土地的形態并不是完整的。從「統治」的角度來看，要「掌控」（非專斷獨裁之意）全域（國）可要花費更多的努力。正如日本，北從北海道，南至九州、沖繩列島，像一條鎖鏈，要整合必須有高度的智慧、制度和努力。特別像菲律賓和印尼島嶼那麼多，那麼擴散，統治起來要收指臂使足之效，談何容易。

(二)國土的形成

越南現在的國土是經過二千年的營造完成的。古代祇是北部的紅河三角洲和東京(Dong-qing)地方以及中部的北邊。早期被中國直轄殖民統治千餘年。第十世紀獨立後的王朝逐漸向中南部擴展，先後消滅中部占巴（占城），兼併南部的真臘（高棉），取得西貢一帶湄公河三角洲。形成北圻（河內）、中圻（順化）和南圻（西貢）的越南今天的國土。

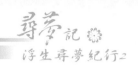

交阯（趾）與交州

北部是越人的發祥地。在中國的文獻裡，這裡是交阯，亦被稱爲交州。住民是百越民族的一支叫駱越、甌越。漢朝的武帝消滅閩越和南越（廣東廣西）後，設置九郡，其中三郡；交阯、九真和日南即在越南的北部。

後漢末（西元203），這裡改稱交州。唐朝設置安南都護府，亦叫安南。

越(Viet)人的勢力由北部（紅河三角洲）而中都再伸張到南部（湄公河三角洲）這個過程中遭遇到兩個強大的勢力。在中部順化(Hue)一帶是古(Cham)人中心的占國，亦稱占婆、占城，中國稱林邑。

南部湄公河三角洲地域則有高棉(Khmer)人的扶南(Phnam)國。這扶南國後來被同是高棉人的真臘國(Chenla)所滅亡。於是越南人乃得繼續跟西南邊的高棉人（真臘）對抗。

第十世紀中葉以前的一千多年，交阯（或改稱交州以至於安南）的越南中部和北部基本上是中國的直轄領殖民地。

在這長期的被殖民統治的越人，絕不是乖乖牌的順民。越人的反抗中國統治何止是轟轟烈烈，前仆後繼，亦曾經短暫成功建立過獨立政權。這令人聯想滿清殖民，統治下的台灣人三年一小反、五年一大亂的反抗史。

西元第一世紀（東漢初）、交阯郡的兩位女傑徵側和徵貳兩姐妹舉兵反亂。九真、日南和合浦的居民群起響應，攻略了65座城，漢朝馬援的三萬大軍苦戰多時，持續將近三年才被平定。兩姐妹兵敗後，或說是被捕殺，或說是投河自殺。北越河內等地有她們的廟，至今每年忌日有盛大的祭祀。由是可見徵側姐妹領導民族主義運動所象徵的意義。

第十世紀中葉以後，越人擺脫了中國的殖民統治，建立了獨立國家的王朝。以來各王朝一方面擊退來自中國宋、元、明的侵略者。一方面擴張勢消滅中南部的占巴國，兼併西南部高棉的領土西貢地域。

     ×   ×   ×

占巴（林邑）扶南與真臘

越南獨立後的王朝，在開疆闢土所面對的有南邊的占（巴）國，即林邑國和西南邊的扶南和取代了扶南的真臘國（高棉人的國家）。

　　占人是占巴（Champa）國的民族名稱。他們跟越人不同民族，語言亦異，比較具有印度人的特徵。很早就受印度文化的影響，信仰印度的宗教。早在第二世紀末，在（現在）越南中南部沿海地帶，以Hue(順化)和Da-Nan（達南）為中心，建設印度式的國家。

　　占人從事海上貿易、逐漸強盛。第三世紀後半奪取了吳國（孫吳）順化平野的南部，更乘吳亡後西晉的內亂向北方侵入。

　　第四世紀中葉長年北侵（交州），得不償失後，國力大損。第七世紀初一度被隋國征服劃分為三個郡。隋亡後雖然復國，卻備受越人王朝的壓力，終於17世紀被越南消滅。

×　　　　　　×　　　　　　×

　　古代西貢地域湄公河三角洲在第二世紀中葉出現了扶南（Phnam）國，是高棉人（Khmer）的國家。印度的王族、移民參入，接受印度的宗教和文化、語言（梵語），高度的印度化。

　　第六世紀中葉、湄公河中游流域的高棉人建立的國家真臘（Chenla）勃興，脫離扶南獨立。後來逐漸向南發展蠶食扶南的領土。到了第七世紀前半甚至消滅扶南，併吞其領土，成就為一個大國。

　　這個真臘國後來在現在高棉西北部創建安庫呂王朝，建設安

庫呂越杜寺院墓所群（吳哥窟）。近世以後因暹羅的侵攻，遷都
金邊址域。而越南阮朝的勢力亦進入西貢一帶，18世紀初，高棉
（繼承真臘的傳統）將東南部的三省兩都割給阮朝。這樣，越南
的國土從北部而中部，再擴張到南部。

📖 Ⅱ、自然的風貌

越南的國土，北部和南部各有一個扇狀三角洲的平原，中央
部狹窄細長，南和北膨脹。

國土的75%被山岳和丘陵所覆蓋。將這個細長的國土劃分做
兩個部分的是安南山脈。被安南山脈所劃分的北部和南部各擴大
成廣大的三角洲。

(一)紅河為中心構成的北部

北部越南的核心部分是2萬平方公里大的三角洲（台灣的面
積約3萬6千km^2）。由紅河和代敏河的流域所形成的這個三角
洲，被叫做紅河三角洲或東京三角洲。

三角洲的東邊是東京灣，它是從中國的雷州半島西岸向西南
成弧形到中部梅龍海角。亦即以海防為中心點沿岸跟對面東方的
海南島之間的海灣。所謂「紅河」，是因為河水含有多量鐵分的
泥土，河水黑紅色而得名。

越南民族就是在這一帶發祥，然後向南發展的。這裡屬於溫帶季節風地域，一年有兩度的雨季。三角洲的大部分海拔3公尺以下，所以常常遭受洪水的災害。

西北部跟寮國接壤的邊境是歡連山脈的高地。越南最高的凡西班山(3142米)聳立在山脈北邊。東北部的中國邊境則是開闊不陡的丘陵地帶。這個地域的主要都市有；河內（首都）和海防（距河內東南100公里的港市）。

這個地域有幾處比較著名的地方；世界遺產聞名國際的「海上桂林」下龍灣（海防東北邊），附近以產無煙炭聞名的紅開。東北中國邊境的諒山和西北寮國邊境的奠邊府均以戰場著名。

(二)安南山脈為中心的中部

中部地域細長狹窄，最狹的地方只有50幾公里。安南山脈從西北向東南縱走。山脈的南邊高原地帶擴展開來，山脈的南端是紅土地帶。紅土裡面含有豐富的鉀或磷酸鹽，適合於栽培珈啡、茶和橡樹。

這裡以降雨量多而出名，颱風也多，那是因為受了從南海過來的冬天季節風的影響。不過，年間的氣溫差倒是並不怎麼大。

中部還有一個聞名的地方，那就是第一次印度支那戰爭，越

南對抗法國爭取獨立的戰爭。法國在奠邊府大慘敗後簽訂日內瓦協定，劃定以北緯17度線爲境界線，將越南分斷爲南北，那條17度線就在這個地帶的邊海河，兩岸各5公里，長60公里爲非武裝地帶(Demilitarized Zone，略稱DMZ)。

這中部地方的主要都市有古都順化(Hue)、商業港市達南（古代占巴國的重要據點，法國侵入越南登陸的地方、中部最大的都市），以及會安(Hoi-An)。會安在達南的東南30公里，街道的情調飄散著誘人鄉愁的氛圍。180年前舊街的形影風韻猶存。

日本的電視在介紹越南時，很常播放會安的街景。15-16世紀時，日本的御朱印船來這裡進行貿易，建設日本人街，頗令人發思古之幽情。

(三)湄公河三角洲所扶持的南部

南部有「得天獨厚」的地利，發源於東圖博(Tibet：西藏)的湄公河所形成的湄公河流域和（沿海）三角洲地帶。三角洲的面積有紅河三角洲的2倍大（4萬km2以上，比台灣還大），到現在還有未開發的大片濕原。

越南的南部屬於亞熱帶季節風地域，氣候的最大特徵是乾季(11月～4月)和雨季(5月～10月)分明，旅行當然以乾季，亦即晚秋、冬天和春天爲宜。

　　湄公河中游的流域在高棉領域內，西部有一個印支半島最大的湖東累沙不湖(Tonlesap)。這個湖扮演了天然貯水池的角色，雨期也不致氾濫成災。

　　湄公河下游到出海一帶的三角洲，土地肥沃，稻米產地的〝西貢米〞馳名海內外，小時日治及戰後初期都曾品嚐過。森林繁茂，在南部的海岸地帶，港灣、河口的泥土中叢生耐鹽分的常綠樹群落mangrove。可惜，越南戰爭時，因為散布枯葉劑而被殘害，如今傷痕猶在。

▲　下龍灣上無數的奇岩「海上桂林」勝逾桂林，作者乘小船悠遊下龍灣

南部的主要都市首推西貢(現為胡志明市)，還有越南最美麗，有長達6公里的海灘的休閒都市芽莊(Nha Trang)。高原地帶的避暑勝地Datlot（大樂）在芽莊南約100公里，西貢的北方約300公里，是海拔1,500米的高原都市，所以夏天涼爽不熱。

III、百越民族與越南人

(一)接觸到越南人

有機會「接觸」到越南人，在我的經驗裡主要有三種方式；一是從電影的銀幕畫面，以及各種圖書相片。二是閱讀司馬遷的《史記》有關越(族)人的記述。三是實地去越南旅遊。

跟越南人接觸的這三種方式，是時間上的順序。透過第一種方式，那些許許多多的畫面、圖片，接觸到越南人，真地有一種「一見如故」的感覺。也就是說，越南人怎麼這麼「好熟呀！」

不，對越南人的第一印象不止是熟，勿寧說是感到「親近」。何止是親近，簡直像是親人。是的，越南人真的跟台灣的福佬人(閩南系)"應該"是兄弟姐妹吧！

農村的田園，水田裡的畫面，戴著斗笠指使水牛耕田。肩膀上挑著扁擔兩頭下垂的沈重的籠子。穿著白色布紐的上衣，黑色的長褲。

特別是女性，戴著斗笠，穿著修長的傳統的白色長袍，那種柔和高潔的美感，樸實無華的純淨，夠美了！書齋的壁面懸掛著一幅油畫，畫面是一位美人坐在竹製長凳子上，低頭垂視在沈思。她的頭髮油黑，身上穿一襲潔白的越南傳統的長袍。偶爾舉頭仰視畫面，不覺似乎沾了點滴的滋潤，這是我的「美人觀」。「現代式」的展豐胸，弄大腿，在電視廣告藥品靠穿三點式的(泳裝)，暴露肉體令人嘔心！

接觸越南人的第二種方式，還未能實地去探訪越南時，卻因為讀歷史，有機會讀司馬遷的史記。從史記的記述有關越(族)人，亦即百越民族的史蹟，進入(百)越人的世界，去探訪越南人。沒想到，這種探訪，在研究台灣福佬語(閩南系)時，意外地發現了；福佬人，以及台灣的閩客，原先都不是漢族，而是「漢化的越族」這個歷史事實。

果然2001年4月尾，台灣的自立晚報等各大報報導了馬偕醫院林媽利醫師跟日本合作研究血液抗原體(HLA)的結果，證實『台灣的閩客不是漢族，而是漢化越族的後代』。

在這四個月後，我頭次前往越南實地接觸到越南人。其後又去了兩次，從胡志明市(西貢)開始，然後進入河內，下龍灣。再訪越南時，重點則是走訪靠近中部的芽莊(Nha Trang)和南部的西貢。

(二)《史記》與越人的世界

史記裡頭有專設兩卷列傳，記述有關越人的事蹟。其一是第113卷南越尉佗列傳，其二是第114卷，東越列傳。至於第41卷的越王勾踐世家，這個越王的越跟上面兩個列傳的越不相關。

中國古代，至遲在秦漢以降，浙江南部的東南沿岸一直到西南的(現在的)北越，這廣大區域是「百越民族」的活動場域。這裡的住民都並不是漢族，因爲漢族被北方(匈奴等)民族所壓迫而南下，結果越(族)人被漢化了。所以，從來這裡的原住民及其後代祇能認爲是「漢化的越(族)人」。

所謂「百越」，並不是有一個民族叫「百越族」，而是許多越系民族的總稱。「百」的意涵是眾多，一如百貨店的百。古代從中國東南沿海地帶到北越的越族，在中原華夏人的眼中都是蠻(閩)族，文明低未開化。

這些蠻族、越人根據羅香林《中夏系統中之百越》書中列出17個重要的族名。其中比較著名的是；閩越、南越、揚越、山越、駱越、甌越、滇越、于越、夜郎、西甌等。

史記所記載的越人，最主要的是列傳專篇的主人東越、閩越（福建）以及東甌（浙江南部），南越（廣東）、西甌以及駱越（廣西以至越南北部紅河三角洲一帶）。〈東越列傳〉的東越

泛指閩越和東甌。甌和越都是越人族名。東越是（百越中）東方的越。閩越指在福建（閩）的越。「閩」意為蠻人，跟越人同屬（南方）蠻族。閩的台語白話音讀bǎn，跟蠻同音。

〈南越尉佗列傳〉的南越即南方的越，指廣東的越族。尉佗是指趙佗；秦時置桂林（廣西）、南海（廣東）和象郡（越南東北）三郡，佗在南海郡任龍川縣令。秦亡後兼併桂林和象郡自立為南越武王。後來擴展勢力還自稱南越武帝，立國93年而亡。

越南的北部古時稱為「交阯」，先秦時稱「駱越」，秦時稱「西甌」。古書所言：『自交阯至會稽七八千里，百越雜處，各有種姓』。說明從交阯（越南東北部）向東延伸到會稽（紹興），其間各種越（族）人各有其文化和歷史。越南人正是百越的一個支系。

史記筆下的百越人的世界，其真實性如何很難考證。但是總的來說，基本上該沒必要杜撰，應屬可以肯定。不過，司馬遷畢竟是有人的情與性者。他的巨著《史記》不免有可質疑的部分。以下，僅就比較突出的可疑事項提出來參考。

（三）對《史記》的一些質疑

司馬遷的《史記》全書130卷，是一本具有權威性的史書。中國歷代官撰的史書（體裁）莫不用它做典範。它所撰述的內

容，從遠古到作者在世的漢初（前2~1世紀），是一部綜合性的通史。

《史記》是中國第一部官撰（司馬遷是政府的太史令）的正史。它原本叫做《太史公書》或《太史公記》，到了魏晉時代才被定名爲《史記》。在二千年後的今天仍然備受研讀，不失是一部不朽之作。

然而史記的記述卻也有若干令人質疑的部分，例如梁玉繩在《史記志疑》書中指出『勾踐非禹苗裔、甌、閩非勾踐種族』，說是司馬遷的〝僞撰〞。

在閱讀史記的經驗裡，我也有一些莫解的疑義。例如：
(1)在「五帝本紀」部分；
『自黃帝至舜禹皆同姓』：五帝依序指黃帝、顓頊、帝嚳、堯、舜。以下幾項難予採信。
　①黃帝的曾孫帝嚳『生而神靈，自言其名』。意思是帝嚳一出生就會說出自己的名字，太神了！
　②黃帝的玄孫堯在位98年活了116歲，太長壽了吧！堯的後繼者是黃帝的第八代孫舜，是超越人性常理的大孝子。舜58歲時堯死(堯比舜年長58歲)，3年後61歲踐位，而在位39年，剛好活了一百歲？
　堯舜兩人同姓，都是黃帝的後裔，堯是黃帝的四世孫，舜是八世孫。兩人相差四世代，舜又在堯活了116歲後才繼堯帝位，實在沒法理解。

③禹繼承舜的帝位，舜死時一百歲。然而禹竟是黃帝的第四世孫（玄孫），跟堯「同輩分」。禹所繼承的是比他晚四個世代的玄孫輩，是活了一百歲的舜的帝位，開創夏王朝。

④史記說，帝顓頊（黃帝之孫）時的教化、祭祀『北至幽陵，南至交阯』。幽陵即幽州河北。交阯即越南東北的東京（Tongking）地方。

又說帝舜時，『南撫交阯』。這種「勢力範圍」，在公元前2700~2200年之間，中原地方部落社會的「共主」，何來這種能耐？

(2)殷本紀裡說：商朝(殷)的祖先叫做「契」。契的母親簡狄是「帝嚳的次妃」。簡狄(跟姐妹)三人〝行浴〞時，看見玄(黑色)鳥墮卵，取來〝吞〞下去，因而懷孕生了契。

照這個記述，契的父親是一顆鳥蛋了？料司馬遷也未必那麼相信，祇不過是反映東方殷民族的神話，詩經商頌裡的『天命玄鳥、降而生商』的傳承罷了。

(3)周本紀裡這麼說：周朝的祖先后稷，名叫「棄」。棄的母親姜原是『帝嚳元妃』。某日到野外看見了一個『巨人跡』(腳印、腳跡)，一時很高興就踩了上去。『踐之而身動如孕者』，過了些時候生了孩子。

起初認為這孩子不吉祥，把他放置在陋巷，牛馬經過都避開

了。後來就棄置在『渠中冰上』，沒想到飛來很多鳥用翅翼覆蓋保護嬰兒。姜原『以爲神』，連忙抱回來養大。本來要丟棄，所以命名爲「棄」！

棄的生父是巨人的足印，生後又被母親一再遺棄過。做爲棄的母親的丈夫帝嚳帝(王)難道不知情？而知道了會默認？太太(元妃)都〝偷生小孩〞了。司馬遷果真會信以爲真嗎？

IV、中國的統治與侵略

(一)中國千年的殖民統治

中國的先秦時代，東起浙江南部紹興，西至長沙以南的東南沿海地帶至西南的越南東北地帶，遼闊的地域盡是(百)越族的居地。秦亡後，在福建成立了「閩越國」將近七十年，被漢武帝攻滅(西元前135)。在廣東的越人建立的南越國，統治者是〝外來〞的漢人集團，立國九十三年亦被漢武帝所消滅(西元前111)。

當時越南的北部，秦時設置象郡。到了漢武帝時，這裡即東京地方，紅河三角洲設置三個郡；北部和東北部是交阯郡，其南部是九真郡，再南是日南郡，都限於現在越南的順化(Hue)等中北部。

從這(西元前100年)以後，一直到西元938年，越南的吳權

(Go-Kuen)擊退中國(五代時)南漢(廣州)的軍隊,越南才開始擺脫中國的桎梏。稍後,丁部領(Din-Bolin)建立丁(王)朝(968)爲初代皇帝,國號「大瞿越」。越南在唐朝時屬中國唐的安南都護府,可以說是安南的丁(王)朝。這樣唐亡後越南才達成了完全獨立。

這之前的一千年間,越南長期地是中國直轄的殖民地。雖然是獨立了,但此後中國仍不斷地用兵侵略越南,直到清末還成爲清國的「屬國」。19世紀中葉法國也來侵略越南而引發清法戰爭。結果,越南這回卻淪爲法國的殖民地長達一百年。

(二)中國的侵略九百年

越南的北部和中北部,越南的發祥地,從西元前2~1世紀起即被中國的漢朝殖民統治,到西元第十世紀初才獨立建立越南人的王朝。

第十世紀後半,中國的宋朝興起後又開始派兵侵攻越南(981)。歷經元朝、明、清,一直到清法戰爭後簽訂天津條約(1885),越南成爲法國的屬地保護領,清朝喪失了對越南的宗主權。這九百年間,中國的軍隊動不動就大軍壓境侵入越南,逼得越南的王朝疲於奔命。

丁部領即帝位,國號「大瞿越」,向宋朝貢,被封爲交趾郡王。卻因後繼者的紛爭被殺,攝政黎桓被推舉爲「黎大行皇帝」

(980)。

　　翌年宋軍從水陸兩方面來侵攻，結果，宋的水軍全滅，陸軍也敗退。宋朝卻仍任命黎桓爲安南都護。

　　西元1076年，宋軍統率占巴和真臘的軍隊侵攻越南，結果宋的水軍被李常傑徹底打敗。後來，宋朝又將交趾國(越南)改爲安南國。

　　到了元朝，蒙古軍曾經三次侵攻越南；第一次是西元1257年攻佔越南首都昇龍(河內)，因不堪暑熱，又缺兵糧而撤退。第二次是1285年，南宋已經覆亡，元的五十萬大軍侵攻越南，或蹂躪首都河內，或從占巴北進，越南的陳朝幾致亡國。

　　面對形同泰山壓頂的元軍，越軍節節敗退。然而，救國英雄陳國峻(陳興道)所統帥的五萬軍隊居然創造了勝利的奇蹟。結果元軍主帥圖亞斗戰死，五萬人被俘，半數(25萬人)以上受損害敗走。翌年(1286)年，被俘將領以外士兵悉數無傷遣回。這件事到現在還在越南人之間傳爲美談。

　　元軍侵越心仍不死，1287年尾，第三次三十萬大軍越境侵攻過來。鑑於前兩次吃盡了缺乏補給的苦頭轉勝爲敗。這回陸路在紅河三角洲橫行，豈料水路五百艘補給大船團卻在下龍灣北岸附近被越南伏兵攻擊，燒失了三百艘。

陸上的元軍接獲這項凶報，分水陸兩路撤退，都被越軍截擊慘敗。1293年，元朝再度計劃侵攻越南，旋因忽必烈死去而中止。

明朝初年，永樂帝時大舉侵攻越南(1407)，在安南(越南)設「交趾布政司」，收入版圖，直轄統治將近20年。對越南強行同化政策，調查出人口520萬人。

▲ 河內到處有中國式的風物，泰湖(右邊)濱的公園，這裡是鎮國古寺的入口

越人不堪明國官吏的橫征暴斂之苦，黎利等人舉兵蜂起(1418)，前後跟明軍抗戰十年之久。明軍和援軍合計30萬，死傷慘重，明軍主帥王通求和(1427)，撤退。翌年春，黎利即位定國號「大越」，明國失去安南這個殖民地，越南又回復獨立。

十八世紀末葉清朝乾隆帝時，中部阮文惠三兄弟在西山

(Taison)大蜂起。這時是越南史上南方阮氏和北方的鄭氏長達二百年以上，對立抗爭的末期。西山反亂的阮集團先消滅南部的阮王朝，勢力擴展到西貢地域的「交趾支那」。然後揮師北上進攻鄭氏，奪取順化，攻占昇龍（河內）統一了南北(1787)。

這時在河內保持虛位的黎（王）朝皇帝不滿西山阮氏的支配，竟奔赴中（清）國求援。乾隆帝派出20萬大軍攻入越南(1789)。結果，西山軍轉敗爲勝擊退清軍，結束了自黎利以來四百年的黎氏王朝。

這次清朝雖然敗退，但是跟明朝一樣，認爲對越南即使不直接統治，也必須維持宗（主）藩（屬）的關係，且隨時派兵侵攻，一直到清法之役，敗退才肯放手。

V、被蹂躪的殖民地

(一)法國殖民支配百年

清朝終結對越南的宗藩關係決不是自願的，而是因爲爲了宗主的地位跟法國打仗，輸了簽訂天津條約(1885)，祇好〝走路〞！

越南說起來也怪可憐的，走了一個舊老板卻又換來一個也是青獠牙的新〝頭家〞法國。這下更淒慘，被殖民支配也備受凌辱

百多年之久。

×　　　　　　×　　　　　　×

從來對越南最大的威脅是來自北方的中國的侵略。歷來新王朝創立後總要對中國示好朝貢，努力於和平外交關係。

被西山集團消滅的南方阮氏的殘存者阮福映，由於暹羅和法國傳教士的協助打敗西山的阮氏王朝而創立了越南最後一個王朝，統一全國，形成了現在的版圖。阮福映在中部順化(Hue)即位叫嘉隆帝，國號「南越」(1802)。清廷不同意，恐被誤以為包括廣東廣西的舊時南越國。惟越語形容詞在名詞之後，「越南」跟「南越」涵義一樣，所以就接受了這個「越南」的國號。

這是19世紀初期，中國（清朝）的勢力正在衰退，西洋的勢力隨同產業革命後的通商貿易的擴大也逼迫到越南來。阮朝政府卻因守農業主義拒絕西洋的通商要求，而一昧採取鎖國政策加以拒絕，即使優遇幫助阮朝建國的法國人，對於法國政府的要求「開國通商」就是不認可。

×　　　　　　×　　　　　　×

阮朝的各帝跟從來各朝的帝王一樣深受中國文化的洗禮而尊崇儒家式的統治思想，無法容認不崇拜祖先的基督教。於是接連發生迫害教徒事件，阮朝的皇帝竟將法國和西班牙的各2名傳教士斬首，引發法西聯軍登陸達南港，佔領西貢一帶及外海的崑崙

島(1858~62)。

結果阮朝跟法國提督簽訂了第一次(法越)西貢條約(1862)，割讓交趾支那(湄公河三角洲)的東部三省給法國，開港通商，并允許傳教。這是越南惡夢的序幕。

這之後，法國因割取了交趾支那東部，時高棉東部歸屬越南，法國乃取代越南跟高棉簽訂條約成為高棉的保護國(1864)。雖然法軍突然侵入東部高棉和交趾支那東部之間的交趾支那西部三省，以便溯湄公路水路進入中國西南部。這樣，交趾支那六省全域落入法軍手裡(1867)。

法國憑其〝船堅砲利〞對付越南的舊式武器像摧枯拉朽，幾乎是所向無敵。1873年，法軍又突然攻佔河內。沒想到支援阮朝的黑旗軍來援而打敗法軍。

越南失去了交趾支那(1874第2次西貢條約)後，東南亞的穀倉湄公河下游肥沃的三角洲地帶完全化爲法國的殖民地。

　　　　　×　　　　　　　×　　　　　　　×

在這同時，法國調查由湄公河下游遡往上游要到達雲南，發現水路途中急流和岩礁多很困難。毋寧是從東京遡紅河北上進入雲南，對通商路比較便利。因而激發了法國征服東京平野支配紅河的野心。

果然，法軍（三百名）於1882年再度攻佔河內。翌年，黑旗軍又打敗法軍，主將又戰死。法國更「惱羞成怒」大剌剌地採取帝國主義擴張海外領土的政策，派出二千名陸海遠征軍指向越南。

當時阮朝國喪，一年多換了四個皇帝、內紛不斷，國力衰竭。法軍進攻首都順化不堪一擊，很快屈服求和，簽訂了順化條約(1883)。越南承認成為法國的保護國，越南事實上完全成為法國的殖民地，失去了作為國家的獨立性。

法國為了將條約實現必須排除佔據在河內的黑旗軍和清軍。法軍在東京連戰連勝，戰火又擴大到福州，南洋艦隊全滅。清法戰爭的戰火還延燒到台灣。法軍封鎖了中國沿岸。最後清法簽訂天津條約，清朝承認法國對越南的地位，而放棄中國對越南的宗主權。

(二)印度支那戰爭

法國殖民支配越南以後，除了交趾支那（西貢一帶）、中部的安南、北部的東京以外，西貢西邊的高棉、寮國以及租借地廣州灣，到1900年統統收編成立『佛屬印度支那連邦』。

從19世紀末期以降，越南人對法國支配的蜂起抗爭不斷，到第一次世界大戰後(1919)，阮愛國(胡志明)的勢力逐漸崛起。第二次大戰結束前夕的1945年春天，越南、高棉和寮國先後宣言獨立。

　　大戰結束的翌（九）月初，胡志明發表「越南民主共和國獨立宣言」，月尾法軍佔據西貢。翌(1946)年11月，法軍跟越南獨立同盟(Vietmin, 1941創設)軍在海防和河內全面衝突，爆發了持續八年的印度支那戰爭。在戰爭的期間，法國在西貢扶植一個「法聯內獨立」的越南國(1949)。翌年，中蘇承認河內政權，而英美則承認西貢政權，埋下了南北越分裂對立的伏線。

　　戰後法國執意重溫對越南殖民地的舊夢。美國則批判法國的殖民地主義政策，認同胡志明的反殖民地主義戰爭，可是對越南的求援卻不予理會。到了中共建國(1949)，美國開始強硬反共，越南的反法獨立鬥爭因而被捲入東西冷戰的渦中。

　　法越的戰爭，美國負擔了一半的戰費(18億美元)。法軍在奠邊府(越南西北邊境山區)戰役慘敗前，美國曾考慮派兵介入，且議論要投下原子彈。

　　奠邊府陷落法軍投降。法軍死者、行踪不明者17萬多人，決定性的敗戰。兩個月後(1954年7月)，在日內瓦簽訂休戰協定。確認越南獨立，但是限於北緯17度為暫定境界線，兩年後實施全國性選舉。

　　當時北越(越南獨立聯盟)的勢力，已經掌控北部和中部，期待兩年後的選舉而大讓步。然而，協定簽訂的半個月前，美國艾森豪政權已經叫吳廷琰回去越南，扶助吳氏政權。而且兩年後的

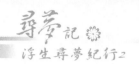
選舉南越拒絕不履行。

　　法國從越南退場，亦就是美國的進場。越南雖然獨立，卻祇是國土的一半，而且南半越南於翌(1955)年即成立「越南共和國」。

　　美國戰後原本反對殖民地主義而一度同情越南的反法鬥爭。但是，由於中共建國又參加韓戰，為了圍堵共產主義，深怕越(共)南壯大乃轉而為反共而默認(法國的)殖民政策。一方面扶植南越吳政權，也為反共而容認其獨裁。

　　越南雖說獨立了，卻分裂為南北對抗的局面。在法國〝走路〞之後，美國來替法國擦屁股，卻惹得一身臭氣。1963年11月初，吳廷琰兄弟被暗殺，三禮拜後甘迺迪總統亦被暗殺。翌年發生「東京灣事件」(美軍艦與北越巡邏艇交戰)，美國隨即開始對北越轟炸，展開了長達十年(至1973)的美越戰爭。兩年後西貢陷落(1975.4.30)，越南終歸全國統一，翌(1976)年成立「越南社會主義共和國」。

　　然而萬沒想到，越南經過長年(1946~1975)的反法、反美抗爭才勝利結束，而北方的中(共)國軍又發動侵略的〝懲罰〞戰爭，結果被越南擊退。期待戰後的復興，在印支半島出現一個新生有夢的樂土。

VI、情牽胡志明

「胡志明」是一位越南人的名字,現在也是越南的一個都市的名字,叫胡志明市。胡志明這個人是現在的越南(越南社會主義共和國)的(建)國(之)父。而胡志明市從前叫西貢,越戰結束後改稱今名。

不論是人物胡志明或是城市胡志明(西貢)都對我有一種微妙的吸引力,難以言喻的想像。在接觸到胡志明的故事之後,除了感到他的平凡中的偉大,真想深入去做一番研究。至於胡志明

▲ 穿著Aosai、騎自行車或機車「掃街路」,現代與傳統的結合

市，在二次大戰時就早有聞名，而前往高棉在胡志明機場轉機時，確實有巴不得入境探訪一番的未然衝動。

(一)胡志明的魅力

胡志明既不姓胡也不叫志明，真實的名字是Guen Sin-Kun，姓阮，叫Sin-Kun。他一生長年(30年)在海外(巴黎、莫斯科和廣東)漂泊流浪從事越南的獨立革命運動，經常使用假名。據說他有三十幾個〝偽名〞，即連在黨刊論說用的筆名就有26個之多。不過，其中最出名的是阮愛國(Gun Ai-kok)。

「胡志明」這個名字是1942年（越南獨立同盟(Vietmin)成立的翌年）爲了潛入中國，冒充中國人命名的。因爲過去在延安時用的名字「胡光」，而想出來的。

他的生日也是一團謎，祇知生年是1890年，生日不詳，就配合Vietmin創立的5月19日做他的生日。至於忌（命）日，很巧，恰好是(1969年)9月2日。這個日子是(1945年)他在河內的廣場發表獨立宣言的日子。

充滿了傳奇性的胡志明的生涯，從事獨立革命的事蹟以外，爲人所知者不多。早在20歲(1911)搭上法國的商船當見習廚師離開越南。在船上的2年間，來回於地中海、北非，去過紐約、波士頓，然後在倫敦落腳一段時間後移住巴黎(1917)。爲了生活不

辭做體力勞動的工作；除雪、洗盤子、廚師……。不像孫文有有錢的華僑捐錢給他可以享受有女人陪侍和搞革命的工作。

　　胡志明初露頭角是1919年(29歲時)第一次大戰後的凡爾賽巴黎和會。頭次用「阮愛國」（台語逼真的意涵；我〔們〕愛國）的名字以「越南愛國者的一群」向和議會場提出八項要求的聲明。訴求要釋放政治犯，言論自由、教育權，法國國會有越南代表發言權……。可是卻沒涉及到越南的獨立問題。

　　第一次大戰的巴黎和會，美國威爾遜總統提出「十四條和平原則」(Fourteen Points)，其中有「民族自決」，旨在希望得到反抗歐洲列強的殖民地統治的民眾的支持。按理說，訴求越南的解放至為當然。

　　當時被法國殖民統治的除了越南以外還有高棉和寮國，所以戰略上，必須先推動民主的革命，再進入民族的革命。越南應先定調「印度支那革命」而不是先行「越南革命」。亦即越南的革命是反殖民反帝國主義的一環，不必急於單獨去排除法國帝國主義。

　　第二次大戰爆發後不久，法國巴黎淪陷，(1940年6月)，接著日本軍進駐印支北部。翌年2月，胡志明趕回闊別30年的越南，隨後創設了「救國民族統一戰線」的「越南獨立同盟」(Vietmin)，直接指揮抗法的獨立運動。

×　　　　　　×　　　　　　×

感動的獨立宣言

　　胡志明的最大魅力也許是發表獨立宣言吧！1945年9月2日，日本無條件投降半個月後，亦就是麥克瑟率領聯軍的將帥在日本的東京灣密蘇里軍艦上接受日本投降的受降儀式那天，胡志明對聚集在河內印支的法國總督府官邸前廣場群眾宣讀他起草的獨立宣言。瘦身的下巴留著一簇公羊式鬍鬚，文靜的55歲的「歐吉桑」第一次出現在大眾面前令人駭異，好奇。

　　獨立宣言先引用1776年美國獨立宣言的句子；『地球上所有的民族生而平等，擁有生存、幸福和自由的權利』。1789年法國命人民的「權利宣言」也這麼說。可是法國帝國主義者竟長達八十年以上惡用自由、平等、博愛的旗幟，佔領我們的祖國，壓迫我們的同胞。剝奪我人民的政治上的一切民主自由，強制非人道的法律。破壞我國家的統一，分別在北部、中部和南部設置三種不同的政治制度。他們設立了比學校還要多的監獄。他們殘殺我們的愛國志士，把我們的蜂起扔進血的河流裡。

　　越南發表獨立宣言了。然而，法國卻還是回歸印支，再度要箝制越南，因而有翌(1946)年尾越南及法軍的第一次印支戰爭。結果八年後(1954)，法軍在奠邊府致命的慘敗。沒想到法國退場後美國馬上進場〝接班〞，繼續侵略戰爭（越戰，即第二次印支戰爭），拖到1975年西貢陷落，南越投降，才結束延長達30年的

戰爭。歲月不饒人，胡志明在1969年，79歲時逝世了。

越南是個道地的農村「村」的社會。五十歲就成爲「老」，六十歲可就是「上老」了。越南人不論農村或都市，現在仍然對上了年紀的人稱呼爲「pack」（咱庫）表示尊敬。大家都稱呼胡志明爲「pack Ho」，他自己也是。這意思是「胡伯伯」、「胡老」。可見他是跟一般人多麼接近。所以并沒有啥「革命家」，「國家主席」，成甚麼「國父」，這才是他的魅力。

(二)再訪胡志明

印度支那半島的最大國際河流湄公河下游近出海的三角洲最大都市西貢，在越戰結束後，爲紀念建國之父阮愛國而改名胡志明（市）。

雖然越南的胡老、胡伯伯是一位很有魅力的人物，但是長年來習慣稱呼西貢比胡志明有柔軟的感覺。西貢確實背負太多的帝國主義殖民地的陰濕的精神文化，卻也曾經有經濟繁榮，文化亮麗的一面，那是不能、也不必要全盤否定的。

在20世紀行將結束那年的春天，有機會去高棉前往安庫瓦杜(吳哥窟)巡禮，曾經在西貢機場轉機多時，在機場頭次張望附近的西貢。

　　兩年多後的2001年夏天，終於有機會踏上西貢的土地。第二次探訪西貢胡志明是在事隔七年後的2008年的暮春三月。

　　這裡本來是高棉的領土，18世紀以後成爲南部豪族阮氏的殖民地。到了19世紀的後葉被割讓給法國殖民統治到1954年。翌年美國扶植南越共和國，西貢成爲首都。越戰結束(1975)南北統一，南越歸零。

　　相對於河內爲政治的都市，這裡是經濟中心的商都，地理條件使然。法國的殖民政策以經濟剝削著眼，西貢首被其害。不過，這裡確實也有爲法國人享受的建築物，就在近西貢河那邊的

▲ 西貢北郊庫吉的地下壕道出入口

▲ 西貢北郊庫吉的地下壕道，圖為坑道內的餐廳，蠟人形（5個）以外，後方右為作者，左為S小姐

Dongkhoi街道一帶。

　　美國在西貢扶殖南越，對抗北越的(共產)社會主義，增長資本主義經濟的氾濫。不過，美國並不像法國那樣長期深入，除了軍事設施，倒沒遺留甚麼重要的文化史蹟。法國人留下的聖母瑪麗亞教會、市民劇場、統一會堂、中央郵局等代表西洋文化富麗堂皇的建築，至今仍在散發十九紀以來的幽光。

(三)華人街的異色

　　越南的探訪都是從東京回台灣，然後跟三弟和友人2～3個人結伴同行。三弟旅居美國20年後回高雄定居，經營貿易公司，跟高棉、越南有生意上的往來，在當地有熟人。我就搭這種「便車」探訪越南。

　　在西貢(胡志明)都會下榻華人街華人經營的商務旅館。這樣不但語言不成問題，房租、飲食、交通便宜又方便。

　　西貢的華人街(Chinatown)叫做「Cho-Lon(秋隆)」，越南話的意思是「大市場」。它的位置在市區的南部，南邊附近有Ben Nghe運河，屬胡志明市的第5區。其範圍大約東西2公里，南北1.5公里。這裡最突出醒目的就是看板到處是漢字，這對我來說可就方便多了。

　　自古以來，越南被中國直接間接支配太久，受中國文化浸染夠深，讀四書五經，實施科舉制度，甚至製訂了越南式的漢字，叫「字喃」(Chiu-Nom)。特別是十九世紀初葉阮朝時代是字喃文學的全盛期。

　　現在越南的文字採用羅馬字。起先是16世紀後葉傳教士利用羅馬字寫的日語基督教的書籍，對居住中部會舖(Faifo)的日本人傳教開始的。後來，17世紀初，法國傳教士羅斗神父加以改良，使之能夠表記越南話的音調。他的著書裡開始實現越南語的羅馬字化，成就了今日越南國語(qu'oc-ngu)的母胎。

法國殖民統治越南後，在文化方面也要支配，因而設法消除中國文化的影響。從20世紀初，不獎勵漢字和字喃，而推行改用羅馬字表記法的國語政策。這和當時越南智識階層開始引進近代文化的國語普及(羅馬字化)運動偶然一致，所以後來漢字、漢文逐漸衰退下來。1945年獨立以後國語成為公用語。

但是，華人街算是特異的存在，除了漢字、漢語(普通話)以外，羅馬字都可以認讀，祇是讀音所代表的語意不解，卻可以讓越南人聽懂。這總比泰國或高棉、寮國的文字完全看不懂好多了。

西貢的華人街是18世紀末葉，西山阮文惠(越南的拿破崙)三兄弟蜂起(史稱西山黨之亂)時，被殺的華人有一萬人。當時住在中部的廣東系的商人，為了避難逃亡來到這裡居住下來開始的。

VII、足跡與視線

頭次到西貢時，有一位當地的越南人S小姐幫我當導遊，去參觀西貢解放戰爭時的地下壕道。S小姐大約20歲代的後半，面貌甜甜的，身裁苗條。彼此語言不暢通，用簡單的英語片言詞句還可以溝通，她就是"好笑神"(不吝嗇笑容)。

(一)庫吉的地下壕道

　　胡志明市區的西北邊大約40公里的觀光地，庫吉(Cu-Chi)有
聞名的地下壕溝(坑道)。這裡是越戰時期南越民族解放戰線的地
下基地。

　　從市區通過北部的新山一機場(Tan Son Nhat)旁邊，往西一路
展開田園風景。一小時後抵達庫吉市區，壕道還在前方。壕道分
為大小兩個區，我跟S小姐進入大型的區參觀。

　　地下道彎來曲去，有許許多多比較開闊一點的「室」。這些
室主要的有；司令官室、黨委員長室、會議室、廚房，還有地下
井以及地下野戰病院。參觀路線的末站是食堂，這裡還提供當時
士兵食用的一種芋頭。

　　置身在壕道內，不只空氣不好，光線沒有就是暗黑世界，難
免有些恐懼。萬一地面塌陷，豈不被活埋。越南的士兵，為了解
放南越的使命感，能夠長期在這黑暗的地下坑道內「作戰」，有
那種情神與毅力，蒼天不會辜負，不勝那才沒道理。

(二)阿哦窄(Aosai)的女生

　　越南女性的民族衣裳，類似中國式的旗袍，長袖子配合長褲
子，大多是白色的，越南話叫aosai或aodai。

　　頭次探訪越南，先在胡志明地方幾天後，搭飛機前往北部的

河內，然後又回胡志明市。第二次再訪越南也是從胡志明滯留幾天後，搭夜行臥舖式巴士去芽莊觀光，之後乘火車回胡志明。這些旅程有三個伙伴同行之外，S小姐整個行程當導遊兼服務員、翻譯。

在都市裡，特別是西貢的馬路上，機車成隊像洪流，像萬馬奔騰十分壯觀。另一種景象是穿白色aosai的民族衣裳的女性，有的騎機車「雄赳赳」地奔馳，有的騎自行車慢條斯理，溫文地趕路。

穿aosai的女性不但很多，高中女性有的制服是aosai。這種衣服很貼身，容易顯現身體的曲線，身體有曲線才會顯得優美。aosai不但長袖子，還配長褲子，讓人感覺斯文，動作不致粗野。不過，從事田野或是工場的肉體勞動工作可就有不方便。

既然是在街路上，不在田野、工場，熱帶地方習慣於穿aosai的女性，不只是有好感，另有點滴的敬意。

越南人，幾乎沒胖子，特別是看不到女胖子。越南的女性也不太化粧，即使有也是淡粧。那位S小姐就是素臉又素衣，雖然並不一直穿aosai，可也在河內時上裝。身體苗條者算是美人體格，就整體的美而言，已經是及格了。

最值得可貴的是女性的純真未泯，還擁有日本女性從前具有的那種純真樸素。由於結婚適齡期女遠多於男，加上門第與身份

關係嚴格，尤其鄉下貧窮農家女孩結婚比較困難。種種複雜的因素可能成為婚姻的障礙，女性想都認真賣力找對象。

第二次去越南距第一次約7年，那時S小姐時還沒結婚，最近聽說二、三年前才結了婚。第二次在胡志明時，友人公司的一個職員剛好住同旅館，是去物色越南新娘。在旅館的幾天，女的從附近鄉下來。男的看起來貌不揚，亦非甚麼「人材」？沒魅力吸引人。

相對之下，女的果然是「標準」的越南女性，樸實無華、沒化粧，衣飾簡素，可是確實是美人。聽說結果女的同意了，我倒覺得有點意外，也有點兒可惜。至是，了解了越南aosai女性所處的目前的現實環境，也只能認了。台灣人找越南新娘是正確的，可以理解。越南的娘子，一般都忠於丈夫，以至於誓死不離婚，即使丈夫有了小三，必以「死」抵制。女性熱情又勤勞、保守，越南還真是男人的天堂？

×　　　　　×　　　　　×

西貢郊區探幽

西貢市區內機車隊的洪流如萬馬奔騰威勢壓人，等青紅灯過路是一大艱難。這種境遇多了，甚至會感到恐懼而厭惡。S小姐特別給我們安排，案內(帶路)去郊外"透氣"探幽(mystery)。

離開市區的陸地進入郊區的水路，兩個截然不同的世界，原來西貢是一座大港灣都市，西貢河的船隻上下航行的光景很是壯觀。西貢河的支流宛然像腦血管在郊區的廣闊田園地帶縱橫交流。小溪流在密林的掩護蔭蔽下，構成神秘幽奧的mytery的天地。

划著小舟在mytery的小河渠上探幽又探"險"，那種「山窮水盡疑無路」時突然「柳暗花明又一村」的"驚喜"的感覺，不也是一種享受嗎？

(三)河內的風物

對比西貢(胡志明)是一座經濟的商都，河內是一座政治的文化古都。西貢是19世紀後葉以後法國人殖民統治越南時期所建設發展起來的，西洋型的建築文化，經濟產業展現近代化的特色。尤其是法國敗退後曾經成為越戰時南越的首都(1955-1975)，在統一後實施Doi-moi的開放政策(1992)，西貢的經濟發展令人刮目相看，充滿了活力。

但是，歷史與傳統文化的份量則西貢跟河內是望塵莫及的。河內是早在第11世紀初頭，越南脫離中國千年的殖民地建立自己的王朝以後成為越南的首都。

虔誠的佛教徒李公蘊被推戴繼年幼的皇帝即帝位後，把都城

遷到大羅城(1010)。據說他所乘的船到達城下時出現"黃龍"，所以就將城名改稱昇龍(Tan-Lon)，就是現在的河內。李氏王朝一改以往的粗暴統治，保護佛教，收攬民心乃得成就越南的第一個長期王朝(1010-1225)。

從李朝以後一直到阮福映取得天下(1802)，首都遷往中部的Hue(順化)，河內是越南的首都長達八百年之久。阮朝時代還是保持「副都」的地位。法國侵入後，建立法屬印度支那聯邦(包括越南、高棉和寮國)時代則是法國總督府所在。第二次大戰後成為越南民主共和國的首都，其後的反法和抗美(三十多年)的戰爭

▲ 芽莊(Nha Trang)的海濱長達5～6公里、白砂綠椰大型彩色陽傘點綴其間，這裡是越南首屈一指的休閒景勝地

時代，作爲北越的政府的據點吃盡了殘酷的戰爭的苦頭。現在是1976年成立的越南社會主義共和國的首都。

河內位於紅河下游的東京地帶，在中國千餘年的直轄殖民地統治下，又歷經中國間接支配近千年的歷史，所受中國文化的浸染深遠。在河內市區巡禮，直覺到這裡的靜的氛圍，漂散著濃濃歷史的與傳統的文化氣息。可以嗅到、看到中國味的風物；漢字、寺廟和工藝品等。

紅河就在東邊日夜不息地流向東京灣，廣大的泰湖(Ho Tay)在北邊，市內有(Han Kiem)還劍湖等許多大小湖泊點綴，美化蒼鬱的綠色樹林。這裡是政治中心的古都，更是有文化、特別是傳統文化的都市。

在還劍湖的北側是河內的舊街，左邊是鐵路，右邊是紅河所圍繞。舊街的形成起源於11世紀初，(李)王朝調集各村的各種手工藝的工匠，在首都(河內)製造貢物給朝廷。以後形成各地特產品交易的市集，商業地區。

這裡有劃分爲「坊」的各種手工藝品，各商店不大而古色古香，讓人聯想台灣的舊街，台北的迪化街。

(四)飛龍下降的下龍灣

　　從胡志明搭飛機飛行2個小時，初次(2001年8月)到了河內。河內的茶葉公司的女性經理夫妻跟專用司機開車來迎接。旅行班除了S小姐三個人中，我以外2個人負有生意任務。

　　在河內的時間，商務優先然後觀光。一行人由茶葉公司經理帶路先後參觀茶園和茶葉加工廠。茶園在平地，園內有稀疏的樹木，在日本和台灣從沒見過。雖是夏天而有樹蔭而不覺熱。採茶姑娘也戴著斗笠，手臂裏著黑布，正在採摘葉葉，那光景又像似台灣的茶園。越南的茶葉進口去高雄，風評不錯。

　　　　　　×　　　　　　　　×　　　　　　　　×

　　到河內的另一個主要目的就是探訪聞名世界，有「海上桂林」之稱的下龍灣。據傳說古早時候，群龍親子從天空飛翔下來保衛當地被敵人侵犯的居民，亦就是飛龍下降的地方，因而得名。還有說是龍的火炎的舌頭接觸到海面而變成了無數的岩石。

　　河內東方約100公里處是海防，再向東偏北50公里便到下龍灣。這裡有國道5號線從河內經由海防到下龍。道路狀態惡劣，車程要6個小時。我們的座車連司機7個人，一塊到下龍。

　　國道5號線說是快速道路，可是自行車，三輪機車(Sikulo)，甚至也有徒步的人。路面沒鋪裝，甚至高高低低太不平，坐在車裡真是緊張不安。據說「(請小心)安全開車」的越南話是「laise qan dan」。意思是：(車)開不好的話，會很簡單(容易)地到來世

(死)去。這換(譯)成台語不就是「來世簡單」音和義完全符合！

　　道路在紅河三角洲的東京平野延伸，兩邊曠闊的田園開展到遙遠的天邊。河內到海防之間盡是海拔3~6米的低平田野。

　　車子很辛苦地跑完狀況惡劣的道路，薄暮時分到達下龍灣西邊的拜佳(Bai Chay)後，在距離海邊很近的休閒旅館歇腳。這麼著名的觀光地的休閒旅館，即使設備不豪華，房租一天才20塊美金太便宜了。河內到下龍的汽車票價不到2萬越幣(VND；Dong)，美金1塊約越幣1萬Dong，亦就是不到2塊美金。2008年再訪越南，在胡志明詢問所得，一般人的月薪大約百元美金，華人街旅館費還是20美元。

　　遊覽下龍灣先是乘大船再僱小船。船隻漸漸遠離海岸，海面上數不清的尖形小岩島群爭先恐後地直逼過來，太神奇了，這些海上的大自然的藝術品，據說遠古時代都是山峰，後來海水高漲而下沈形成的。

　　下龍灣除了欣賞海上桂林的奇景之外，登上岩嶼觀察鍾乳洞的"奇觀"，既享受又感動。這是頭次看到的最大規模和最多種類色彩的鍾乳洞。不過數年後，遊覽桂林時，看到的鍾乳洞更令人驚嘆大自然的藝術創造的智慧和能耐。

(五)白砂綠椰的芽莊

　　越南的北部和南部的兩頭都去過了，就是中部還沒去的機會。再訪越南時(2008年暮春)，還是從東京去台灣跟三弟和一位友人會合從胡志明入境。這回還是麻煩當地的S小姐案內(帶路)。

　　在胡志明先滯留幾天，三人行的各人有各的任務遂行後，四個人結伴前往聞名已久的芽莊(Nha Trang)，觀光和遊樂。

　　芽莊是越南屈指第一的海濱休閒景勝地(resort)，海邊的白色砂灘直線狀態綿延5~6公里長。砂灘距離市區的縱直大馬路近在咫尺之間，而大馬路和砂灘之間是一道綠色的椰樹聳立在招風，構成一幅優美海濱風景畫。

　　這裡不算是越南的中部，卻是中南部的邊境，南距胡志明(西貢)約四百公里。火車的車程7~11個小時。車資火車約10美元，汽車約7塊美金。我們往路搭臥舖式的夜行汽車，回程坐火車。

　　芽莊從前屬於占巴國的故地，所以有一些舊時占巴的寺塔等遺蹟，最著名的是披那加路(ponagalu)塔，是第九世紀建立的，屹立在大橋邊的小山丘上面，從山丘上往右邊的凱河方面和左邊的海岸方面看過去，市街就在眼簾裡。

　　從西貢搭乘夜行的臥舖汽車，還是頭次經驗。一台巴士就那麼小的空間，上下各舖很狹窄，要翻身真費勁，整夜沒睡好，到

芽莊天色還模糊，這種經驗也是好久沒有的啦。

我們住的旅館是一種商務旅館，設備不錯，房租便宜，才16塊美元。最可取的是位置在大馬路，朝向海邊，不但在六樓上，坐在陽台靠背椅子上遠眺海景難得的享受。而跨越過大馬路在椰子樹的林道散步，或是移足到海灘，涉足澄澈見底的淺海，海水那麼乾淨，遠處藍天白雲帆影，點綴著幾個小島，疑是置身天堂。

市區東方海面上浮著幾個小島，最大的是切島。從市區這邊到切島，新近架設了跨海纜車，據說是日本人來架設的，行程大約15分直通到島上。搭這種跨海纜車也是頭一次，這跟搭乘爬山越嶺的纜車不同者，腳底下只是一片海水，有些吊膽。

在島上有各種遊樂園區的遊樂設備，對於鍛鍊身心都有幫助。而我更跑到海邊下海游泳。

自學生時代就喜愛游泳，預備軍官當了海軍陸戰隊。雖然游得不好也不遠，就是愛游，每住有游泳池的飯店，在普吉島，在峇里島，關島一定要享受，下海更有刺激。海水總比池裡的水乾淨，對健康更有幫助，可惜，在芽莊的海水浴場我卻沒能下海，希望有機會再來。

8 甘埔寨高棉紀行

禍起蕭牆按天堂跋落地獄求再生夢

8 甘埔寨高棉紀行

禍起蕭牆按天堂跌落地獄求再生夢

▲ 閃粒的安庫呂越杜（吳哥窟）參道盡頭矗立莊嚴雄姿的石塔寺院

📖 I、解題

　　「甘埔寨」是「Cambodia」的台語音譯，華語音譯是「柬埔寨」，日語將伊音譯做〔Kanbojia〕。台語甘埔寨的字音是〔kampotse〕，華語柬埔寨的字音是〔tsianputsai〕。即三款音譯中，日譯上準，台譯比華譯有較(kah)接近原語音。

　　國家的名稱，人名抑(yah)是地名都攏會改變，毋限定只有一個名稱。甘埔寨當然也無例外，按民族或者是語言的角度，伊

叫做「khmer」，音譯做華語便是「高棉」。即二字用台語讀是〔komi〕，比華語有較(kah)接近khmer。

因為即(tsit)款關係，對即個國家，寧願稱呼伊高棉，好叫又好聽。若是叫〔甘埔寨〕，猶算平順，會使(e sai)接受。抑若(yah na)叫伊華語音的〔柬埔寨〕，講正經兮(e)，感覺真gaigioh(礙謔)？

所以呢，本文內，我就按習慣使用「高棉」。不過，ma毋通(m tang：不可以)繪(bue)記得，高棉猶(yau)有一個重要的名稱，着(dioh/doh)是「真臘」。即個名稱是出現著(di：在)中國的史書內底deh稱呼「丘暝呂」＝khmer(高棉人)的國家，亦就是古早，第7世紀初頭，出現著(di)隋書內底的真臘國。

這真臘(國)，是Chenla的音譯，後來有一個叫做周達觀的中國溫州人，跟隨使節團出使高棉，著hia停留將近一冬(1296年7月～'97年6月)。伊尾手(後來)出版一本冊叫做《真臘風土記》，是當時見聞錄，使互古早安庫呂(Angkor)王朝的高棉出名起來。

II、安庫呂越杜的託夢

安庫呂越杜亦着(dioh)是Angkor wat的音譯。Angkor是高棉(khmer)語，意思是市鎮都城。Wat也作vat，高棉語是寺院，廟

所的意思。即兩個詞合起來，「Angkor wat」就是(有)寺院廟(祠堂、靈墓)的城鎮。台灣通行叫伊〝吳哥窟〞，吳哥應該是Angkor的音譯，敢有準？窟是洞窟，洞穴，將vat/wat訳作窟，無合，意思足毋(m)好。

×   ×   ×

安庫呂越杜，亦就是安庫呂的寺院都市，現在指彼(hit)個所在e寺院群遺蹟。位置是印支(中南)半島東南端甘埔寨(高棉人的國家)、西北部的閃粒(Siem Reap)省閃粒市北部一帶。閃粒市著(di)印支半島的上大的湖Tonle Sap湖北岸無夠20公里e所在。

×   ×   ×

安庫呂的遺蹟群主要兮(e)是安庫呂朝(802～1431)期間六百外多長年歷代國王所營造建設兮寺院、僧院、經樓(堂)、貯水池、橋樑、宗教都城等等。其中，特別是閃粒市(首都金邊西北313公里)郊外，有安庫呂越杜佮Angkor Thom(大都城)的主要62處遺蹟會當(dang)集中參觀。

東南亞上大的文化遺產

安庫呂遺蹟群有幾項大特色，規模壯大，反映壯大e宇宙觀，金字塔形狀山岳型大寺院，中央祠堂高65米。Angkor Thom都城的中心有聳立45米高眉陽寺院，彼個所在是象徵神佛降臨e須彌山，正是宇宙的中心點。

按hia(那裡)有通往世界東西南北的基幹道路，所以講條條道路通安庫呂。所有宗教性建築物攏用石頭、岩石造成兮(e)。木質的門扇以外歷久嬒腐朽。千年前e古代建築也反映古早高棉人所創建兮(e)安庫呂王朝的榮華，猶在衰弱e現代甘埔寨國土頂面廻光返照散發餘暉。

安庫呂眾神deh「託夢」

安庫呂的世界性文化遺產上大的特色猶(yau)不只是宗教性石材建築本身。在歷史文化佮藝術的層面保存有高度技術性、美術性豐富e材料使互人驚嘆、感動。

建造物的石板、石柱、牆壁頂面彫刻印度梵文的碑刻文。建築裝飾，大廻廊內壁面彫刻帶狀浮彫樣式圖畫，壁龕或堂塔內四隅彫刻是女神立像浮彫。特別是第一廻廊內壁彫刻印度敘事詩做題材e故事圖畫。

集結宗教、美術佮文學的石造建築的遺蹟群，背後必然有一番壯麗的歷史戲劇(drama)，王是神的化身，神人合作演出e劇情感動人。

做爲研讀歷史e人，對即座歷史舞台，時時夢寐嚮往，常在會感覺若像是咧夢遊「大觀園」。

📖 III、契機

印度「半島」東旁是孟加呂海灣，海灣的東部連接一個大型半島，半島的北部參中國大陸南部連接。即個半島，中國人叫伊「中南半島」(中國南部的半島)，日本人叫伊「印度支那半島(支那就是China，指中國無歹意)」。

半島內底，現此時有幾個國家；對東部算起；越南、寮國、高棉、泰國佮緬甸總共五個國家。即幾個國家，因為讀歷史e關係，上早進入頭殼內有印象者，會用講是越南。秦漢時代，越南真早被中國侵略，漢化真深，尚且有越南式漢字(目前已經廢止，改用羅馬字)。越南南部的西貢(現時改名叫胡志明市)，童年時食西貢米足有印象兮(e)啦。但是「中印半島」的國家，我上大先去探訪者，毋是越南，卻是泰國。

不過，涉足上深入兮(e)顛倒是過去無啥印象的高棉，其次是越南。寮國算是有去過伊的首都永珍，是去高棉順續(sua)去。緬甸因為過去長期軍事政權無緣故去，近來有計劃想去探訪。

×　　　　　×　　　　　×

結緣高棉的契機，卻也是真特別，毋限定(diaⁿ)只有動機的要素，又佫愛有配合行動e條件。過去十幾年前，日本的旅行社足少舉辦旅遊越南、高棉即類共產國家的旅行團。東南亞的旅遊差不多攏是新加坡(包括香港也算在內)、馬來西亞以及泰國。最

近幾年tsiah(才)有河內、下龍灣、胡志明市以及安庫呂寺院遺蹟群。高棉佮越南的旅遊團攏無俗。

對我來講，上有吸引力的動機要素，免講正是「吳哥窟」(Angkor vat)，亦着(doh)是安庫呂寺院廟所遺蹟群。猶有一項使互我好奇又關注者就是紅高棉(Khmer Rouge)普呂普杜政權的暴政屠殺，以及互地雷殺傷的濟濟無辜的人民，足想去了解。

實在講，東南亞、中印半島在我以往入手資訊形成e印象中，有真濟〝共吾族類〞的近親感覺，也是deh鼓動我去探訪e動機。

8

▲ 再訪高棉於大吳哥(Ankor Tom)內的拜陽(Bayong)微笑之神石像前

動機真早着有矣(a)，ma成熟矣，條件卻是遲遲出現。在20世紀的最後一冬，1999年的年初起到2002年的年尾，探訪高棉佮越南的夢想、時機、條件差不多齊(tsiau)出現。

📖 IV、風土‧地理環境

(一)甘埔寨的國土

高棉人的國家甘埔寨，伊的國土領域，在往過(yeng que,從前)安庫呂王朝時代(802～1431)有一個時期差不多統轄大部分的印支半島。

目前甘埔寨位置處於印支半島南部偏東所在。就緯度來看是北緯10～14度之間，季節風的亞洲的一部分，屬於亞熱帶圈內。

國土面積約18萬1千平方公里，台灣的5倍。人口約990萬人(1990年代後半),台灣的43％。西旁的泰國國土是伊的3倍，人口是伊的6倍。東旁的越南國土是伊的2倍，人口也是6倍。甘埔寨被挾著(di)即2大國之間，地勢平坦無什麼天險，歷史上常在互即2國侵攻。

甘埔寨是一個森林的國家，國土的40％是平野地。北部泰國邊境以及幾處山地,卻是并無超過800公尺e山峰。東北部佮西南部各有比較廣域的山地丘陵地帶，東北部也是無高山，西南部只有

幾座高山，上高無過1,700外公尺。西北部的森林叢林地帶，古早是安庫呂王朝繁榮的地盤，無想講卻變成紅高棉殺人集團拍游擊戰e溫床「巢窟」。

(二)甘埔寨三角洲

北部偏東的寮國邊界地域，西北角勢泰國邊境以及南部偏東、東南部等曠闊e越南邊境全是平野地以外，東北、西南佮北部是丘陵或山地。

特別是曠闊e平野地中間有一條河按中國的雲南方面經由寮國南下縱貫東南部平野後轉向東南流入去越南，在胡志明市(西貢)西南入海。即條印支半島的上大條e國際河流湄公河所提供互高棉人的恩惠，會用講是高棉人的母親的大河。伊由北而南流過四個省的大地。

平野地域的中西部有一面印支半島上大個湖，叫做Tonle-sap湖。這湖參一條大條e溪河Tonle-sap河結合，形成一個水鄉流域系統，承攬安庫呂寺院(vat)遺跡群座落e Siem Reap(閃粒)省等六個省。連湄公河流域的四省合計十省佔全國19省的一半以上。

Tonle-sap河是湄公河著(di)首都金邊的分流。其後開放式流向東南方延伸去到越南南部胡志明市。溪河佮湖泊形成水系流域的平野地，一般qa(給)叫做〝甘埔寨三角洲〞(delta)。地面標高大

部分在30公尺以下。人口約90％居住著即個平野地域，也是主要產業地帶。

📖 Ｖ、天候參旅遊行程

　　甘埔寨位置印支半島東南部，緯度大約在北緯10～14度3分，接近熱帶的亞熱帶圈內。每年平均氣溫平野部的甘埔寨三角洲是27度左右。最高氣溫是全國各地每月攏超過30度，其中3、4月是尖峰，所以是暑季(真正熱天)。

　　每多2～5月是大熱e暑期，是季節風交替時期，無半滴雨水。5月中旬～11月中旬是雨季，透西南季節風。此後到2月中旬，透東北季節風，屬於乾旱季。規年中溫度差無大，會使講攏是熱天。

　　天氣寒熱，抑是落雨、落雪、好天毋定(m nia)影響生活，對旅遊、行動關係真要緊。我個人的經驗，旅遊就是愛行路。行路當然會促進身體產生熱的能量，那麼，寒天應該比熱天較(kah)適合行動。佫(qoh)再講，熱天可能會落雨，寒天會落雪，比較來講，落雪天比落雨天較獪(be)妨害行動。所以我通常會選寒天旅遊。

　　甘埔寨既(qah)是無寒天的國度，就只有選擇避免雨季去。也着(doh)是5月中旬～11月中旬雨季期無適合去甘埔寨旅遊。

1999年～2002年間，去甘埔寨旅遊毋是年頭就是年尾，所以攏無遇着雨，效果真好。

至於路程，是先去台灣參三弟會合，然後按高雄坐飛行機去胡志明機場轉機入去高棉首都金邊(PHNOM PENH)，辦落地簽證入境。

進入去高棉了後，主要e所在便是首都金邊做中心，然後前往各地去參觀、遊覽。

Phnom Penh被漢訳做金邊，是高棉的首都，位置是東南部。全國有2條鐵路攏按金邊出發，一條向西北通往泰國。一條向南轉西到達唯一e港市施哈努克維列。可惜，即兩條鐵路我攏猶無利用過，毋過施亞努克維列即個第二首都我有去過。

幾擺探訪甘埔寨的旅程;西北部安庫呂越杜遺蹟(吳哥窟)地區以及去東北方面入去寮國都攏坐飛機。此外去西南、東南部就坐金邊在地朋友的車去〝出巡〞。

📖 VI、高棉人的滄桑

(一)高棉人出現歷史舞台

現時甘埔寨大約有一千萬人，其中90％是高棉人(Khmer)，

所以國民國家甘埔寨正是高棉人的國家。另外10％的人口有華人、越南人以及一寡少數民族。

×　　　　　　　×　　　　　　　×

其中，華人足早，在古早時代，扶南、林邑以及真臘時代起就參在地有商業貿易關係。而越南人卻是侵入來居住，既是侵略並且統治欺壓高棉人，變成一個互高棉人怨恨e歹厝邊。

▲ 安庫呂越杜內千年的樹根顯示生命力的倔強，真是罕見的奇觀

按古早的高棉人，大部分居住di現時首都金邊以西，到泰國國境，以及Tonle sap湖(印支半島上大e湖)周圍的平野地域。圍綑即寡平野地偎近寮國、越南佮泰國的山地，居住者是所謂先住民的少數民族。

Khmer(高棉)族是屬於Austoronesia語族的一支。Yin是按什麼所在來甘埔寨，即陣猶原無清楚。不過比較可信e講法是對寮國南下落來。無

管怎樣，「印度支那」即句名稱所涵義者，包含甘埔寨在內，半島大地是一座雜多民族的熔爐。Yin所興建兮諸多國家的歷史攏會出現di中國抑是印度的史冊裡。高棉的文字、文化佮宗教受印度的影響直接又深入。而中國的史冊「隋書」內的「真臘傳」，正是上早記述高棉人的國家真臘的歷史。

(二)真臘的故事

西曆第一世紀當時，甘埔寨的南部有一個叫做「扶南」的國家興起來。「扶南」是「Phnom」(古早現地音是「bnam」)的音譯，是「山」的意思。中國的「梁書」(南北朝時代南朝梁的正史)有「扶南傳」。即個扶南國所轄e領域包括湄公河下游，西貢一帶到金邊。第三世紀前半甚至支配馬來半島。而第六世紀後半，高棉人di湄公河中游興建真臘國，頭起先服屬於扶南。

×   ×   ×

這真臘(chenla)，亦着是「丘暝呂」(khmer)，高棉人的國家，用寮國南部做根據地，一步仔一步向南擴張勢力，壓迫扶南將伊滅亡。

真臘建國後，bat派使臣去(中國的)隋朝。第七世紀末葉發展到Tonle sap湖東岸地方。可惜無偌(rua)久，亦就是707年，真臘suah(竟然)分裂做陸真臘佮水真臘。前者領域包括甘埔寨北部佮寮國南部是農村圍繞都市型的國家，後者領有湄公河三角洲佮甘

埔寨南部，是面向海的商業都市國家。

大約一百多後，真臘回復獨立統一，都城遷徙去Tonle sap湖的北岸，展開高棉人全盛期(802～1431)安庫呂王朝的榮華歷史。

(三)安庫呂王朝的榮華

高棉人的國家真臘，遷都到安庫呂地方(Tonle sap湖北岸、閃粒市一帶)，締造安庫呂王朝。歷代國王熱心建設都城，營建寺院，巨大型貯水池發揮水庫的功能，發展稻作農產業，經濟繁榮。

西元第12世紀初頭，著名的國王斯呂耶varuman二世結束30年的內戰後，開始營造Angkor vat(安庫呂寺院群)。斯呂耶王真勢相剋，bat佔領占婆(champa，中國稱伊「林邑」，現時越南東南沿岸地方)。王死後，占婆水軍侵攻佔領安庫呂都城(1177)。

無幾多後，遮耶(JIAYA) VARUMAN七世即位，英勇作戰趕走占婆軍，對占婆展開全面戰爭，攻陷占婆的首都、并且支配占婆全域。遮耶王的武功極盛，當時真臘(高棉)版圖空前擴張；西旁到曼谷西北部Chao Phraya河流域，北到寮國南部，東到越南中部，除緬甸以外，當時真臘的聲勢di印支半島形成一大帝國。

遮耶七世王，m na(毋但)武功鼎盛，伊也是一位虔誠的佛教

信者，除了營造大型e宗教都城(Ankor Thom)，并且在各地建設有安置四面佛顏塔堂的眉陽寺院。全國有102所施療院以及121個關連驛舍。即個時代所有的道路攏通到安庫呂，有慈悲心的王所建設e道路互人譽稱是「王道」。

(四)《真臘風土記》的安庫呂

中國溫州人周達觀於1296年參加元朝的使節團來真臘，滯留安庫呂地方將近一冬後撰寫一本冊叫做《真臘風土記》。

即本冊是作者對13～14世紀甘埔寨西北部安庫所觀察e見聞記錄，真切呈現當時安庫呂的榮華繁盛景況。

全書分40項描述都城村落庶民生活樣態，以及產業、經濟、軍事層面。

伊講州城周圍有20里，5扇門。城外有濠，濠的頂面有橋。橋的兩旁有54尊神像。王宮、衙門全部向(ng)東。

真臘人有野蠻習俗，男女大多數腰部圍一領布，露出胸坎‧乳仔，褪(tng)赤腳。村落的房屋是高架式厝宅(地板面懸離地面)。牛車用2隻牛並列拖。商業活動由女性運營，無店面，只舖草蓆類排地攤。布類有本國織造，ma有外國進口，有分等級，印度布料上高級。

📖 VII、兩個歹厝邊

(一)後安庫呂時代

一般將放棄王都(1431)安庫呂後,遷都金邊一帶到變成法國的保護國(1863),即四百外多認爲是甘埔寨歷史的〝後安庫呂時代〞。

會用講,甘埔寨的歷史粗略分做:(1)安庫呂王朝以前的時代(東部平野),(2)安庫呂王朝時代(9~15世紀,西部閃粒安庫呂地方),(3)金邊地域諸多王都的後安庫呂時代,以及(4)近代甘埔寨時代(1866年遷都金邊以後)。

後安庫呂時代,除了歷史的舞台,政治中心遷徙來東南部湄公河下游佮Tonle sap河會合流域,金邊一帶。上不幸者是,王位從來無確立制度,致使爲着做王,毋是兄弟相殺,就是侄仔剖叔、伯,紛爭內鬥無停,造成國家分裂。

有一個傳統,每一個國王即位後攏愛建設家已的都城。王都遷往東南以後,西北部猶原有人deh做王。內鬥時陣,真自然會去借重外力,或者是互外敵侵入的機會。即種外敵正是歹厝邊的泰國佮越南。而且爲着〝對付〞即兩個歹厝邊,suah引來一個歹心毒狠e外頭家神仔法國。

(二)兩個歹厝邊

　　周達觀探訪真臘安庫呂50多後的14世紀後葉，暹羅軍至少發動2次大規模侵攻安庫呂，都城淪陷，被佔領統治數年。

　　15世紀初，暹羅佫再來侵攻真臘，安庫呂都城再度陷落，31歲的國王戰死，安庫呂被tun踏破壞。尾手，新王驅逐敵軍後，認為安庫呂距泰國近容易互人侵略，決定遷都去kah遠e東南部金邊附近。甘埔寨就按爾進入「後安庫呂」時代，因為有幾仔座王城攏di金邊附近，所以也是廣義的「金邊王朝」時代。

▲ 再訪高棉於首都金邊的王宮，樸實無華頗具格調，與德昌林健賢經理

即個時代開始無久，暹羅「趁機會」大舉侵略安庫呂一帶西部領土。外患平息後，suah造成叔侄兄弟3人割據爲王。其中一個王要求暹羅協助，將其他兩個王(阿叔佮阿兄)掠去暹羅後，承認暹羅的宗主權(1474)。

高棉即款王位內鬥，參泰國膏膏纏(diⁿ)關係(糾葛)數百冬〝沒完沒了〞。雖然有當時仔主動去拍泰國，但是大部分被泰國侵略、割去西部規大片領土。

悲劇也按東旁的越南襲來，甘埔寨竟然變成同時是泰國也是越南的屬國(兩個宗主國)。

×　　　　　　×　　　　　　×

安庫呂王朝參越南(占婆)恩怨糾葛比暹羅kah早。12世紀中葉安庫呂朝bat支配過占婆30冬，換過來占婆ma攻佔安庫呂都城，10冬後高棉又支配越南。

後安庫呂(金邊地方王朝)時代的17世紀初，越南阮朝勢力進入西貢一帶，高棉聯合越南拍退入侵者泰軍。毋拘、尾手宮廷分裂做二派；一派受暹羅援助，一派得着西貢的援助展開內戰。

結果真悲哀，在18世紀中期，高棉將東南部的3省2都割互阮朝，並且承認越南的宗主權，王令必須有越南的高官副署。一方面，高棉再度隸屬暹羅的宗主權，安庫呂地方變做泰國的領土。

19世紀初頭，16歲王子由泰王在泰國qa(給)伊加冕後互伊倒轉去高棉。就安爾、高棉變做越南佮泰國兩個宗主國的屬國，有夠悲慘。

越南佮較(qohkah：更加)酷行，竟然將yin擁立e女王先架空，然後連高官做伙押去西貢，甚且規氣將高棉合併。當然，高棉的王宮、政府樣態，官吏服飾、束髮攏被強制越南化。佛像被廢棄，農民獻糧互越兵。

18世紀中葉以降，高棉的國王由得着(dioh)泰國或越南所支持者輪流做。同時，泰越兩國為beh擴張領土，用高棉做舞台戰來戰去無輸贏。結局妥協共同擁立在泰國亡命e王子安道翁做王(1847)。安王憂心越泰兩國會將湄公河做國境線瓜分高棉，就暗中設法希望法國來保護。計劃洩漏而中止，伊的長男時代，高棉真正變做法國的保護領土(1863)。

📖VIII、施哈努國王對抗外頭家神

高棉互兩個歹厝邊暹羅(泰國)佮占婆(越南)長期tun踏已經有夠淒慘，無想講佮再出現一個惡霸外頭家神法國來霸凌高棉將近一百冬。最後靠施哈努國王〝拍死無退〞的精神取得高棉的獨立。

(一)法國變做高棉的保護者

法國參英國，於19世紀中葉在東亞對抗擴張殖民地。法國咧進取暹羅同時，攻陷西貢(1859)。隨後壓迫越南對高棉的宗主權讓渡互法國。

彼時，高棉王的小弟叛亂發生內戰，法國掠着好機會協助平亂，但是條件是高棉愛簽約做法國的被保護國。1863年果然簽約，無幾多後，暹邏ma乖乖仔承認法國對高棉的保護權，放棄伊的宗主權。就安爾、高棉免佫再互泰越兩個歹厝邊任意干涉、侵略了。

新王NORODOM(施哈努王的曾祖父)在位45冬，治世平穩，開始近代化，於1866年遷都金邊(penh夫人的低山地)。豈料帝國主義者貪欲無度，於1884年強迫NORODOM王簽署喪失國家主權的協約。

法國屬地時代，高棉被編入法國的印度支那殖民地。任用越南人充任下級官吏、警察、稅吏、刑吏等，對高棉人苛斂誅求。結局，造成高棉人痛恨越南人不共戴天怨仇。

暹羅因爲法國的壓力，20世紀初頭將西部5個省交互法國，亦就是還互高棉，回復現在的領土。

(二)施哈努的獨立十字軍運動

法國的殖民統治并無得着高棉的民心。高棉語的第一份報刊《安庫呂越杜：Angkor Vat》創刊(1936)後，成做高棉人民族主義者以及社會主義者的基地。

太平洋戰爭爆發前夕，Norodom王的曾孫施哈努19歲(1941)，di西貢讀冊。法國總督佮王族請伊回國繼承王位。

1945年3月、日本軍進駐高棉趕走法國勢力，施哈努王(23歲)發表獨立宣言。可惜、5個月後的8月，日本敗戰，法國倒轉來高棉，結局獨立無人承認而失效。獨立運動只有按頭仔來。

第一步，伊參法國簽署「暫定協定」，取得若干內政的自治權(1946)。第二步，隔冬(1947)制定立憲君主制的憲法。第三步是2冬後(1949)，參法國簽協定，取得在參法國「聯合」範圍內有〝限定〞的獨立。

獨立十字軍運動

毋拘即款閹割式獨立；高棉的軍、警、司法、財政權被法國所掌控，無算真正獨立，顛倒是一種屈辱。施哈努備受反共、反王制急進派安爾批判，伊原本就無滿足即款〝半上落〞e獨立。為爭取實現完全(一百％)獨立，31歲的施哈努積極行動展開伊的「獨立十字軍運動」。

▲ 高棉唯一的海港(在西南端)施哈努港，港邊埠頭整備相當美觀現代化

伊先解散國會掌握全權，向國民約束3年內達成完全獨立。隔冬(1953)開始前往世界各地訴求高棉有必要完全獨立。按金邊去西貢、羅馬、巴黎、蒙特略、紐約、華府、舊金山、夏威夷、東京。回國後先去閃粒省，宣言無取得完全獨立絕對毋轉去首都金邊。

施哈努即款堅決強硬態度，使互法國着驚，幾個月後將司法、警察以及軍事權讓渡出來。隔轉冬(1954)，印支戰爭終結e日內瓦會議協定，越南分割做南北越，而高棉達成完全獨立，法國佮越盟軍撤出高棉。

IX、現代甘埔寨的悲劇

施哈努領導爭取高棉完全獨立達成後,真緊就將王位讓互伊的父親(1955),伊本身專心國政,組織「社會主義人民共同體」自任總裁繼續維持和平繁榮政策,對內是佛教、王制社會主義,對外標榜中立。

(一)悲劇的序幕——農怒呂政變

非常不幸,越南發生戰爭,美國佮南越轟炸北越卻〝誤炸〞高棉領域,高棉對美關係惡化。施哈努卻捷捷(頻繁)訪問中國,雙方關係密(ba)起來。一方面,高棉的共產黨創黨(1960)後勢力壯大真緊。

1970年3月趁施哈努出國無著(di)咧,首相農怒呂發動政變,將施哈努開除,利用「不在審判」判處死刑。美國馬上承認農怒呂政權,美軍決定在高棉境內侵攻作戰。王制被廢止成立「高棉共和國」。

政變發生後第六日,施哈努火速di北京成立「甘埔查(Kampucha)民族統一戰線」,號召國民抵抗農怒呂政權。新政權親美,對美國的北越作戰,容允轟炸高棉,生靈塗炭有夠可憐。

高棉又佫咧重演,內戰的歷史悲劇,「民主甘埔寨(統一戰

線)」對抗政變政權。同時,極左的共產黨紅高棉,奪取統一戰線
的主導權,按西部地域拍對金邊來。

(二)紅高棉,恐怖e革命

高棉的極左共產黨創黨(1960)後被稱做「紅高棉」(khmer
rouge),在西部地域進行武力鬥爭。金邊發生政變後,參施哈努
聯手結成「民族統一戰線」,首領普呂普杜(本名沙路杜·沙呂)
取得主導權,普魯杜派成為戰鬥中心。

1975年4月,紅高棉軍拍入金邊,農怒呂政權崩盤。即群極
端民族主義的共產主義集團,痛恨越南、資產階級、官僚、崇尚
農本主義。數日內將金邊等都會住民無分男女老幼全部強迫遷去
地方,驅使酷行e強制勞動開墾國土,破壞往時的水利系統,造
成歹收成,招致饑荒。

一方面,對付反抗者,舊統治階層,知識階級恣意肅清、處
刑,或放任病死,枵(yau)死……。(有寡調查估計受害者約150萬
人)。

(三)越南來侵,高棉內戰

紅高棉激烈仇恨越南,統治4年期間(1975年4月～1979年1
月),殺害國內越南人4萬外人,有23萬人脫出高棉。紅高棉攻擊

越南，招來反擊，一寡幹部HEN・SAMRIN，FUN・SEN等人脫離走去越南。

　　越戰終結，越共統一越南(1976)以後成立社會主義新國家。紅高棉卻進行仇越賤內〝屠殺革命〞，中越關係惡化，中國支援紅高棉，越南參蘇連友好。結局、越南發動十外萬大軍進攻高棉(1978年底)，十日後兵臨金邊，Poru・Poto政權隨後崩盤，被趕去西部密林地帶。

　　越南在金邊扶植成立HEN・SAMRIN政權，國號「甘埔寨人民共和國」(1989年初又改名「甘埔寨國」)。隔月，鄧小平發動

8

▲ 台灣的衣類業者在高棉活躍，參觀女企業家的牛仔衣褲染製廠(左為友人，右為三弟)

〝教示〞(懲罰)越南e戰爭。結果，mna懲罰無着，顛倒暴露中國軍近代化落後。

彼一時高棉反越南、反親越政權有施哈努、宋山佮普呂普杜三派成立聯合政府，以紅高棉主力相戰。內戰狀態持續到1991年6月兩陣營(四派)停戰平息。

(四)高棉浴火重生

八十年代後半，參親越政權對戰的三派主力紅高棉被困守泰國邊境已經欲振無氣(kui)力，越南大軍駐在高棉軍費負擔也食獪(bue/be)消，軍事鬥爭轉移舞台進行政治拍軟拳。

1987年尾，反越三派代表施哈努參親越政權首相Fun·Sen(到2013年現在猶做首相，28冬了)在巴黎北方會談，探索民族和解e步數。其後經過幾仔擺國際調停，1989年四派佮18國第一回巴黎和平會議。即年柏林圍墙破解，東西冷戰結束，蘇連邦瓦解，越南鼻仔模咧撤兵退出高棉。美國也改變對高棉政策阻止紅高棉「捲土重來」，中國ma參越南進行和解。

面對即款國際舞台裝置激變，紅高棉對和平交涉抵制無效，結局乖乖仔順從國際壓力，同意第2回19國巴黎和平協定(1991年10月)。

高棉和平案由聯合國五常任理事國正式決定，四派無期限停戰，聯合國在金邊設置「甘埔寨暫定統治機構」(UNTAC)，國內成立「最高國民評議會(SNC)，施哈努做議長。1993年，UNTAC監視下辦理普選，公布新憲法，施哈努〝回鍋〞做新國家甘埔寨國的國王。伊的後生Naralitto（最大黨黨魁）做第一首相，Fun・Sen做第二首相(雙頭馬車，2個首相)。

　　自從Long-Roru政變(1970)以來，經過紅高棉慘殺革命，佫再越南侵攻引發內戰，到巴黎和平協定(1991)，足足有20冬動亂戰爭。甘埔寨浴火後由聯合國安排重生，一步一步脫離共產主義新生起來。

📖 X、後記

　　高棉內戰留落來真濟可怕e負遺產，紅高棉佮親越政府軍大量埋設地雷，經過清除猶有400萬粒(2004)。濟濟無辜人民誤踏地雷傷亡e悲劇連連。

　　「亞洲的希特拉」Poru-Poto死後隔冬(1999)年尾，我有機會探訪高棉，以後佫再去金邊在地友人案內方便四界去。重點he著(在)金邊一帶，西北部安庫呂遺蹟以及西南部施哈努港市。

　　金邊位置sap河佮湄公河合流邊仔，合流形成小半島是飲食娛樂「特區」。暗時坐朋友的車經過日本友誼橋去特區消費。歌

舞昇平、景氣足好。毋拘高棉實在猶落後散赤；無高速路、大工場、現代學校……，公教月給約50美金，平均壽命約50歲。

日本人di安庫呂遺蹟修復作業，幫助舖路、造橋、起學校。真濟所在放咧拋荒(pa hng)無開發足無採，戰爭犯罪起致是少數野心獨裁者的私心私慾。

高棉的地理條件真好，土地平野曠闊，東南亞的情調脈脈迷人。爲政者若有心，人民若有意識，和平安定建設基礎工程，發展經濟，再造古早安庫呂的榮華毋是幻想，是美夢。

▲ 再訪高棉，於首都金邊的獨立紀念塔前(左起4、5為作者夫妻)

9「香蕉人」的國度新加波紀行

黃臉白身創造脫華的奇蹟

9 「香蕉人」的國度新加波紀行

黃臉白身創造脫華的奇蹟

▲ 白獅子在港邊吐水象徵新加坡是獅子的城市（1989、7月）

📖 I、檢驗機緣

「SIN-GA-PO-RU KAN RAKU」，這個語音在七十年前頭次傳來我的耳腔，進入我的腦內，現在還在回響。

這個語音的含義是日語的「新加波陷落」。1942年2月15日，日本軍攻陷新加波，當地的英國軍隊投降了。這一天日英雙方簽署「降服」文書，日本開始佔領支配新加波至1945年8月15日，日本無條件向美英等同盟國投降。

新加波淪陷落入日本手中當時，我的故鄉旗山街內曾舉行「旗行列(HATA GIO-RETSU)」，亦就是拿國旗遊行慶祝。那種熱烈歡騰的景況，如今猶在腦中滾動。而且，參加遊行的學生(例如我)領受了麵包，真是太珍貴的禮物。這些記憶的「觸媒」正是「新加波陷落」(淪陷)，那時我就讀小學1年，就要進入2年級，快滿7歲了。(按：日語「行列」；意爲列隊行進遊行。)

　　日本在日清(甲午，1894年)戰爭後從清國割取了台灣，成做帝國南侵的前進基地。1937年7月7日，開啓了對中國的侵略戰爭，於4年後的1941年12月8日又偷襲美國的海軍基地珍珠港，於是展開了不可收拾的太平洋戰爭，首要的對手是美國，次爲英國和荷蘭。

　　太平洋戰爭的序幕是偷襲珍珠港。而這個偷襲事件竟然跟台灣也「扯」上了些關係。原來日本領台後，第三任總督乃木希典將台灣最高的山命名爲「新高山」（Niitaka Yama; 3962公尺，比富士山的3776公尺還高）。1941年12月3日，在北海道東北方的擇捉(Etorofu)島集結的海軍機動部隊(六艘航空母艦爲基幹)，在「Niitaka Yama nobore」(登上新高山！)的暗密號令之下，開往珍珠港偷襲美軍(12月8日)。

　　同這一天，日軍開始登陸馬來半島，同時向美英兩國宣戰布告，這樣太平洋戰爭「爆發」了。隔月(1942年1月)日軍佔領馬尼拉，2月攻陷新加波，支配了3年半，也殘殺了不少人。

　　　　　　×　　　　　　　　　×　　　　　　　　　×

　　我跟新加波「結緣」算是夠早的了，算起來也有70年了。祇是那個「機緣」顯然是虛幻的，卻是烙印腦中沒法抹滅，也不會褪色。這是夠奇妙的了吧。來日本後，發覺日本人對新加波真是好感，這跟台灣人對日本的親和感沒兩樣。

　　在我長期被外來集團的政府禁足無法返回台灣的苦悶期間、取得日本的護照後，除了前往中國大陸(1987)和美國(1988)之外，我爲了「檢驗」跟新加波的「機緣」，利用結婚紀念日，於1989年的七月偕同內人首度前往新加波，順道去泰國和香港旅遊。大約在這10年後的2000年4月初，我又跟內人去新加波做第2次的「檢驗」機緣，順路前往馬來西亞旅遊。

　　這樣，過去兩次訪問新加波，時間短促，所見所聞有限。現在事隔多年，卻留給我滿多的記憶，也引發我對南洋華人世界的「同情」感觸，而對新加波的「香蕉人」國度倒是予以祝福。

📖 II、「鼻屎大」的城市國家

　　新加波是懸浮在馬來亞半島東南端的一粒小島嶼。它的北邊跟馬來西亞最南端的城市、久後列省的省都久後列巴路(Johore Bahru)市隔一道十來公里的久後列「海溝」，彼此由堤防相連結。堤防旁邊的巨大型銀白色管線正是提供飲料水給新加波的配水管。

這個小島的面積約620平方公里，東西最寬約45公里，南北最長也不過25公里，形狀類似倒置的「沒角尖的菱角」，大約是台灣(36,000平方公里)的58分之1。莫怪前些時陳唐山外交部長會「氣」說新加波不過是「鼻屎大」！但是，俗語說「辣椒會hiam(辣)毋(m)免大(粒)」。

　　　　　　×　　　　　　　　×　　　　　　　　×

　　十九世紀初頭，這個島嶼還衹是被叢林覆蓋未開的「蠻荒之島」。根據梵語(印度)；「Singa」的意思是「獅子」，而「pura」的意思是「市鎮」，亦即Singa pura→Singapore(新加波)語意是「獅子」的「市鎮」。雖然沒有獅子棲息的記錄，但是獅子確實是新加波的標誌(trade mark)，所以港內裝置一座豎立的白色吐水的獅子像。

　　新加波位置距赤道不過150公里左右，是典型的熱帶氣候的島嶼。一年到頭溫差很少，白天通常有30度，濕度低，還算不難過。我第一次去是七月，雖然熱，戴帽子遮太陽就可以適應了。第2次去是四月初，根本不用戴帽子，可見新加波的太陽還算很和氣不發脾氣。

　　新加波的歷史應該從1819年說起。這一年，英國東印度公司從新加波北邊對岸的久後列(Johore)地方的領主購買了新加波島後，委任史坦福‧拉弗列士（Standford Raffles）經營、建設成為一座港市。

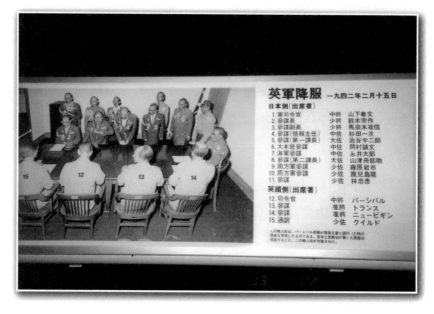

▲ 1942年2月15日新加坡英軍投降，日英雙方軍事代表簽署降書場面

　　四年後的1823年，做為東西貿易基地的海路門戶從建設港灣開始後，被宣布新加波是任何國家的任何船隻都可以自由進出的自由港。

　　當初，這裡的人口祇有10,680人(1824年調查)。居民有馬來人、印度人、中國人和土著原住民(布其士人)。其中華僑還不到1/3。可是在10年後(1834)，全人口16,000人中，華僑佔一半左右，再過15年的1849年，華人有2萬4,790人，佔42%。

　　拉弗列士很有計劃地建設這個島嶼成為港市，他規劃各不同

人種分配居住在不同的地域，他不但很重視中國人的勤勉，而且很有慧眼地觀察到中國人同鄉、同族間的團結心的強固。

以來，經過島民一百多年的銳意經營，在我置身新加波的20世紀九十年代，它於日本戰敗回歸英國後，於1963年和馬來西亞從英國獨立，又2年後的1965年再從馬來西亞分離獨立成為一個城市國家，加入聯合國。

📖 III、「香蕉人」國家營造的辛酸

20世紀九十年代、新加波的人口有300多萬人。其人口構成比率；華人系77%、馬來系15%、印度系6%、先住民約2%。亦即所謂「華人華裔」的居民佔絕對多數，所以會有人說新加波是「第三個中國」。其實，這種說法是有爭議的。新加波，毋寧說是一種「香蕉人」的國家。這意思是：新加波的人雖然絕大多數是黃臉孔、黃皮膚，但是他們的內實、骨肉血髓都是西洋的(白色)東西。香蕉的外皮是黃色，可是果肉是白色的。

對於「第三國中國」的說法，李光耀政權極力反對、排拒。李政權所要進行的是在排除中國要素、中國色彩，而締造出「新加波人」的意識。

其實，李光耀本身，母親的曾祖母是馬來人，他的母親祇懂得英語和馬來語。因此，他小時不懂中國話，受的教育是用英

語的，長大以後爲了工作上的需要才學習中國話。所以，從文化上看，他表面上是黃色(黃皮膚人種)。而內實面是白色的(白色人種)，亦就是「香蕉人」(黃皮白肉)。

在獨立的6年前(1959年)，以36歲的壯年擔任馬來西亞聯邦新加波的首相，以及獨立後採行國家統制政策，營造「園林式盆景型」的城市國家，雖然有3/4的國民是華人、華裔，卻不接受被認爲是繼中國、台灣做爲「第三個中國」。

1956年，南洋華人所誓願的華僑、華人系的南洋大學在新加波創設起來，但是在排除中國色素、推行「新加波人化」的政策下，帶有鼓舞「中國民族主義」性格的南洋大學，是未必受歡迎的。果然不到20年，在1975年，政府命令南洋大學的授業分階段地改用英語，英語是就職所不可或缺的。三年後南洋大學和新加波大學(英語授業)進行協同授業。又兩年(1980)、南大被新大吸收合併而關閉成爲廢校。由這個教育政策，也可看出新加波的文化性格之一斑。

×   ×   ×

新加波的華人系居民(約占全國77%)中，其出身地所屬「鄉幫」分布爲；福建幫40%、廣東幫18%、潮州幫23%、客家幫1%，其他18%。可見福建和廣東(潮州屬廣東，而通用閩南語)即佔8成。

拉弗列士開始經營新加波的1820年代，佔人口1/3的華僑人數不過三千多人。大約30年後才成長爲2萬多人(佔40%)。福建廣東南部人民生活窮困，無奈滿清政府的鎖國政策，「大清律令」規定偷渡出國屬重刑或死刑。敢於犯禁者畢竟還是少數。

　　1830年代，英國等海外殖民國家廢止奴隸制度，爲了補充農園開發的勞動力這才出現了「苦力貿易」。最初是爲了開發英領海峽殖民地(檳榔嶼、麻六甲以及新加波)。

　　「苦力」是英語coolie、kooli的音譯，指素人(無技術)勞工。(台語「龜里」來自華語ku-li)。這種苦力貿易的移民是違禁的。但是就像「勸人莫過台灣歌」所說；『在厝無路、計較東都(台灣)』與其在家等(餓)死，不如冒險一撲。好在官府有的也寬容「視而不見」讓你偷渡出去。

　　苦力貿易分自備旅費的「現單新客」和借支(墊)旅費的「賒單新客」，前者是「自由移民」，後者爲「契約移民」。客頭(今叫蛇頭)對後者或誘拐或綁架，上了船就像入活地獄任由宰割。苦力留一條長辮子，形同豬尾巴，所以被蔑稱爲「豬仔貿易」，比奴隸還不如！1850-1870年間是苦力貿易的最盛期，是起因於爲了開發新加波、麻六甲、檳榔嶼等英領海峽殖民地。而且，在1868年，美國和清國簽訂天津條約的追加協定，清廷解禁鎖國，准予人民自由到美國旅遊、營商、永住。這樣更加促進了中國人的海外移民。

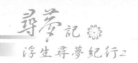

IV、福建幫的陳嘉庚與客家幫的胡文虎

從前華僑在外國受不到本國政府的保護，華僑有祖國而完全靠不住，可以說是一種棄民。華僑的海外移民既非出自國家的計劃，毋寧是因爲祖國政治的混亂、經濟衰退、天災人禍所逼出來的失業者。他們自動「放棄」了國家，政府自然用不著管他，何況政府也沒那種能耐。

在僑居地，這樣的環境之下，華僑基於同族、同鄉甚至同業的血緣、地緣關係互相扶助，救濟自衛而成立各種組職、機構，也是很自然的人的本能。這種組織或制度，在遼闊的國內都有，在海外更加有其必要。這樣的目的所設立的就是有名的「幫」。

南洋的華僑以同鄉爲中心有五大幫；福建、客家、廣東、潮州和海南(瓊)。各鄉幫語(方)言、習慣、性格，技能各不同。移民到了僑居地自然地會先去依靠同鄉找工作，因爲同鄉進而同(職)業，這樣就形成由同「鄉幫」而結合爲同「業幫」的關係。

在新加波從事經濟活動成功而最負盛名的，我想介紹兩個人；即福建幫的陳嘉庚和客家幫的胡文虎。

陳嘉庚是新加波福建幫的代表性人物，1874年出生於福建同安，新加波獨立的4年前(1861)死於北京。在世87年未能看到新加波的獨立，一心回饋祖國遠甚於讓他發跡成名的僑居地。

▲ 新加坡是一粒小島的港市，大多數國民是華僑，但不是第三個中國

在新加波經營橡膠產業成功致巨富的陳嘉庚，歷經1929年的世界(經濟)大恐慌的打擊後，轉進多角經營獲致成功，一直保持了「橡膠王」的名聲。

提起陳嘉庚，必然會聯想到廈門大學，因為這所大學是他捐資創設的。十幾年來，我曾去廈大走訪過幾次，有一次跟校內的「台灣研究所」所長朱天順教授以及廈門話學者周長楫教授懇談(1994年春)，周教授還送我一本他編纂的《廈門方言詞典》。研究所著力於為統戰台灣提供「學術」資訊，惟周教授在語學方面跟台南的某些台語運動人士「走得很近」，在閩南語著作方面有合作的成績。

　　陳嘉庚不但成為新加波最大富豪，很早時期就有強照的政治意識。1906年初，才32歲時已經名列剛成立的(孫文)中國革命同盟新加波分會會員名單裡。從「九一八」滿州事變(1931)以至於日中戰爭時期，積極募捐「抗日救國」，組織「南洋華僑祖國難民總會」當會長，承兌戰時公債，排斥日貨出錢出力。

　　戰時中，對中共表達好意的陳嘉庚、在中共政權成立後，被選任為人民政府委員、政協副主席、全人代的常務委員、僑務委員一路「平步青雲」做大官，最後死在北京。這跟支持國民黨政府、熱心回饋在地社會的胡文虎恰成鮮明的對照。

　　胡文虎是新加波(少數派)客家幫的代表人物，提起胡文虎一定會想到(虎標)萬金油、八卦丹。

　　萬金油(Tiger Balm)是一種軟質固體狀的藥物，主要成分為；樟腦粉、薄荷腦及白樹油。它主治頭暈、肩痠、腰痛、刀傷、虫咬傷、刺傷等外科療治。使用塗抹、效果好，尤其熱帶、亞熱帶蚊蟲多的方，真便急的通俗藥物，近乎一種「萬靈丹」。在1930年代席捲中國和東南亞，家喻戶曉胡文虎和文豹兄弟公司的「虎標」(以虎為商標)的萬金油。

　　胡文虎是福建(西南邊境)永定縣人，出生於1883年，比陳嘉庚小9歲。他的故鄉跡廣東省的蕉嶺、大埔以及(福建的)龍岩、上杭這些客家城鄉各不過50多公里，也是客家庄。

客家人在華僑人口中的比率非常低，馬來西亞和印尼才20%，新加波僅1%，菲律賓、緬甸都沒有(泰國10%)，可見胡文虎和李光耀真是客家的異數。

　　客家人比較保守，在移住地不接受跟土著(原住民)同化。他們跟福建人最大的不同是，住在離海岸，都市較遠的山區，不擅經商，勿寧是靠身體勞動，各種手藝技能的職業，在馬來西亞、印尼的農園(橡膠、甘蔗、茶)從事勞動工作。

　　唯獨胡文虎發明了萬金油、八卦丹，專力從事製藥一味，不像陳嘉庚懂得多角經營。但是胡氏兄弟成功後，堅守將利益的1/4捐獻給慈善、公益事業的信條。對病院、孤兒院、養老院、學校以至道路、監獄的建設捐獻無數。

　　在政治方面，胡文虎支持國民黨政府，跟蔣介石很親密，亦當上了參政會委員、僑務委員。不過，除了萬金油，他遺留後世的一項紀念物厥為1939年在新加波私邸別墅的一座庭園；「萬金油花園」(Tiger Balm Garden)，即胡文虎邸園，至今仍成為新加波的一處著名觀光景點。

📖 V、孫文在新加波的革命活動

　　「華僑是革命之母」這是孫文懷著感謝的心情所說的名言。縱觀孫文一生(1866-1925，享年59歲4個月)從事革命「凡四十

年」(1885-1925)中，其主要的活動場域有三個地方；香港、東京和新加波，而在辛亥革命(1911年)前夕，亦即1910年的7月，將革命同盟會的南洋總部從新加波遷到馬來亞的檳榔嶼。可以說，中國革命同盟會在東京創立(1905年8月)後，翌年6月在新加波成立分會，以後迄辛亥革命的數年，連年的武裝蜂起，其策源地活動中心設在新加波。

　　一方面，擁護清朝的光緒帝，主張君主立憲的康有爲雖然在「百日維新」的戊戌變法失敗，引發政變(1898)亡命日本又逃往加拿大創設「保皇會」，惟「保皇派」的主要活動場域則在橫濱和新加波等地，康有爲於1900年把保皇會移到新加波，稍後

▲　博物館入口處是巨大奇石引人注目，館內寶石琳琅滿目

(1902)和梁啓超在橫濱發行「新民叢報」(叢報即雜誌)倡說改革保皇，反對革命。後來革命派在東京大同團結成立「中國革命同盟會」，發行「民報」，於是兩派透過機關誌撕殺得天昏地暗。

× × ×

孫文在清法戰爭清國戰敗(1885年)後，即決心計劃要打倒滿清。不過，事實上，在清日甲午戰爭前夕(1894)，孫文曾上京向李鴻章提出「改革」的建議書未被採納。稍後赴夏威夷，在檀香山跟一些「鄉親」談論到「振興中華」要「驅逐韃虜」。後來此事被說成是「興中會宣言」(1894年11月下旬)。翌(1895)年的2月，在香港正式成立興中會的總部。

這年頭次在廣州舉事失敗，陸皓東被殺，孫文亡命日本，剪掉「豬尾巴」的髮辮以示決心反清革命。這之後，經歷了在倫敦蒙難，孫文變成了國際的名人。再度回到日本(1897)後，受到日本政界名人的歡迎和支援。這樣就在日本活動滯了3年。在義和團事變1900年以後，革命派和保皇派激烈對立，特別是1905年同盟會成立後，更是水火難容。

× × ×

康有爲的保皇會遷到新加波(1900)後，因爲他曾是光緒帝的師傅，其名望遠非孫文所能比。新加波的富豪丘菽園就是有力的支持者，發行「天南新報」，有不少人呼應期待康有爲的復權。這樣，保皇派在新加波生了根，對「後來」的革命派處處妨害。

　　革命派在惠州舉事(1900)失敗後，興中會的幹部(尤烈)移住新加波，華僑的革命熱潮高漲起來。廣東出身的木材商張永福和廈門出身的布匹商陳楚楠對尤烈的主張有所共鳴，乃於1904年發行「圖南日報」宣導革命。卻受到舊思想的華僑，尤其是保皇派激烈非難。

　　這時身在夏威夷的孫文接觸到了這份刊物，乘這個機緣趕往新加波跟張永福等人見面。這是孫文首次跟南洋的同志進行密切連絡。於是他們便在張永福的別墅「晚晴園」召開第一次會合。翌(1905)年8月，中國革命同盟會在東京成立，半年後(1906)年2

▲ 雨後放晴，於華人街路邊店小憩

月，孫文又到新加波成立同盟會的分會，地點就在晚晴園。沒多久，會員達四百多人，而新加波的首富陳嘉庚、名醫林文慶都加入了。

新加波成為革命「南洋總部」，事務所就設在晚晴園。這之後，孫文頻頻出現在新加波，而且胡漢民、汪精衛等大幹部不但來新加波，進而到馬來西亞、檳榔嶼各地設分會，甚至拓展到緬甸、越南、泰國等。從1906年到1910的數年間連年在華南各地有武裝蜂起，新加波一直是孫文革命的策源地。到了1910年的7月，由於屢次舉事的失敗。又遭遇革命資金的困境，孫文乃將同盟會南洋總部遷到檳榔城。這已經接近黃花崗的戰役。據說七十二烈士中，有12人是越南，12人是新加波、馬來亞的華僑。再過54年，新加波才獨立(1965)成就為一個國家。

VI、在新加波所夢見的台灣

我愛好旅遊，其動機來自於好奇心、求知慾和滿足感。為了處理這些動機我設定旅遊的兩大目標；探尋世界自然遺產、尋夢世界文化遺產。新加波這兩者都談不上，卻另有吸引我尋夢的磁力；可能有保存「台灣的夢景」。

新加波只是一「粒」小島，面積僅有台灣的1/58。19世紀初期的人口才1萬多人，可是在英國的有規劃銳意經營之下，曾幾何時成就了東西貿易的中繼地港市。第二次大戰末期曾被日本支

配過3年半,戰後回歸英國,20年後先由英國獨立,再從馬來西亞聯邦獨立。以來又擺脫了「第三個中國」的羈絆,不跟中國「膏膏纏」(纏繞不清),而成就了所謂的「香蕉人」的國家,一個堂堂正正的主權獨立的城市國家;島即城市,亦即是國家(City State)。

從前,不論是「苦力移民」或自由移民,以至於在新加波出生的二世、三世……,中國人「華僑」漸次蛻變為「華人」,最後變成了「華裔」。新加波的「華系」人口由佔全體的1/3,1/2而3/4的絕對多數。由於領導者李光耀政府的進步思想,有作為的遠見與自主獨立的國家目標與政策,如今新加波已經不只是「鼻屎大」,而是一粒閃爍亮光的鑽石。

新加波真的「很小」(空間),可它的內涵卻蘊藏了響叮噹的文化寶庫。它沒高山大川,祇有一座106米高的小山丘,一條短小的新加波河。然而這裡有華人街、小印度(Little India)、阿拉伯街,以及西洋人的荷蘭村(Holland Village)……。有佛寺、道教廟、印度教寺院、回教伊斯蘭的莫斯克(Jamae Mosque)、蘇丹莫斯克、以及修道院。各種民族、各類形形色色的宗教文化琳瑯滿目令人美不勝收。

歷史文物的珍藏庫博物館有三座,還有美術館,以及大型的動物園、植物園和世界最大的蘭園。休閒娛樂的仙多沙島、綠草如茵的公園,「萬項設施遊樂園區」(Univesal Studio

▲ 參觀印度寺院（1989、7、22）

Singapore)……都足以提供現代生活舒解壓力和緊張。

　　語言是文化的根基，亦是個人人格的表徵，在新加波馬來語、華語、英語和塔美路語都是公用語。台灣85%人的母語卻被15%外來族群的語言所凌遲。鄭成功和蔣介石都負愧台灣人！台灣夢想的是像李光耀那樣有GUTS、有方向感的領航者，而絕對不是祇想做區長之類的騙子！

10 古代羅馬文明探幽紀行

條條大路從羅馬出發夢的展開

10 古代羅馬文明探幽紀行

條條大路從羅馬出發夢的展開

▲ 古羅馬的祭政中心市民集會廣場，左為凱旋門，其上為元老院，右端是宮殿，餘多是神殿

📖 I、永遠的都城羅馬的戀情

　　地球上無第二個，肯定是唯一的；伊的名字是一個地方、一個都市、首都的名稱，也是一個國家、帝國的名號，那就是羅馬(Roma)，而且最後居然成就為「神聖羅馬帝國」(Holy Roman Empire)。從西元前753年。羅姆路斯創建羅馬以至席捲地中海，帝國的盛衰一場夢，而羅馬今日仍是意大利的首都，存立無恙。

　　羅馬至今在西半球屹立了將近三千年，

雖說昔日的榮光不再，可是從它所背負的三千年歷史殘夢投射在世界的文化遺產，成堆如山的珍貴史蹟；大理石的彫刻、絢爛的繪畫、雄偉壯麗的建築巨構，以及無形的法律、政制、軍事……的文化，足夠迷人嚮往，讓你不得不萌生古羅馬之戀的癡夢。

古代希臘羅馬文明的榮光

歷史的長河雖說是"後浪推前浪"，畢竟是"前浪引導後浪"。要了解後浪必先掌握前浪。

以故，讀歷史，為了明察全貌就應該先從源頭入手。所以不論是中國史，抑或是西洋史，我總是要從頭來。在西洋史的世界，一般都從埃及、西亞開始，惟我特別把重點放在古希臘和古羅馬的文明。

古希臘文明的遺產，今日猶在嘉惠世人的。諸如abc這種字母(alphabet)，其名稱就是源於希臘字母，第1字叫alpha，寫成A、α，而第2個字母叫做beta，寫成B、β。後來羅馬人加以發展成一個文字(字母)體系，即今日的a、b、c26個字母，亦叫做羅馬字(Roman alphabet)，或拉丁字母，而並不是叫「英文字母」，廣為世界各國所使用。

古希臘的哲學、思想；蘇格拉底、柏拉圖和亞里斯多德等人的哲學遺產，荷馬的敘事史詩(epics)、雅典(比里克理斯時代)城

邦式(polis)的民主政治，神話的故事仍然活在現代文學的世界。四年一次的競技大會(奧林匹克運動會)，以及馬拉松長程賽跑，都是淵源來自古希臘文明。

古代羅馬人繼承了古希臘的許多文明，充實了他們自己獨特的東西，營造了更燦爛的羅馬文明。古代羅馬跟希臘都是多神教，兩者有類似共同的各種神的系譜。天神(神之王)邱皮特(宙斯)、美和愛之神維那斯、月亮女神黛亞那、學藝之神阿波羅，戰神馬路斯……。另外有拉丁民族古來的戰神耶努斯，連建國之父羅姆路斯死後也成神。

古羅馬的眾神在實生活，在文學都佔有重要地位。神也有跟人一樣的缺點，所以多神教不要求神肩負人們行為或倫理道德的典範。不像猶太教和基督教等一神教認為這些倫理道德的典範是神(萬能)的專利，所以摩西十誡的第1項規定「你們除了我之外，不得有任何的神」。

一神教跟多神教所不同者並非只是神的多寡而已，毋寧是是否承認別的神之存在，亦即容忍他者的存在。所以羅馬對被征服的異民族都一律賦以市民權，具有同等權利與義務對待，正所以成就了羅馬有容乃能壯大。社會秩序的維持並不訴求宗教，而是法律。在沒有共同價值觀的人群之間，法律也能夠發揮效力。羅馬人很早就比別人更深刻地意識到法律的必要性。可以這麼說；人的行動原則的規範，猶太人求諸宗教，希臘人求諸哲學，而羅

馬人則求諸法律。

古羅馬的國政分爲三個機構；國王、元老院和市民集會。國王由市民集會投票選出，他指定元老院義員做國政諮詢。國王是宗教祭祀、軍事和政治的最高責任者，終身職但不世襲。王政以及共和政制一共持續了七百多年。西元前30年，奧古大維征服埃及，安東尼和克里奧巴脫拉自殺。三年後奧古大維稱號"奧古斯都"成爲元首，帝制開始。

古羅馬文明提供給後世的文化遺產，何止宗教、神話、政制法律、軍事。今日通用的曆法月別名稱中；一月來自古羅馬戰神耶努斯之名，三月來自戰神馬路斯，六月是天神邱皮特之妻Iuno，七月是朱里斯凱撒出生之月，八月是紀念初代皇帝奧古斯都。羅馬的數字Ⅰ、Ⅱ、Ⅲ……更是我所愛用。羅馬城內到處堆積精美的大理石藝術作品和古蹟建築物。這裡本身就是一座古蹟博物館，Foro Romano乃是古代羅馬政治、宗教集會活動中心，域內的神殿、元老院等建築群一直在對著人們散佈昔日的幽光。

📖 Ⅱ、羅馬的誕生

「羅馬不是一日造成的」，這句名言在傳達"羅馬"所成就之"大"，所存續之"久"。羅馬之大，又可以從「條條道路通羅馬」這句名言體現出來。而羅馬之久長，則備受讚稱「羅馬是永遠的都城」！

　　那麼，不是一日造成的羅馬，究竟怎麼誕生的，該是令人好奇有趣探索的故事了。

　　古希臘的詩人荷美洛斯(荷馬)的名著敘事詩《伊利亞斯》描述希臘人用木馬計策攻滅小亞細亞的特類城故事(西元前13世紀)。特類城火焰沖天動亂中，特類的王的女婿阿唉呢斯因為受他的母親"美與愛"的女神維那斯庇護之下，被眾神引導逃脫到羅馬附近的海岸落腳。後來經過四百年後，他的子孫羅姆路斯創建了羅馬。

　　羅馬人相信；紀元前753年羅姆路斯在羅馬建國，而他是從特類逃難來的阿唉呢斯的子孫。羅馬建國前夕，羅姆路斯的母親(王女)在父王死後被她的叔父處置做巫女。某日她在河邊打盹，被天上的戰神馬路斯所一見鍾情而下凡跟她做愛成功，生了一對孿生兒，哥哥就是羅姆路斯，弟弟叫列姆斯。這事被她叔父所知，她被幽禁，雙胞胎被裝進籠子裡放水流，漂流到河邊被一隻母狼所救，餵以乳乃得免餓死。雙生兒被牧羊人抱回去養大，後來成為牧羊人之間的頭領。

　　這兩個兄弟在Tevere(帖伯列)河下游地方長大。這裡有七座矮山丘的丘陵和濕地，適於農業和牧畜。兩兄弟逐漸擴大勢力、打敗鄰近族群加以收編，各佔一個山丘分治。但是列姆斯方面因違約侵犯對方境界，被哥哥羅姆路斯所殺，以後統一而成就為一個國家叫做羅馬。這事在西元前753年的4月21日，希臘四年一次

的奧林匹亞競技會已經過六次，脫離神話傳承的世界進入歷史的時代了。

Ⅲ、條條道路從羅馬出發

一般所說的「條條道路通羅馬」，這有兩個側面的涵義；其一是，在羅馬帝國的世界，各種通衢幹道都可以通往帝都的羅馬。另一個含意是說，羅馬是一個偉大的目標，通往羅馬的道路多的是，所以比喻說達成偉大的目標，方法、途徑可以不必拘泥受限。

▲ 羅馬是一座藝術，古蹟的博物館，這裡托列微之泉池是觀光客必到的景點

不過，事實上，古羅馬時代，羅馬人確實建設了各種大小的幹道或支線，構成道路的網狀組織。這些道路中的幹道幾乎都是從羅馬出發，縫接綿延到意大利半島的南端和北邊，甚至遍布到地中海沿岸以及西歐各地。

換句話說，羅馬既是帝國的心臟，從心臟輸送血液給全身的肉體組織的動脈正是羅馬的通衢大道。從羅馬出發的通衢有12條幹道，擴大到帝國的全域，網羅了從北海到撒哈拉沙漠，從英倫到西亞，從西歐到巴爾幹半島。西元前第3世紀到西元第2世紀的五百年間，古羅馬建設的通衢光幹線就有8萬公里之多！因此，與其說「條條道路通羅馬」，勿寧說「條條道路從羅馬出發」比較適切。

古代羅馬的道路

意大利半島西北部發源的帖伯列河下游，在距離港灣約30公里的南岸，有七座低丘陵和濕地。這裡的一處村落在西元前第8世紀以後逐漸發展成為羅馬國。拉丁人的羅馬，在250年的王政時代不斷向週邊部族或異民族擴展戰爭。紀元前520~29年的五百年共和政制時代，更加不斷的武力發展，擴充領土形成囊括地中海的全域以至西歐的一大帝國，於紀元前29年，奧古斯都時進入帝政時代，然後的兩百年更成就了羅馬的和平鼎盛時代(Pax Romana)。

道路是國家的動脈，建設道路也不是羅馬人的發明。但是營造道路網組織，亦即道路"net work化"，可就是羅馬人的獨創。羅馬人認為基礎工程是人們要生活得像樣的人所不可或缺的，而道路和橋樑以及水道工程尤其備受重視。

　　紀元前的共和政治時代，連年不斷的戰爭，除了跟地中海霸權強敵迦太基的第2次長達17年殊死戰無暇建設道路之外，一直在繼續造路。

　　羅馬式通衢大道的建設於西元前第3世紀完成第一條通衢(從羅馬到意大利東南邊的布林帝西)叫阿匹亞通衢，被譽稱為「通衢的女王」。這後不久，中國的秦始皇在大力營建長城。中國人認為城牆是最好的防禦工具，羅馬人卻認為道路是有效的防禦手段。城牆阻止異民族的往來，道路卻要促進人的交流。

　　羅馬的通衢從首都通往被征服地，穿越其城鎮的中央，形成道路網。道路的功能是軍事的戰略性和同化異民族的政略性。道路的建設工程都由軍隊來做，所以不是財政有餘力才造路而是國家有需要才要建設。

　　道路(通衢)有標準規格；主道(車道)寬4米，兩側步道各3米，車道步道間有排水溝。路基由四層結構砂石土，路面為大塊石頭，亦即敷石鋪裝。這種通衢可視之為現代的高速道路。路面平坦，遇無水之低谷亦造橋，要求"直"又"平"，利於速行。

　　古羅馬人爲了眾多人的現實生活舒適而興建公共工程(道路、橋樑、水道)，然而，古埃及的人卻爲了要誇耀死去的帝王權威營造金字塔。羅馬的基礎建設是堅固的，有效用的而且是美觀的。今日在古羅馬的各地猶會常看著當時建造的幹道、橋樑和上/下水道的遺蹟。道路和橋樑是一體的，可以說；「羅馬的道路」，也就是「羅馬的政治」。

IV、古羅馬的探訪

　　1950年代，在大學讀歷史系時，比起中國史偏重王朝、更迭的興亡戰亂，毋寧被西洋文明史所著迷。其中，尤其是古希臘、

▲ 帖伯列河西岸世界最小的國家梵蒂岡市國（人口八百人），圓形屋頂聖彼得大教堂是全世界天主教總寺院

羅馬文明，近世文藝復興，以及近代民族國家的崛起和科學文明的營造，既有傳奇性，亦饒有浪漫色彩。一旦深入如嚼橄欖，誘發你夢遊的遐想；有那麼一天，去探訪古希臘、古羅馬。

事隔將近40年後，1992年的12月，我拿到了日本的旅券不久，終於實現了學生時代的美夢，偕同家後(妻)首次旅遊歐洲，從英倫飛往羅馬，進行古羅馬文明的"探檢"。

從達文奇機場前往羅馬市內的路旁所看到的很多羊群，讓人想像二千多年前羅馬的「國父」羅姆路斯他們在這些地方牧羊的光景。市區的中心部在帖伯列河東岸，河的西岸是梵蒂岡市國。羅馬郊外通往外地的幹線沿路可以看到別的地方罕見的「羅馬的松樹」。大約2～3米高豎直的樹幹上頭頂著一團完整橢圓形的枝葉。那種獨特的姿態，挺立在平野的沿道，從車窗遠遠地映入眼簾，那幅幽美的光景猶在腦裡盪漾。

佛羅羅馬諾(ForoRomano)的遺蹟

羅馬帝國的心臟在羅馬，而羅馬的中樞在佛羅羅馬諾。「佛羅」意思是公共廣場，佛羅羅馬諾是帝都政治、經濟、宗教以及軍事、市民集會場所。這裡有王宮、元老院、稅務和裁判所，各種神殿、凱旋門……。

西元前第6世紀開始建設，到西元前第1世紀後期朱利斯凱撒

以及奧古斯都帝以後陸續擴充整備。這個區域，目前還保存著古代羅馬帝國時代遺留下來的各種建物的斷垣殘壁，在傲視著現代人，傳承千年帝都的榮華信息。作為羅馬的歷史地區，1980年被登錄為世界文化遺產。

從地下鐵B線科羅斜臥站西行5分就到這個祭政的聖域。羅馬的"始皇帝"奧古斯都的邸第遺址便在東南不遠的巴拉提諾山崗上。科羅斜臥(Colosseo)是羅馬帝國時代的第一座巨大的娛樂設施、鬥技場，於西元72～80年建成。遊羅馬的人很少人不去見識一下。這座鬥技場、外圍527米，高約50米，分三層，頂層聯繫繩索覆上帆布的天蓋，烈日下大雨天均可以觀鬥。人與人鬥，人跟獸鬥，必鬥到對方死亡才休，真是充滿血腥的活地獄，古羅馬人愛好這一味。看電影出現這齣場面，我總是儘量叫眼睛"不沾鍋"。不過，到了羅馬我還是對科羅斜臥好奇而有趣。而且這裡跟"聖域"近在咫尺。

古代藝術品古蹟的寶庫

羅馬到處有古蹟，而且這些古蹟都是高度文明的產物，特別是建築、彫刻、繪畫以至於道路橋樑水道等基礎公共工程。

在羅馬城內，讓人第一印象深刻的是，羅馬市本身就是一座沒圍墙空間設限的美術博物館。這裡互(ho：給)我感受到，隨處瀰漫著古文明的氣息，也散發現代文化的芳醇。

這裡整個地，除了古文明的遺跡多，至少還有三多；廣場多、教會多和美術館/博物館多。

　　羅馬的廣場除了佛羅羅馬諾那個 "聖域" 廣場政治宗教氛圍濃厚之外，如著名的斯邊(西班牙)廣場是遊客必到的「憩息的場所」，被譽稱是世界最美的廣場。從電影「羅馬假期」看到這個廣場，巴不得能坐在那些階梯享受片刻的清福。

　　古代的羅馬信奉多神教，各種神殿、教會雜陳，唯基督教長期備受迫害，直到西元312年，君士但丁帝才予以公認保護，後

▲ 維斯威火山(上方)爆發大噴火(西元79年)岩流和火山灰吞噬了龐培城(居民2萬多人)

來在羅馬城帖伯列河西岸部營造了梵蒂岡市國，聖彼得教堂成爲全世界天主教的總寺院。

羅馬的梵蒂岡市國

別人我不知道，作爲研讀歷史的人到了羅馬，該不能不去梵蒂岡市國拜訪一番。雖說它是全世界最小的國家，面積只有0.44平方公里，人口僅750人(1990年)，是主權獨立的教皇(元首)國，正式國名叫梵蒂岡市國(Vatican City State)。

西元第四世紀初，基督教成爲羅馬帝國公認以降，教勢日漸擴展。羅馬的主教變成教皇(pope)，尤其是中古時代神權發達，羅馬教皇的權威藉著神力凌駕俗世的皇帝。西元756年，教皇領域成立，800年查理大帝在羅馬聖彼得教堂由教皇加冕成爲羅馬皇帝。西元962年神聖羅馬帝國成立(至1806)時顎圖一世亦由教皇加冕，甚至拿破崙稱帝亦受教皇加冕。羅馬教皇的權威顯赫可見一斑，其對歷史的影響至爲深遠。今日的教皇國支配全世界天主教信徒的信仰領域，而教皇國猶在傳承二千年來基督教的精神文化。

羅馬市區西部穿流的帖伯列河彎曲處，有一座橋叫聖天使橋(S.Angelo)，橋的西岸緊接著一座城堡叫聖天使城。這城的東邊是最高法院，城的西邊約500米的地方被城牆所圍繞的就是梵蒂岡市國，城牆內主要部分有；聖彼得大教堂和它的廣場，梵蒂岡博物館，拉斐羅的畫廊，西斯丁那禮拜堂，美術館和歷史博物館

以及市國的政府機關建物。

聖彼得大教堂是市國的核心，是全世界天主教徒朝拜的聖地。它是聖彼得殉教之地(西元64或67年？)，於第四世紀初，君士但丁帝所建立。現在的教堂是16世紀初，由文藝復興的多數巨擘大師米開蘭基羅等人參預長期重建的。置身教堂內被莊嚴神聖的氛圍所威壓，莫怪世俗的皇帝要在這裡被加冕取得統治的權威。

梵蒂崗博物館內部有24個美術館，可以參觀的有1400間展示室，聯繫各房間的通路長達7公里，不愧是世界最大級的博物館。

羅馬的美術館和博物館內珍藏豐富的美術品，而館外則遍地保存古代建築、彫刻的遺跡。我偏愛美術工藝品，又沈迷於歷史，古羅馬的文明的醇香一直在我的身邊飄蕩。

📖 V、憑吊龐培城遺跡

龐培是意大利的一個小市鎮，因為它遭遇了地球上最淒慘的悲劇而舉世聞名。這座小城在二千年前，被附近的火山爆發的火岩流和火山灰所覆蓋吞噬掉，迄今未再蘇醒過。

從羅馬沿著西海岸東南方大約200公里是那波里港市，再向東南40多公里便到龐培，現在祇是一座無人居住的廢墟遺址。

　　龐培位置在威斯微哦(Vesuvio)火山(1217米高)的東南山麓斜坡原野，在沙路諾河出海口西岸。早在西元前8世紀，羅馬建國同時，意大利的先住民族之一的奧斯古族在這裡開發興建。因為它地處意大利半島西岸由南往北的中繼點，發展得很快，先後歷經希臘人和羅馬人所爭奪，最後成為羅馬的殖民地。

　　西元62年，發生了第一次恐怖的大地震，龐培變成瓦礫如山。後經倖存市民的努力才把殘破的市鎮重建起來比以前更繁榮。

▲ 永遠在沈睡中的龐培城市民生活文化很進步，性開放到處有春色風光的壁畫

沒想到惡魔的手在17年後再次伸落龐培頭上，兇狠地把它整個地摧殘掉。那是西元79年8月24日的中午時分，附近的威斯微哦火山突然爆發，衝天的火柱頂住巨大的黑色的蘑菇煙雲，向四面八方擴散，太陽被遮蔽了，黑天暗地的世界末日。灼熱的礫石飛落到龐培頭上，屋頂垮了，牆壁倒了。人們在恐怖中呼天搶地逃命，含水的火山灰像暴雨般毫不留情地降落，或被燙死或被毒氣悶死，地震和津波(海嘯)互相呼應，放肆地咆哮不停。這幅人間地獄的修羅場的畫面，足足持續了三天，然後靜寂下來。

　　龐培的身上覆蓋著六米厚的火山的排洩物，這座城鎮的建築物和2萬多的市民全都失蹤了。這不禁又讓人想起2009年8月8日凌晨，在我的故鄉旗山北邊40公里的甲仙附近的小林(sio-na)村被莫拉克颱風挾帶來的暴雨所引發的土石流淹沒，500名村民和整個村消失沒蹤影。兩個月後我回國返鄉跟鄉友去憑吊我曾經去過多次熟悉的小林村，如今已經步著龐培的腳跡消失到天邊的一方了。

　　在羅馬「巡禮」的幾天，撥出了些時間前往那波里和龐培遺址。從羅馬乘坐遊覽巴士出發、沿途的風景，可以聯想古羅馬時代敷石舖裝的快速道路。那波里和龐培一帶都是沿海地方真美。

　　龐培被火山的岩流和火山灰淹沒消失之後，歷經將近1800年的歲月，於19世紀初才被發掘出來。龐培的FORO(公共廣場)終於重見太陽，在堅硬的火山礫石堆內，因生物體腐蝕形成的空間灌進石膏，造出型模。這樣在1800年前消失的樹木、動物和人體

的形狀以白色的石膏體被採取出來。這座市鎮略成楕圓形，分成九個區劃，主要有三個地區(Area)；四角(形)FORO地區(在西南部)，三角(形)FORO地區(南部)和圓形劇場地區(東南部)。周圍有七個出入的門，一般參觀從西南的門進去，前面就是四角公共廣場，西北和東南各有門可以出口。

二千年前龐培人的生活形態從遺址的結構可以透露出來。每個區劃各分為祭祀、選舉和商業性區域。住居都堅固很講究，神殿、公共集會所，大型體育場，巨大的圓形劇場，公共大浴場，地上和地下水道完備。公共建築物有很多壁畫，彩色鮮明，繪的人體裸像，甚至有男女做愛的彩色壁畫，龐培人的性開放有夠前進了。不過，令人看了心痛的是陳列櫥內倒臥的石膏體的遺體，火山噴火的犧牲者，忍受沒法承受的燙痛之苦。

面對著一大片廢墟的遺跡，眼前的景象勾起腦內古代龐培城天堂地獄巨變的想像，內心裡更沈積了難以溶解的鬱悶。

📖 VI、路過那波里流連忘返

離開羅馬飛往巴黎之前，除了在羅馬巡禮探尋古羅馬文明的遺跡，前往悲劇的城市龐培的廢墟遺址憑吊，還利用地理位置的便當，「過路」投身到仰慕已久的港市那波里。

那波里距離羅馬的東南方大約200公里，車程不過兩、三小

時。龐培的遺址在它的東南40多公里，這兩個地方相隔咫尺卻形同天涯。

從那波里向南方眺望過去，海岸線延伸到索連多半島尖端有個市鎮叫索連多(Sorrento)。這裡是世界名曲「歸來吧索連多」的舞台。那波里和索連多半島之間的海岸，特別是北邊那波里海灣被譽稱是世界三大美麗的海灣之一。投身在朝向西天岸近的高崗上入迷地欣賞海景，恍惚看到了高雄的西仔灣，被那海灣的落日餘暉勾起了無端的遐想。夕陽無限好、黃昏的海灣柔美更迷人，也更愁煞人，最易於撩亂流浪的旅人的鄉愁。

那波里市南邊的海灣到索連多半島的弧形的山大路西亞海岸，曾經孕育了三首世界的名曲；「山大路西亞」、「哦索列米哦」和「歸來吧、索連多」。

第一首曲子描寫月夜在港灣泛舟，讚美港市海濱的美景。第二首更是無人不曉的那波里的代表名曲，讚美情人為〈我的太陽〉，暴風雨過後太陽普照的光輝雖然有夠美，但是我有更美的太陽，是你的瞳人兒（眼睛），我的太陽，請永遠別下山，因為我怕天黑了會寂寞啊！

第三首是描述歌頌索連多的土地和海的美，對於啟程離開鄉土的情人稱讚和依戀，切望她能歸來。世上沒比這裡更美的地方，海上的精靈也入迷地在看著你，真的太喜歡你了，低聲細語

地滴沽要親親你，請你回來吧！到我的身邊。

索連多的呼喚聲在那波里的海邊高崗上可以聽得清晰。這首歌在半世紀以前念中學上音樂課時就學唱過了。那幽怨情切的韻律緊扣心絃，索連多的想像在腦海迴盪，深深地把我囚虜。這一生從「二二八事變」那年進入中學離鄉背井，直到現在仍在異國流浪，除了大學畢業後短暫幾年時間在故鄉教書、工作，我跟故鄉竟然「不投緣」，這豈不是人生無常，而我還是最喜愛這首歌—「歸來吧！索連多」，回來索連多吧！

▲ 那波里海灣是世界著名美麗海灣之一，從海邊高地遠眺景色十分迷人

11 德意志古城探訪紀行

新天鵝保創出新的夢的世界

▲ 德國南部邊境菲森市郊的新天鵝堡(諾伊休曼斯坦城堡)
正是迪斯尼樂園中灰姑娘辛蝶列拉的夢鄉王子城堡

📖 Ⅰ、闊別十年重遊歐洲

今年一月下旬，偕內人到歐洲旅遊了將近十天。這是第四次到歐洲，距上次(2002年11月遊聖彼得堡和莫斯科等歐洲的俄國)足足十年了。

2001年以後，台灣民進黨主政在學校實施母

語教學。我因「自負」對母語運動的使命感，課餘的假期時間，大部分投入在台灣的母語講座講習，經常回台灣，2001年那年就回去了11次，其他每年至少也回去4-5次以上。以致台灣的朋友誤以爲我已經離開日本遷回台灣定居。

最近幾年，由於外來集團又回鍋主政，母語的教學、講習顯著"退燒"，亦減少了我回國的時間，正可以用來前往別的地方做旅行的學習。

這次的歐洲之旅，從東京飛往德國法蘭克福，探訪海德堡、羅丁堡，然後沿著"羅漫蒂克大道(Romantic Road)"，到達終點的Füssen(菲森)。這些地方都在德國的中南部。菲森在奧國邊界，經由奧國進入列支丁史坦(世界第六小國，人口3萬多人)，前往瑞士。然後由瑞士的山城因他拉根到洛桑，再從這裡搭乘法國的新幹線到巴里(約500公里)。

這是第二次到法國，除了巴里之外，最大的收穫算是探訪著名的世界文化遺產蒙聖米雪耳修道院。最後一程是從巴里搭乘Eurostar高速海底鐵路快車前往倫敦(490公里)，然後由倫敦飛回東京。德國和瑞士之旅是頭次，"計較"很久了。法國和英國都是第二次，有些地方"重逢"，可以說是「別來無恙」，那是20年前1992年初次"幸會"的陳年舊事了。

📖 Ⅱ、"德意志"的人、地、國家與語言

"德意志(Deutschland)"一語通常被短略式地漢譯成"德國"，這未必完全正確。它的英譯是："Germany"，而這個Germany又被漢譯成"日耳曼"，若按漢譯的邏輯，那麼德國亦即日耳曼國了。當然這是不妥當的。

其實現在這個國家的正式名稱是(德語)「Bundes-republik Deutschland」，(英語)「Federal Republic of Germany」，可以譯成「德意志聯邦共和國」，所以本文就用"德意志"來代替"日耳曼"或"德國"。

歷史上，"德意志"所代表的涵義，不論是指"人"(民族)、語言、地理領域或者邦國都是複雜的。要了解德意志，得先來對這些不同的指認對象先做個認識。

(一)德意志人(民族)與德意志語

按理說使用某種語言做為母語的文化共有集團(共同體)可以認為就是該種族群(人)。換句話說，語言文化是民族(族群)的標誌。那麼，講德(意志)語做母語的人便是德意志人。可是，考察德意志的歷史時卻發現這個說法(定義)未必是完全肯定的。至少，現在的奧地利(國)和瑞士(國)，前者99%的人講德語，後者有7成的人使用德語。這說明：德意志語為母語的人不等同德意志人。

德意志人的人種起源屬於日耳曼人。據說他們的原住地在斯堪地那維亞半島的南部。西元前八檔年時開始南下向東西擴散。前五百年時更進入德國的北部和西部。

朱理士凱莎的《加里亞戰記》(B.C 52年)記述日耳曼人不喜農耕而更嗜狩獵和戰鬥，因為定居與農耕會喪失對戰爭的熱情，他們並不以搶奪為可恥。如果真如此，則日耳曼人曾經是戰爭的人民了。

羅馬帝國時代，日耳曼人中支配來因河(德國西部)以東，多腦河(南德)以北到華沙的廣大地域者，被羅馬人叫做「蠻族的日耳曼人」。對此，把來因河以西到加里亞(法國)的叫做「羅馬的日耳曼人」來區別。羅馬人對"非羅馬的人"統稱為"蠻族"。

(二)日耳曼人的國家

西元第四世紀末葉後的200年間，有50餘族的日耳曼民族在匈奴族的壓迫下開始大遷徙。其中西哥德族遠至西班牙，進入意大利的建立東哥德王國，央格魯和莎克遜族到英格蘭，殘留在來因河北東部的是薩克森族。惟勢力最大的是經由現在的比利時沿法國北部的色奴河和羅亞河南下的法蘭克族，建立法蘭克王國，是為後來歐洲形成的核心，他們的語言屬於日耳曼語系。

歐洲的歷史，從(西)羅馬帝國滅亡(西元476年)後到東羅馬

▲ 海德堡在11世紀建造的城堡，三十年宗教戰爭時被戰禍後殘存的外城(堡)門

帝國滅亡(1453年)的一千年，通常被認爲是中世紀時代(Middle Age)。

　　這個時代的歐洲，有兩次民族的大遷徙；第一次是日耳曼人在第4世紀末葉後的200年遷移，第二次是諾曼人在第8世紀末年以降一百多年的遷徙。但是，諾曼人並沒取代日耳曼人。

　　日耳曼人在歐洲建立了許多的國家，其中成爲德意志，今日的德國的基盤者正是法蘭克王國。尤其是第九世紀，它的卡洛林王朝時代，卡而路(又譯查理)大帝被稱爲"歐洲之父"。他創建的帝國，被認爲是西羅馬帝國的復興。現在的德國中部和南部曾經是羅馬帝國的屬地。

西元800年的聖誕節，法蘭克王國的國王卡而路大帝越過阿而卑士山脈前往羅馬的聖彼得大教堂參加彌撒。教皇(利奧三世)給他加冕成爲「羅馬皇帝」，這是皇帝的誕生。其實不是"羅馬"的，而是日耳曼(法蘭克)的皇帝。後來這個帝國分離爲大約現在的意大利、法國和德國。

Ⅲ、德意志與神聖羅馬帝國

中央部歐洲，在歷史上曾經存在過一個龐然巨大的政治怪物，長達將近九百年，它就是神聖羅馬帝國(962-1806)。這個政治巨獸飼育者正是德意志人，它的活動舞台主要在現在的德國。有人(服爾泰)曾經評論它「既不神聖，也非羅馬的，畢竟也不是帝國」，評得一針見血。

第一，它並不"神聖"，因爲被教皇加冕才成爲皇帝的並沒幾個。而且，皇帝和教皇的權力鬥爭，尤其是對於教職的敘任權，聖與俗兩權的醜陋鬥爭激烈，何來神聖。第二，它絕對不是羅馬的帝國，而是法蘭克族，日耳曼人的封建領邑(邦)所拼湊的"帝國"的框架。雖然從前羅馬帝國的部分屬地和意大利的北部隸屬其下。第三，它不是帝國，皇帝位不世襲，是由七個「選帝侯」選出來的，帝權未必都滲透全域內。況且，帝都也不固定。因此，這個傳統遺傳下來，現在，即連柏林也未必就是德國"唯一"(有權威)的政治文化都城。東西德合併前的西德首都波昂，祇是來因河畔的一個小城市。

(一)神聖羅馬帝國的誕生

法蘭克王國的卡而路大帝不但武功顯赫，以羅馬帝國復興自負，更是熱心的基督教、天主教徒。西元800年的聖誕節他本身非刻意地被教皇加冕為「羅馬皇帝」，使這個王國染上了教會國家的色彩，國王兼皇帝。半世紀後帝國分裂為三個王國；東/中/西法蘭克王國。後來其中的東法蘭克王國成為德意志王國，其領域即成為今日德國的主要領土。

東法蘭王國的俄圖一世被諸侯選為國王時，地方的大主教曾給以塗油加冕(王冠)。俄圖乃肩負世俗政治和傳播基督教文化的任務。

西元962年2月2日，俄圖偕妻子前往羅馬接受教皇加冕為皇帝。這就是神聖羅馬帝國，其支配圈只限定於東法蘭克王國＝德意志王國，遠不及卡而路大帝的帝國領域(幾乎涵蓋西歐全域)。

(二)皇帝與教皇的奇特關係

這次歐洲之旅遊主要目的，是要探訪中世紀德意志的城堡和教會。它們是神聖羅馬帝國時代封建制社會的產物。

所謂歐洲，可以說是日耳曼人和羅馬人聯結的結果所產生的。從文化上來看，是日耳曼文化和以羅馬為代表的古典古代文

化以及歐洲人精神支柱的基督教文化的融合。就這一點來看，神聖羅馬帝國自有它的歷史定位。祇是這個帝國實質上主要地被限定在德意志，所以被叫做「德意志國民的神聖羅馬帝國」，神聖羅馬皇帝實質上是德意志王。掛名號稱"神聖羅馬(帝國)皇帝"的德意志(東法蘭克)國王們，在理念上爲了成爲歐洲世界的普遍統治者，必須借重舊時羅馬帝國的"威光"(聲望)才要遠赴羅馬由教皇來加冕，否則德意志王也不過就是德意志王而已。莫怪皇帝會非重視跟教皇的"關係"不可。

皇帝和教皇互相"利用"，惟皇帝畢竟是羅馬教會的保護者，自承本身也具備"聖性"的存在。教皇不是皇帝任命的，而是選舉產生的，屬下的教會的聖職不容俗世(皇帝)來插手，這就觸犯了皇帝的權威，而引起鬥爭。

(三)封建制社會的城堡、教會

東法蘭克王國、神聖羅馬帝國時封建政制的時代，中世紀的德意志社會營造了許許多多古城、城堡和教堂、修道院。其中被登錄爲世界的文化遺產有37處。

封建領邑的二元性系統；俗世的王、公、伯大小諸侯系統，下屬有騎士團各擁有領邑。聖界的教會系統，教皇下有修道院長，各級主教及修道院各有領地，教皇的領域在意大利東北近海的拉邊那，是西元756年法蘭克王丕平三世所捐贈。

天主教的主教和大主教所支配的領邑叫聖界領邑。德國的主教們也和世俗的諸侯們同樣跟皇帝建立封建關系，接受皇帝的封土，對封土具有支配權，他們被稱呼爲聖界諸侯、聖界君主。不過他們肩負教會法上的職責所屬的主教區則跟這類聖界領邑，在原理上是完全不同的。

在這樣的二元式封建領邑制之下，德國境內(不包括奧地利和瑞士)形成數以千計的領邑、城邑，整個地呈現百衲布式的景觀。亦就是說地方分權遠超過中央的權力，帝國有議會，又有裁判所(法院)。居住和防禦的城堡，有城牆的城鎮以至於莊嚴壯麗的巨大教堂和修道院的建築群，既神祕又浪漫的氛圍的中世紀德國的市街道，今日成爲學習歷史和文化觀光的豐富資源。

IV、地理景觀和歷史街道(通衢)

現在的德意志聯邦共和國擁有中世紀神聖羅馬帝國豐富的文化遺產。由於長期的特殊的封建制度；王、公、伯侯國的自律性發展，德(意志)國最大性格是"Land"(地域)的國家，並不是一元的國制，而是多元構造的國家。

德國的領域大約在歐洲的中央部，周圍與九個國家鄰接；北邊是丹麥(東北角是波羅多海，西北角是北海)，東邊的北部是波蘭，南部是捷克。東南邊爲奧國，南邊爲瑞士。西南邊爲法國和盧森堡。西邊的北部是荷蘭，南部是比利時。

這種地理位置造成德國境內外的複雜，頻繁的移民和物品的交流。現在的領土面積約36萬平方公里(台灣的10倍)，人口約8千方人。

　　地形的特徵是南高北低。北部西部多平原低地帶，南部多丘陵山地，南部邊界阿卑斯山脈，東部台地和山地多森林地帶。這種地形造成河流多由南向北流入北邊的北海或波羅多海。這對境內南北交通商業路大有作用。

　　有趣的是氣候的現象，南部的緯度比北部低，可是冬天的氣溫反而比北部冷。因為北部面臨大西洋，墨西哥暖流伴隨海洋性氣候進來，莫怪在一月的寒冬，北部不太積雪，而南部盡是一大片雪原，冰天雪地白茫茫。

×　　　　　×　　　　　×

▲ 從海德堡城堡俯瞰舊城區，雪景中的市街是一幅幽美的冬天風景畫

中世紀和近世的德意志營造了許許多多不同特色品味的城和城堡。它們編織了古代藝術、文化和歷史的浪漫。這些古城被串聯起來，形成觀光的街道，透過古城街道(通衢)，可以通往中世紀的歷史之旅，享受古代德意志文化藝術的饗宴。

現在，德國制定了超過150條觀光街道，目的在把同一地域和共同主題的都市串聯成線以便促進活性化。

早在1927年，最初制定的觀光街道是亞路片街道。戰後，於1954年和1975年先後追加了古城街道和美路恆街道。這些創舉的嘗試果然取得了成功，因而又有1987年制定的羅漫蒂克街道。這條街道不僅名稱韻味誘人聯想，沿道的城和城堡以及教會、修道院蘊藏中世紀歷史、文化和藝術的浪漫情調更惹人夢想。於是，我和內人就任由羅漫蒂克街道"綁架"了。

📖 V、七大歷史觀光街道(通衢)素描

從觀光街道走往古代的歷史，探尋古代文化。德國政府提供了許多觀光街道，其中重要著名的有下面七大條。

(1)羅曼蒂克街道；北從微茲堡南行到菲森(奧國邊界)，縱走德國南部，全長400公里。沿道許多古城中以羅丁堡和菲森近郊的諾伊修曼修坦城堡和維斯巡禮教會最有看頭。

(2)古城街道；從南德的曼海姆東行蜿蜒到捷克的布拉哈，全長975公里。沿道重點為海德堡和紐倫堡。全部有70多座城市。

(3)美路恆街道；從西北的布列馬哈芬南行到中南部的哈腦(法蘭克福附近)，全長600公里。特點是格林姆(Grium)童話編者(格林姆)兄弟有緣故的許多地方串聯的街道。

(4)哥德街道；從德國世界級的大文豪哥德的出生地法蘭克福向東北再偏東走到德列士丁，全長400公里。看頭重點是哥德之家和來布茲希。

(5)亞路片街道；橫走南德邊境，西從林道，東行在菲森與羅曼蒂克街道相會，遠至東南角端的貝希蒂斯卡甸，全長450公里。它是歷史最古的山岳地帶觀光街道。

(6)凡大士蒂克街道；從南部(偏西)的曼海姆向南行到昆士但茲，另道繞向西邊一圈回到昆士但茲，全長400公里，有黑色森林、溫泉地和博路斜博物館。

(7)也利卡街道；在北部南北走，從北邊的布連南行到哈諾花，全長300公里。沿道有北德漢沙同盟發展的港市，漢堡和柳見克等。

以上七條大型歷史、觀光街道，有五條分布在中南部(四條在南部)，北部只有2條南北走向的街道。可見德國的歷史、文化，尤其中世紀時代南德，比較繁榮、發展，昔日的榮華餘暉猶在。

Ⅵ、海德堡古意盎然

城和城堡各涵義不同，"城"的英語是city或指town(市/城鎮)。"城堡"是指Castle。在中國，"城"用的多，城堡就少了。在日本，

"城"即shiro，多指城堡那種建築物，例如大阪城，姬路城。在歐洲castle在中世紀很普遍，特別是德國。

德意志不僅城多，城堡也很多，都是中世紀或近世所營造的。其中，城堡又依目的、功能分為防禦用的(當然有城主的住居)叫做堡(burg)，和居住為目的兼政務用(略帶有防衛設備)的叫修羅斯(Schloss)。

有很多城市起源於城堡發展起來的。它們的名稱都會帶上"堡"，例如漢堡，海德堡，羅丁堡……。這種現象在日本也很普遍，封建時代城主的城堡做中心，逐漸向外圍擴充而形成大聚落的城鎮叫"城下町"，(町即市鎮；machi)。不過這種"城"的文化在中國歷史倒比較少見，可能是封建制內容不同。

× × ×

隆冬嚴寒的一月下旬，從東京飛行了足足12小時到達德國的金融中心，歐幣的製造地法蘭克福。是傍晚的時分，時差晚8個小時，才5點多，可已經是天黑了。

辦完入境手續通關後，搭巴士南行到凡大士蒂克街道的地點曼海姆的旅舍過夜。德國和其他歐洲國家一樣，一般旅館都不像日本提供刷牙備品和睡衣的服務。

翌日主要的行程是走訪羅曼蒂克街道，這條大道全程約400

▲ 羅丁堡現在仍被厚重堅固的石垣所圍繞，城內市容古色古香

公里(大約高雄到台北)，沿道卻有大小30個以上的城市，都是歷史悠久、文化深厚的古城。在進入這條歷史街道之前，先去探訪距離街道上的羅丁堡170公里遠的古城海德堡。

　　早上八點出發，天還未完全亮，一路上下著小雪。大約半個小時就到達海德堡，正是"瑞雪紛飛"飄落古城，到處塗上了薄薄的雪粉，讓深綠的樹木顯得"黑白對照"，珈啡胭脂紅的城堡建物被襯托得古意盎然。

　　海德堡市位於古城街道和凡大士蒂克街道的交义點，內卡

河穿流市邊。它的城堡在住宅區邊的小丘上，西元11世紀就建立了。在13世紀時，爲神聖羅馬帝國七名"選帝侯"之一的布花茲伯爵所有。建築的格式前後有哥特式，文藝復興式和巴洛克式。曾經戰亂，尤其是30年的宗教戰爭(1618-1648)被法國軍隊侵攻破壞殆盡。

城堡大樓外壁16尊浮彫人像很壯觀。高聳的圓筒式火藥庫據說因雷打引火爆炸而破殘迄未修復。世界最大的(葡萄)酒樽給人深刻的印象。從城堡上俯瞰眺望市區街景；細雪飄散下，內卡河靜寂地悠然地躺著在休息，樹木的枝葉，建物的屋頂無處不有雪的化粧，潔白得夠美了。海德堡城和城堡似乎正在向我細述千年的故事。

這裡有德國最古的大學(1386年開校)，海德堡大學聞名世界。通往校園有一條巷子路邊，現在還有"關閉"學生的牢房遺蹟。據說是一處(大學的)治外法權的地方，學校當局把觸犯輕罪的學生關進牢房裡。這個"制度"被維持到1914年，現在的牢房成爲觀光景點。

海德堡市目前有舊市街區和新市街區，前者在城堡的山丘下住宅區，包括大學的學生街。車站前的近代式高樓大廈商業街區爲新興市街區，傳統的與現代的東西並存在一個城市，絲毫無"不調和"的感覺。

VII、從羅丁堡走上羅曼蒂克的街道

從海德堡車到羅丁堡有170公里，車程約2個半小時。它的位置在南德的中央部，古城街道和羅曼蒂克街道的交叉點，北距羅曼蒂克街道起點的微茲堡100公里，南距街道終點的菲森約300公里，亦即在街道全程的1/4比3/4所在。

羅曼蒂克街道在德國南部中央縱走南北，跟古代羅馬帝國，以及中世紀的神聖羅馬帝國因緣深遠。羅丁堡是中世紀帝國直屬的自由都市不隸屬於諸侯的領域。

下午從海德堡來到羅丁堡，雖然雪不下了。天空仍然陰晦，自是美中不足。好在地上的雪已融化，石板舖裝的路面沒雪水，很好走，也很好看。

羅丁堡市街是一處低坡地，四周被堅固厚重的城牆所圍堵。城壁是10世紀所建造的，有東西南北四個門。從北門經過東門到南門之間，在二樓高的位置銜接城牆築造有屋頂的迴(走)廊長2.5公里，可以在上面走。我們爬上木造階梯，在迴廊走了一段，主要是眺望街景和照相。

這裡是一座小型的舊式城鎮，周圍不過5公里。從石板舖裝的石板路，美觀有格調吐露它歷史文化的氛圍。建築物、民家屋頂的三角形狀，白色的壁面配有木框和巴洛克特色的眾多小型窗

戶。屋頂尖細突向雲端的哥德式建築的教堂，遠遠地在傲視四方。羅丁堡的中世紀風姿綽約，可以套上一句"徐娘半老，風韻猶在"。

羅丁堡是羅曼蒂克街道(通衢)上的寵兒，也是中世紀城市的幸運兒。它不但有堅固重厚的石壁圍(城)牆，又有一位智勇雙全的市長。

話說德意志的馬丁路德"發難"舉起宗教的改革大旗(1517)後，西歐各國的新舊宗教紛爭不斷，終於1618年爆發了長達30年

▲ 羅丁堡市政廳旁大樓在三十年宗教戰爭(1618-48)期間留下迴避屠城的美談

的宗教戰爭。海德堡被舊教的法軍侵攻城堡殘破，羅丁堡卻幸免被摧殘。

　　率領舊教軍隊佔領羅丁堡的帝利將軍即將開殺戒時，遇上了機智勇敢的市長怒休，在市民之前，市長願意一口氣喝乾有把手的巨大酒杯內的葡萄酒，望將軍也喝喝酒賜免殺戮。市長果然喝乾，將軍也喝醉了，遵守諾言而拯救了羅丁堡。今日，在市政大樓前的馬路克特廣場的大樓，在二、三樓之間正面壁上左右各個有一個方形窗戶，內各有一個人形(左為將軍，右為市長持酒杯)，另有特殊裝置的時鐘，定時在演出這椿歷史性的故事。看了，實在忘不了。

Ⅷ、訪菲森巡禮世界文化遺產

　　羅丁堡是一座典型的中世紀風格，有圍牆守護的古色古香的城市。欲罷不能地告別之後，巴士即進入嚮往已久的羅曼蒂克街道(通衢、大道)。

　　下一站是探訪菲森(füssen)，參觀近郊的教會和城堡。行程將近300公里，非是高速道路，車程需4個多小時，已經3點半了。車子一路往南疾走。透過車窗，眺望遠方的天涯，觀察車邊的地角。觀光時在車內一般人多在睡覺，我則靠耳機聽音樂或兩眼忙著捕捉車窗外的風景。

車子很辛苦地在平穩的緩坡丘陵平原奔跑，在遼闊無際的田園風景裡，中世紀面貌的城鎮、農村一幕幕如走馬燈似地映現又消失。道路的交义點並沒有紅綠燈，而都是小圓環(rotary)，即環狀交义點。車子不必停下來等紅燈，不會塞車，也不用搶車，很合理。

在經過奧古斯堡(羅馬始皇帝奧古斯都所創建)之前，車子和歐洲的國際河流多腦河曾經碰了頭，只可惜沒見河水呈現"藍色"。天空依舊瀰漫淺灰色，原野的大地是白茫茫。車子趕到菲森，已經入夜8點了。

×　　　　　　　×　　　　　　　×

菲森是羅曼蒂克街道的終點，德奧邊境的亞路片街道也經過這裡。它也是承載中世紀歷史文化的古城鎮，目前人口約16,000人，跟日本群馬縣的沼田市結姐妹市關係，也就增加了一層親近感。

這裡近郊有兩個地方非去探訪不可；一是世界文化遺產的維斯巡禮教會，另一是迪斯尼的辛蝶列拉(Cinderella)城的樣本諾伊休曼修坦城(非防禦用的居城schloss)。

按照行程，早上一大早先前往探訪維斯巡禮教會。佇立在羅曼蒂克街道沿道的阿卑斯山麓的草原上，距市區約25公里，車程半個小時。這裡原本是農場的一間小教堂，由於"維斯的奇迹"傳

聞開來，而香火鼎盛起來。

所謂「維斯的奇迹」；當初用木塊拼湊鑲嵌的"鞭打的主基督"的像被安置在維斯教會裡。這尊木像是爲了1730年的聖禮拜五的"聖體遊行"所彫製的。木像塗彩色，但關節卻裹亞麻布，信徒們認爲可憐不忍心而把它收藏在屋頂裡。後來被農婦要去膜拜祈禱，幾個月後，木像竟滲出淚滴。這個"奇迹"迅速地傳開國內外，吸引了無數的巡禮信徒。

於是，從來祇是農場的小禮拜堂，爲了順應巡禮者的驟增，有必要重新建造大型的教堂，就在1743年，由著名的建築家、畫家兼彫刻家的朱因麻曼兄弟2人的手，歷時11年於1754年完成建築物以及內部的所有繪畫和彫刻，可謂是藝術品總匯的寶庫。

這所教堂外觀很樸素，看似普通民家邸宅，更沒像一般教堂宏偉高大的建築有高聳雲端的尖塔式屋頂。聯合國教育科學文化機構(UNESCO)於1983年把它登錄爲世界文化遺產，爲甚麼？

當你踏進裡面時，首先感覺空間不大，天棚也不高，近前左右各祇有20排左右的座位，遠方正殿祭壇並不大，卻非常別緻又莊嚴而華麗，又有神祕的氛圍。再仰視天棚的彩畫，注意壁窗的採光配置，堂內左右兩旁有多數橘紅參白和淺藍參白兩類大理石的圓柱頂住天棚。無法用語言說明的大小各類彫刻裝飾品，以及祭壇和天棚的絢爛奪目的繪畫。中央祭壇下方安置的正是"鞭打

的救主"基督的彩色木像。

　　這真是集建築、彫刻和繪畫於一爐，由2位兄弟合作的巧奪天工的人間精品傑作，令人感動、驚嘆，真不敢相信這些是出自人的作品，毋寧相信是神的創作。作爲世界文化遺產，值得！

📖 IX、辛蝶列拉的夢鄉諾伊休曼修坦城

　　迪士尼(兒童)遊樂園裡有一座童話世界的城堡(居住用的schloss，而不是防禦性的burg)，那是辛蝶列拉的夢鄉。被後母苦毒(虐待)的灰姑娘由於魔嫗的幫助，玻璃靴的姻緣得以和王子結婚住進王子的華麗的城堡。

　　那座城堡的樣本是實實在在有存在的，那就是在德國南邊德奧邊境的古城鎮菲森郊外，阿卑斯山麓的一座小山上的"諾伊・休曼修坦"城堡(Castle/schloss)。相對於附近一座城堡"Hohenshwangau"(霍烟休曼高)，意即"高地天鵝堡"，被通稱"舊天鵝堡"，它被通稱"新天鵝堡"。諾伊，意思是新的。

　　新天鵝堡是19世紀後葉，德國東南部「拜葉倫王國」的國王路多威希二世所創建。拜葉倫曾經是神聖羅馬帝國的選(皇)帝侯國。神聖羅馬帝國滅亡後(1806)，它成爲王國，第一次大戰後(1918)成爲自由州。路多王在短短41年的人生中，竟然建造了三座仙境般童話世界的城堡。除了新天鵝堡，它的東方20公里處的

林達霍夫堡和慕尼黑南方80公里的湖中島上的黑蓮基姆接堡。

路多威希二世出生於慕尼黑(1845)，父親是拜葉倫王國的第三代國王，母親是主導德國統一建立德意志帝國(1871)的普魯斯的王女。幼少時在父親所建造的夏天的宮殿舊天鵝堡裡長大。少年路多嗜愛文學作品和醉心音樂，生長在優美的大自然環境中，加以母親慈愛的呵護，使他後來成為一位沈溺於夢想的童話世界的國王。

舊天鵝堡的名稱中"Hoen"意為"高"的意思，地名"Shwangau"是"天鵝棲息的水濱"的意思。處在阿卑斯北麓的低山丘森林中，傍臨兩個湖面，景色優美，是國王避暑的宮殿。各宮室華麗的裝飾，壁畫繪的是詩人的作品故事。新天鵝堡俯瞰舊天鵝堡在眼下，步行山路不過幾十分鐘。

路多威希二世所建造的林達霍夫城是王的別邸，為隱遁生活要用的。城樓前庭的噴水池中央噴水座上有塗金的花與美的女神群像，噴水的水柱高達30米。各廳室內的裝飾極盡華麗，室外的庭園是一幅美的圖畫，整個地是人間的仙境，充滿了夢幻的憧景。

湖中島上的黑蓮基姆接堡(修羅斯；schloss居城)建在平地樹林中，它的最大特色是"新的凡爾賽宮"。路多威希二世因父王早逝，19歲即王位的三年後訪問法國太陽王路易十四的的凡爾賽

宮,於是仿造了這座修羅斯,雖然童話世界的色彩淡薄,卻也富有如夢的世界,尤其是鏡的廳堂。廳內對向有17面圓拱形的壁各安裝鏡子。壁間和窗間並列33支燈架。多彩多姿彫琢的天棚垂吊44個枝形吊燈,這些燭台豎立2000枝蠟燭,點上火時燭光從鏡面反射出來的光景有如夢幻的世界。這座生活專用的修羅斯,不啻是人間的天堂。

不過,讓路多威希二世在歷史上留下"童話世界的國王"的名聲與定位的還是新天鵝堡諾伊休曼修坦。從舊天鵝堡的村落走緩坡道大約半小時可以到(有馬車約10分鐘,5塊歐元)。

路多王是位聰明高個子的美男子。性情內向、孤獨的夢想家,終生獨身。16歲時在慕尼黑觀賞了德國音樂歌劇天才瓦格那的歌劇後終生成為瓦格那的支持者和"信徒"。他不喜歡政務,對普魯斯戰敗後,加上瓦格那的問題而跟政府和貴族諸侯失和,以致日漸遠離慕尼黑,而更加嚮往在深山林內隱居在靜寂境裡。於是他決心要在靜寂境裡建設他自己的人工樂園王國,成為做夢的城堡的創造者。在即位第五年,才24歲就開始著手建造他的第一座城堡,新天鵝堡。

這座城堡是為了適合中世紀的騎士居住而蓋的"夢想的城堡"。它建立在德國東南阿卑斯山北麓的安馬山地標高一千公尺的陡峻岩盤上。城堡下傍臨兩個山中湖,舊天鵝堡就在眼下。城堡的營建費時17年未完全完成,王即被臣下以精神病為理由剝奪王

權，幽禁後橫屍湖中。

　　城堡除前落的正面墙壁橘紅色以外全部白色牆壁，屋頂是黑珈琲色。整個地外觀優美的多塔式細長的建築，融和了巴洛克、哥德式和文藝復興式各種建築樣式，展開了豪華絢爛的空間。各廳內描繪中世紀德國騎士文學所傳承的英雄故事，以及瓦格那的歌劇中的故事情節。最令人印象的是"王座的廳堂"壯麗又莊嚴，"歌人的廳堂"豪華絢爛，王的寢室內精緻的木彫工藝裝飾以及床舖的創意，一台稍大的單人床的木製天蓋是14名木彫師花了4年半精彫細琢才完成的逸品。

▲ 德國南部邊境菲森古城郊外的維斯教堂列名世界文化遺產，內部儘是藝術精品

　　城堡的參觀要預約，裡面有專人用播音器說明，不得照相。從四樓到五樓，然後到一樓。樓梯是螺旋形的，是為了婦女的方便，因為她們穿長裙拖地，上直形樓梯會踩到裙邊，真合理。

　　走出城堡，眺望四周山下遠近的景色，山湖田園如畫，回頭再看看城堡樓房，很自然地聯想到迪斯尼遊樂園內那座辛蝶列拉的夢鄉城堡。我跟它結緣是1988年暑期初次去美國，跟女兒遊洛山居時，由友人的兒子案內(招待)去迪斯尼體驗，改變了以為迪斯尼是兒童而不是大人遊樂之處的偏見。以來已經快25年了，時間好快呀！

　　　　　　　×　　　　　　　　　×　　　　　　　　×

　　從城堡附近坐馬車下山到駐車場，搭上巴士，經由菲森不到10分鐘就進入奧國。車子又跑了幾十分鐘進入世界有數的小國列支丁史坦，遇上來因河上游，然後趕往瑞士中央部的山城因他拉根。德意志探訪古城、城堡之旅算是結束了。接下去是從瑞士往法國，再去倫敦，這次的歐洲紀行還得趕路，的確路遙才知馬力。

12 法國紀行今與昔

歷盡滄桑－美人法蘭西的藝術夢

12 法國紀行今與昔

歷盡滄桑——美人法蘭西的藝術夢

▲ 巴黎的耶弗列鐵塔（332米高）建於1889年萬國博覽會時，
歷經125年風霜，英姿不滅當年

📖 I、對法國的聯想

　　法國，即「法蘭西」國的略稱。日本叫它佛國，乃「佛蘭西」國的略稱，都是FRANCE的音譯。法國是道地的舊教天主教（Catholicism）的國家，人口的百分之九十，是天主教徒。天主教原本是法國的國教，因受喀爾文教派改革的影響，於一九〇五年以後，確定政教分離。法國雖然被日本稱為佛國，其實跟佛教沒關連。

提起法國，腦海中會浮現下面幾艘船在游游蕩蕩。

　　法國，是古代的加利亞（高盧）地方，西元前一世紀，羅馬的名將朱利士凱撒遠征加利亞，著有《加利亞戰記》。

　　法國語是法國內通行的語言，有公用語（法蘭西語）、巴士克語和布路東語。法蘭西語是印歐語中屬於羅曼斯語族。標準語是巴黎（首都）的上流階級的語言，又可分為東部和南部兩方言。法語是明快、簡潔，鼻音發達而輕柔，很早就成為外交用語。（按：台語的母音鼻音化發達，韻母鼻音化，即陽韻豐富）。

　　法國刺繡是白色布料，用白絲線刺繡，外觀像有特色的『花邊』，高貴而優雅。這種刺繡也是通行於歐美的各種西洋式刺繡的總稱。法國料理，一般的印象，法蘭西的料理看來整潔清秀中擁有可以吟味的複雜的味道。國際上的饗宴，以及各種較花錢的

宴客，亦就是『貴』。而法國麵包，有點鹽味，外皮硬硬的，有長條形和圓包子形。法國的時尚、服裝。巴黎是世界時尚服裝流行的『颱風眼』。

法國的文學，美術的發達，其水平是國際的頂端。巴黎市內的建築物匯聚成一幅超級巨型的繪畫，簡直是一座美術館。到了巴黎不要忘記看『美術館』內的美術館和博物館。還有，埃弗爾鐵塔，凱旋門和香節里節大道，以及巴黎郊外那金碧輝煌的凡爾賽宮。

提起法國，更不能忘記那場震撼全世界的一七八九年七月十四日的大革命，和人權宣言。革命戰爭和天才將領拿破崙。還有歷史上最長的英、法之間王位問題引發的斷斷續續一百多年的「百年戰爭」，戰爭中的黑死病，以及救國的法國少女聖女貞德的故事。

法國在科學技術方面，也有令人突出的聯想，在十九世紀中葉，巴士德魯發現細菌的活動。十九世紀末，居禮夫妻對原子物理學領域的開拓可以代表。

第二次世界大戰末期，決定納粹德國敗亡的聯合國軍隊諾曼底的登陸作戰；最近在日本的旅遊廣告中人氣最旺的世界文化遺產『蒙聖米斜魯』修道院……等等，都是令人好奇的獵物。

二十年前的一九九二年尾，第一次去法國遊巴黎及凡爾賽，今年初再訪法國，首度去參觀蒙聖米斜魯修道院。

II、六角形國土的國度

法國的正式名稱是：法蘭西共和國。國土面積（殖民地不計）約五十四萬七千平方公里，約台灣（三點六萬公里）的十五倍。人口（一九九〇年代）約六千萬人（台灣的三倍）。

六角形的國土

法國的國家領域是由巴黎盆地做據點的法蘭西王國，逐漸延伸擴張形成的。後來所劃定的領域，亦即今日法國的國土是一個六角形狀的領域。法國的所謂六角形的國土，亦就是；東北、東、東南、西南、西、西北六個邊。其中①北至南，②東北角至西南角，③東南角至西北角三條對角線各約一千公里（分別各為九百五十、一千、一千零五十公里）。

首都巴黎的位置在南北對角線的北部四分之一，即距北端二百五十公里的地方，左（西）邊跟英國，右邊（東）跟大陸部相對。中北部法蘭西為據點的王國，在第十三世紀鎮壓控制了南部法蘭西。十七世紀中葉，法國國王路易十四世時代取得了現在比利時國境附近。德國邊境即法國東北角的亞爾沙士和洛林地區，也同樣取得。十九世紀中葉拿破崙三世（第二帝政）時又取得了東南角的尼斯等地域。

▲ 阿爾卑斯是歐洲的守護神，從德國經由瑞士到法國。瑞士境內多是靈山

　　一九七〇年普（魯士）、法戰爭，拿破崙三世戰敗投降，割讓亞爾沙士和洛林兩地域（普魯士成立德意志帝國），至第一次世界大戰還給法國。總之，由於跟周邊勢力的戰爭或外交戰略而形成今日法蘭西的六角形國土。不過，東南方地中海的科西加島（拿破崙一世的故鄉）以及海外一些殖民地也還是法國的領域。

法蘭西的南與北

　　六角形國土的範圍，東北鄰接比利時，東邊跟德國、瑞士接壤，東南隔阿爾卑斯山脈為意大利邊境，南邊面臨地中海，西南的比列連山脈跟西班牙分界，西邊是大西洋，西北隔著英法海峽

與英國相望。就緯度來看，南端約同日本的北海道，巴黎跟樺太差不多（北緯四十九度），屬於溫帶，有四季的變化。

國土的三分之二是海拔二百五十米以下，大多集中在中北部。南部的中央山地也不陡峭，中北部多平坦地帶，波浪狀的丘陵地整個地『質樸』而豐盈，適於農業和畜牧。法國剛好位於赤道和北極圈的中間，比日本緯度高得多，但是，由於大西洋中，墨西哥灣的暖流北上，氣候不熱也不冷。兩次去法國頭次是十二月下旬，第二次是一月下旬，都是『隆冬』的時期，卻不覺得怎麼冷，頭次沒看到雪，第二次才在幾個地方（北部）看到殘雪。年間平均氣溫九～十五度C，算是暖和，也沒有颱風。

南北文化景觀的差異

法國的南與北不祇自然景觀不同，文化的景觀也有差異。南北的劃分大約可以羅瓦路河做界線。這條河從南部的中央山地向北流，經過里昂西方後偏向西北然後向西流入西北部布魯大紐半島南邊的大西洋。隔著這條河流，大致分成南和北兩個法國。北部平野遼闊，南部多丘陵地帶。

日耳曼法支配北部，南部受羅馬法的影響。北部的識字率比南部高，社會關係基於近代的合理性，比較進取，資本主義發展得早。南部則農村社會的屬性濃而保守，傳統性強。北部的犯罪屬於金錢物質方面，南部則人身方面的犯罪較多。這種對比確實有不少資料，但也未必完全無疑問。

　　不管怎樣，法蘭西依然是一個單一不可分的國家。這種理念在法國大革命以後，不論政治立場左或右，法國的一體性，做為國民國家的統合性還是被堅持強調的。

Ⅲ、法蘭西的誕生

克魯特人

　　印歐民族在歐洲出現大約是西元前二千年左右，定居在多腦河或來因河沿岸的森林地帶。到了前第九世紀，被古希臘人和古

▲ 巴黎的「母親」之河，Seine(塞奴)河，加利亞人從這裡出發，發展成世界的花都

羅馬人稱呼爲『克魯持人』者經過數百年的遷徙，定居在包括來因河流域的加利亞全境以及伊伯利亞半島、不列顛島和意大利北部。克魯特人並非單一的種族。古代羅馬人所稱呼的『加利亞』的法蘭西全境也是克魯特人的足跡所在。

西元前一世紀時，羅馬的凱撒遠征加利亞，法國成爲羅馬的屬州。第四世紀後葉，日耳曼各族侵入羅馬帝國境內。西元476年，日耳曼的傭兵廢掉羅馬的幼帝，西羅馬帝國滅亡。

加羅・羅馬人、布魯東人和巴士克人

加羅・羅馬人是指加利亞地方的克魯特系的先住民族『加利亞人』，和紀元前一世紀末征服這個地方的羅馬人殖民者的混血所生的人。

布魯東人

法國西北部突入大西洋的布魯大紐半島，在第五世紀，盎格魯人，薩克遜人等大陸的日耳曼部族大量侵入不列顛島，結果大量的不列顛人難民逃到這個半島上，並定居下來。因此，隔著海峽相望的英格蘭西南的孔瓦爾半島地方和布魯大紐半島的人們，其實是同一族。不過，方便上分別叫他們爲『不列顛人』和『布魯東人』來區別。

巴士克人

法國西南部和西班牙的國境地帶是比列尼山脈。這裡的居民叫巴士克人，橫跨法西兩國，法國的巴士克人較少，但民族意識強烈。目前法國的語言除了公用語法語，還有布魯東語和巴士克語。

法蘭克人與法蘭西

法蘭西這個國名，是由來於日耳曼人的一個部族法蘭克人（Francus）。第五世紀，日耳曼人在德國、法國北部和比利時地方成立法蘭克王國。第六世紀初，差不多在法國的全領域樹立了霸權。王國在西元八四三年締訂維魯丹條約分離為三國，其中的西法蘭克王國，就是後來的法國。

IV、永世中立的國度瑞士

一九九二年十二月下旬，頭次去法國是從東京先飛倫敦再轉往羅馬及南部意大利旅遊。然後由羅馬飛往巴黎。在法國除了巴黎，另一個重點是參觀凡爾賽宮殿。這回，正月下旬再訪法國，是從東京先到德國旅遊，然後經由瑞士小遊之後，坐快車到巴黎。在法國先重點參觀世界文化遺產蒙聖米斜魯修道院，再逛遊巴黎市區。遊罷，搭海底列車『渡過』多巴海峽進入倫敦。

瑞士素描

瑞士的正式名稱是，「瑞士聯邦」(Swiss　Confederation)。面積約四萬一千三百平方公里（比台灣多五千三百平方公里），人口約八百萬人（台灣的三分之一）。

多民族、多語言的國家

瑞士的住民有德國系、法國系和意大利系。語言以德語最多約百分之七十四，法語百分之二十，意大利語約百分之五，均為公用語，列多‧羅馬語約百分之一。全國識字率達百分之百。國民的GNP，一九九０年代已達三萬三千美元。平均壽命，男七十四歲，女八十一歲。十九世紀的一八七四年就制定憲法，實施民主政治。

永世的中立國

歐洲大自然的巨人阿爾卑斯（Alps）山脈三～四千公尺的連峰蟠踞在瑞士的南邊，佔瑞士面積的百分之六十。德國的『母親之河』來因河的源流就在瑞士東南部，向北流經德國西部流入荷蘭西南部的北海。瑞士沒出海口，是個內陸國家。

永世中立國的由來，起源於一二九一年，烏利等三州結成同盟，成為瑞士聯邦的雛型。其後歷經各種抵抗，逐漸聯合近鄰各州，於一六四八年斯特伐利亞條約脫離哈巴斯保家的支配而獨立。拿破崙戰爭敗戰後維也納會議（一八一四～一五）時獲得被承認永世中立。目前聯邦有二十三個州。

台灣四百年來，一直被外來政權所統治，台灣人的願望是台灣成為『東方的瑞士』，永世獨立的中立國，瑞士人的智慧是值得借鏡的。

列支天休坦一瞥

　　從德國前往瑞士之前，在德國南部邊境的菲森搭車，才十分鐘就進入奧國，旋經由奧國到達列支天休坦公國（Principality Of Liechtenstein）。這個公國位於奧國和瑞士邊界，是個『芝蔴小國』。面積一百五十七平方公里，人口才三萬多人，幾乎都是德國人。公國的首都華都茲（人口約五千人），來因河（上游）在這裡是條小河。爲了趕路，在這裡停留不到一個小時。其實這個首都也不過是一個『芝蔴』小市鎮，一條主要街道，從街頭到街尾徒步二十分鐘夠了。這裡倒有郵票展示館，出售世界的各種紀念郵票。郵電事業和防衛、外交均由瑞士代行，事實上是瑞士的

▲ 巴黎西郊30公里處的凡爾賽宮建物金碧輝煌、庭園優雅幽美常是世界外交的
　大舞台

保護國。不過,也是聯合國的成員。經濟政策的特色之一是免除法人稅,誘致外國企業投資,增加國民就業機會。

因他拉根的自然風景

從德國前往法國的途中,經過瑞士時,在瑞士偏西部的中心點因他拉根過夜,停留了一天。離開列支天休坦後,車子在阿爾卑斯山麓疾走。沿路峻峭的山峰,頂著白雪,在下午的陽光照射下,閃閃發亮儼然雪山的聖山!雪山的山麓,時而出現碧藍的湖泊,時而經過綠草如茵的牧地、農園。大自然的美麗彩色,清新的空氣,令人陶醉,實際意識到身在瑞士,這就是瑞士!

因他拉根雖然祇是一個小市鎮,一、二條大街,東西兩端步行半個多小時的距離。火車有東西兩個車站,跟主要街道平行。

這裡是個『山城』,東西兩邊各有一個湖泊,南北部是山巒。阿而卑斯山的『少女』雲姑付牢由后峰(高三千四百五十四米)的登山鐵道,起站就是因他拉根東站。每到夏天,登山,滑雪、避暑觀光客熱鬧得『沖沖滾』。

📖 V、從瑞士到法國

法國的新幹線TGV

這回去巴黎是從瑞士的洛桑坐法國新幹線TGV,距離約五百

多公里,三個半小時。下午離開因他拉根到洛桑一百五十五公里,約二小時,已經五點多了。洛桑車站附近人群絡繹不絕,世運會址就在這裡。車站夠大的,辦理出入國手續雖然簡單,可就是人多,不免花時間。由於是日暮之後夜間的班車,時速約一百五十公里,車窗外的景色無法辨認,誠是美中不足。到了巴黎已經十點多了。旅舍在巴黎東北郊外,翌日一大早要前往參觀蒙・聖米斜魯修道院。

蒙・聖米斜魯修道院

參觀世界文化遺產『蒙・聖・米斜魯』(Mont -Saint -Michel)修道院是這回再訪法國的主要目的。法國人氣最旺的三大觀光名勝是巴黎的耶弗爾鐵塔,凡爾賽宮殿和蒙・聖米斜魯修道院。其中,蒙修道院及其海灣於一九七九年被聯合國教育科學文化機構(UNESCO)登錄成為法國最初的世界文化遺產。

修道院的由來

法國西北部有兩個半島,布魯大紐和科但丹,兩者之間形成一個弧形的大海灣叫聖馬魯(St.Malo)灣。灣的底部距海岸二公里多的地方有一個岩石的小島,從前叫做『蒙・東布』。島名的意思是『墓之山』,是先住民克魯特人的聖地。現在這個『鼻屎大』的孤島已經成為一座海上的修道院聚落。從巴黎朝西到諾曼蒂地方西南海邊這座修道院大約三百五十公里,車程四個半小時。今年(二〇一三)一月二十四日的早朝七點半,大地還在朦朧中,一行人就搭車出發,急著要早一刻能夠見識這座目前在日

本項有人氣的世界文化遺產。

西元七○八年，這個地方有個天主教的主教歐貝魯接受大天使米克魯（Michel：亦叫米斜魯）的神諭，要他在那座岩山建造禮拜堂，是為『蒙‧聖‧米斜魯』（即米克魯的山）的起源。按『蒙』是山，高地的意思。

其後，禮拜堂一再擴建增築，第十世紀以後開始建造修道院，供僧侶修業、居住生活，執行宗教業務以及提供客人用的房舍等。

修道院的發展

聖米斜魯是神國和塵世之間的仲介者（天使），想要拿到前往天國的門票就必須到他那裡去。他背負鷹盾，右手持劍，左手拿的是最後審判時測量人們靈魂重量的天秤。這種信仰在中世紀盛行，前來巡禮的人益多。

這座海中的岩山孤島，圍繞聖‧米斜魯的祭壇的禮拜堂和修道院，在岩壁內的村落熱鬧、繁榮起來。十三世紀中葉以後，法國的國王、貴族先後前來巡禮或滯留，國王菲利普四世還捐贈鉅款。這樣，蒙聖米斜魯的『香火』日盛，同時受到國內外的注目。

要塞化與牢獄

這裡是諾曼蒂地方，聖馬魯灣面臨英法海峽，諾曼蒂地

方曾經是英法王室爭奪的土地。在十四世紀發生了英法百年戰爭（一三三七～一四五三），這裡成爲法軍的要塞，儼若海上不沉的岩壁軍艦，防禦英軍的攻擊。英軍敗退後殘留的兩門砲台至今還留在島村的入口處。十六世紀發生三十年宗教戰爭（一六一八～一六四八）時，一再遭受新教（抗議教徒）軍的攻擊從未陷落過。這座固若金湯、銅牆鐵壁的要塞，更加深了人們對修道院的信仰。

十八世紀末，法國革命（一七八九）時期，修道院被闢爲監獄，成爲恐怖的『海上巴士底獄』，關了很多神父、牧師和革命派。修道院的重新『開業』是在一九六六年。長年海砂的堆積，目前『孤島』已跡近半島，又有堤道可通。

世界文化遺產

法國的大文豪雨果稱讚蒙聖米斜魯是『海上的金字塔』。又說它是『頂戴聖堂冠冕，佩帶鎧甲的要塞』。這裡不僅是有禮拜堂和修道院的宗教聖地，也形成聚落，有商店街、銀行、郵局、旅舍……提供對巡禮者觀光客的服務。

由於建築物用石塊堆砌而壯觀的修道院，曾經是軍事要塞等歷史價值。聖米斜魯天使的金色『銅像』聳立在地上一百五十米的屋頂尖塔的空中。他傲視英法海峽，俯瞰聖馬魯灣及諾曼蒂地方的田野。藍天、青海和綠野中的『蒙聖米斜魯』不祇是諾曼蒂地方的守護神，更是西歐歷史的見證人。一九七九年終於被世

界公認爲（法國第一號）世界文化遺產。每年前往巡禮觀光者有三百五十萬人。

VI、戰爭、聖女、凡爾賽宮

百年戰爭（一三三七～一四五三）

今年再訪法國，從瑞士西南端列曼湖北邊的洛桑搭乘法國新幹線TGV，向西北跑了五百公里到達巴黎。巴黎到諾曼蒂地方西部海邊的蒙聖米斜魯三百五十公里。最後由巴黎乘坐海底列車朝向西北五百公里到倫敦。

這個廣域空間，涵蓋以巴黎爲中心的法國北部，是歷史上英法之間發生的『百年戰爭』的戰場。戰爭末期，聖女貞德解放被英軍包圍的歐魯列安，是在巴黎南方一百二十公里。

百年戰爭並不是一百年持續不停的戰爭，而是斷斷續續拖了一百一十六年。其間，先是法國國王被俘虜（一三四六），接著發生大規模的疫病（黑死病），人口減少了三分之一。兩國言和訂了條約（一三六〇），而且後來英王理查 II 世還跟法王夏路魯的女兒伊莎白拉在法國北邊的卡列進行了政略結婚（一三九六）。稍後英國王室換朝代，不久雙方戰火再燃，一四二〇年締和約，法國北部的諸侯承認英王亨利五世對法國王位的繼承權。但是才二年後又再開戰，然後有聖女貞德解救法軍的戰役。戰爭末期法軍轉敗大勝（一四五〇），三年後的

一四五三年戰爭才完全終結。

英法的百年戰爭的戰場全在法國北部。戰爭的遠因是法國的諾曼蒂公征服英格蘭做英王（一〇六六）建立諾曼蒂王朝，埋下了英國和法國之間『膏膏纏』（糾纏不休）的王位紛爭。

近因是英王爲了要繼承法國王位，奪取法國北邊的領有權和影響力被法國所拒絕而引起的。戰爭可以說是英國

▲ 法國頭號世界文化遺產聖‧米斜魯修道院，每年訪客巡禮者350萬人以上

侵入法國，英軍的兵器長矛槍銳利，戰術遠勝於法軍，幾乎是英軍主導的戰局。惟蒙聖米斜魯要塞的功能和聖女貞德的出現也發揮了扭轉戰局的作用。

聖女貞德（一四一二～一四三一）

百年戰爭的末期，被神的『聲』（話語）所催促，來自鄉下

的一位少女，參加法國的軍隊，解放了被英軍包圍的歐魯列安。可是才二年後，這位十九歲的少女竟被宗教法廷裁判爲『異端者』而被處以火刑，她就是聖女貞德（江怒‧達魯姑）。

貞德的故鄉在法國東部洛林地方的小農村，叫同列米（巴黎東方二百五十公里）。貞德才十三歲時就聽到神的聲音，後來神諭要她去解放歐魯列安。

當時英王亨利五世取得法國北部諸侯們的同意繼承法國王位，佔領了巴黎以及法國的北部。但是，法國內部分裂，另一派南部的諸侯則擁立法國王太子相對抗。

一四二八年的秋天，英軍圍攻羅瓦河中游的要衝歐魯列安。法軍苦守半年後的翌年春天，貞德投身軍隊，號召要驅逐英軍，擁戴王太子加冕。她來到到歐魯列安，身穿銀色甲冑，手持繪有天使的旗幟，騎著白馬在隊列的先頭，軍民士氣大振。僅僅十天，法軍奪回要塞，解除了英軍的包圍，其實，貞德不曾揮劍作戰，可她被人們認爲是神的使者，鼓舞了士氣，扭轉了戰局。

於是原本困守在羅瓦河以南的王太子決心出征。貞德做先鋒的遠征軍開往東北通過敵地，王太子於七月十七日，趕在英國王之前在蘭斯（巴黎東北一百二十公里）教堂舉行法國王位所不可缺的加冕儀式。這樣，向天下宣明正統國王夏路魯七世的王位誕生。由於這個加冕儀式，廻避了法國變成英國王室支配下的英法

二元式的王國（英國王兼法國王）的危機，可以說是貞德對法蘭西王國盡力的功績。不過，當時法國還沒有近代民族國家意識，貴族諸侯分兩派，一派親英國。

貞德在巴黎北方轉戰一年多後，竟被親英派的「法軍」所逮捕。在英軍的據點魯安（巴黎西北一百二十公里），被親英派的教會法廷判決爲異端之徒，而處以火刑（一四三一年五月三十日）。

▲ 英法百年戰爭(1337-1453)末期出現的聖女貞德挽救了法國的命運，卻被教會火刑燒死，才19歲

然而，貞德并沒死，十九世紀以來醞釀的愛國心使貞德的人氣成長。一九二○年，天主教會承認對貞德的『聖女』的稱號。每年紀念五月八日歐魯列安解放的慶典時，歷代的總統都會參加，貞德一直活在法國的歷史上。

凡爾賽宮

法國的首都巴黎是一座世界性的華麗大都市，市內的建築物全是優雅的藝術品。巴黎的象徵無疑的是一八八九年萬國博覽會時建設的耶弗列鐵塔（三百三十二米高）。不過，近世以來法國宮廷社會的活動，政治和文化的中心，甚至西歐外交的舞台，則是凡爾賽宮。這裡除了王宮為中心的許多宮殿，還包括二百五十英畝的庭園，運河、水泉以及建築物。華麗的宮殿正面橫跨五百八十米，展開在前面的庭園就有三座；大臣的庭園、國王的庭園和大理石庭園。

　　凡爾賽宮在巴黎西南約三十公里，這裡原是谷地和池沼多的『森林和草木繁茂之地』，原先是十七已紀初國王路易十三世狩獵蓋的別墅，後來路易十四世加以擴建，『宮城』於一六九〇年完成。路易十四世把政治從巴黎移到這裡，到大革命發生（一七八九），百年間成為法國的政治中心。

　　路易十四世四歲即位，做了七十二年的國王，三十戲以後的一六七〇年代開始建設凡爾賽宮殿，加強王權的象徵，并『威壓』使諸侯貴族『就範』，促成絕對王政專制君主。在這裡歌舞昇平，慶典祝宴跨示繁榮。路易十五世和十六世繼續建設，四代的國王營造了舉世無匹的絢爛壯麗豪華的藝術殿堂。

　　大革命爆發三個月後（一七八九年十月），路易十六世被群眾帶回到巴黎後，宮殿遭到洗劫。一八三七年，最後的國王路易菲力普一世把這裡改為法國歷史美術館。

　　然而，其後仍有幾多重要的歷史在凡爾賽宮做決定。拿破崙三世的第二帝政時代（一八五二～七○），在這裡宴請英國維多利亞女王，也有很多外國的君主來訪。一八七○年，領導德國統一的普魯士跟法國的戰爭，德軍佔領這裡。翌（一八七一）年正月、普王威廉一世就在這宮殿即德國皇帝位，宣布德意志帝國的誕生。

　　一八七五年到現在，每逢憲法的修訂，法國議會都在凡爾賽宮殿開議。第一次世界大戰結束後的巴黎和會，就在宮殿的「鏡之廳」簽訂「凡爾賽和約」。而且，一九四四年，指揮諾曼蒂登陸的聯合國軍統帥艾森豪的司令部也設在這裡。

　　我第一次旅遊法國，首度探訪嚮往已久的凡爾賽宮（一九九二年尾）。這回來到巴黎，卻沒能再訪凡爾賽。當時，令人印象最深刻的，除了宮殿的豪華，庭園的優美，就是『驚嘆』那「鏡之廳」的絢爛華麗之極致。

13 撫慰台灣人原日本兵的傷痕

凄風苦雨台灣人的悲情之夢

13

附篇—撫慰台灣人原日本兵的傷痕

凄風苦雨台灣人的悲情之夢

5/12/2012

▲ 台灣人日本兵史尼勇戰役30年被發現（1974、12月尾）
在印尼，在日台灣同鄉會組成「迎接會」（中立背影
者王育德副會長）

📖 I、「高砂族」日本兵史尼勇的出現

菲律賓的民大那我(Mindanao)島的東南
方，印尼的東北方幾個島嶼中，有一個小島
叫做莫洛太(Morotai)島。第二次世界大戰的末
期，在這個小島上從事對盟軍作叢林遊擊戰的
日本軍隊，是由台灣的五百名高砂族(原住民)
做主力的遊擊隊。「高砂義勇隊」在第二次大
戰的南太洋戰場的英勇犧牲的精神，早已為世
人所熟知。

大戰在1945年8月15日上午，在日本昭和天皇的「玉音」廣播無條件投降時已經結束了。可是分散在南太平洋各 地的日本軍，有人竟不相信從日清、日俄戰爭以降無役不勝的日本「神國」會戰敗，甚至會投降，所以莫怪會不知戰爭早已結束，而仍然甘願苦守在叢林中頑強地抵抗下去。

　　在戰爭結束將近三十年的七十年代前半，「忽然」在關島出現了一位下級士官橫井庄一，稍後又在菲律賓出現了一位小野田寬郎少尉。這兩位不知今夕是何世的日本兵，一副「乞食羅漢」的形狀實在有夠可憐！橫井長年苦守的地方，在關島的一堆竹叢下約一丈深的地下洞窟，筆者去年(2011)五月偕同家族旅遊關島時，特地去「參觀」橫井的「舊居」(地下洞窟)，真不敢相信那是人的居所，據說他的幾位戰友，竟因生病無醫藥，或誤食毒物致死，橫井真是韌命還能活回來。

　　話說莫洛太島的日本兵，有一位台灣的原住民叫史尼勇的，在軍中的名字是中村輝夫。他於1974年尾聖誕節翌日，12月26日被人發現，於是在日本東京，拉開了長達17年的「台灣人原日本兵補償、索債運動」的序幕。

📖 Ⅱ、王育德的「挺身奉獻」

　　史尼勇(中村輝夫)被發現(當時55歲)的消息在電視報紙報導後，按理說，應該像不久前的橫井庄一和小野田寬郎兩人那樣被

以「英雄」般熱烈迎接回國(日本)才對。可是,因為日本政府獲悉他並不是「正港」的日本人,而是台灣人原住民,況且日本已經在舊金山和約以及日華(蔣)和約生效(1952年4月28日)放棄台灣,台灣人已經喪失日本國籍了。再加上日本於兩年前的1972年9月跟中國(北京)建交同時跟蔣政府(台灣)斷交,也許這些因素讓日本政府不敢(或不便)大張旗鼓迎接史尼勇,而要尊重他本人的意向,將他直接送回,台灣故鄉台東。這些顧慮和安排雖然令人不滿意,但是倒也不難理解。

問題是日本居然決定要將史尼勇從印尼的雅加達經由香港送回台灣的同時,只要支付68,000円的日幣給他。其中的38,000円

▲ 台灣人原日本兵在南太平洋戰傷者的一群,台灣人命運的寫照

是他30年間的薪水，另外30,000円算是「歸國」的津貼。30年的薪水38,000円等於是每個月只有105円。1974年尾當時，一般初任不久的薪水每月至少有5萬円以上。日本政府竟然不採用物價生活指數的比例增加計算薪資，就這一點實在惡質又冷酷！

　　比起日本政府付給橫井庄一和小野田寬郎兩人分別為一千萬円和二千萬円的「慰問金」，還有未支付的薪水以及「養老金」。這樣兩相比起來，過去同樣是「帝國」的軍人，同樣為天皇賣命，而今竟因「出身地」不同竟有如此天差地別的懸殊待遇，做台灣人就是不值錢，再想像幾千幾萬的台灣人在二次大戰的犧牲與奉獻，結果會有甚麼際遇不禁令人不平而心寒！

　　於是，在從事台灣獨立運動的王育德博士，對於日本政府對待台灣人(原日本兵)的苛薄作法滿腹憤慨，無法容認。王育德和他的同志們認為台灣人原日本兵戰死、傷病者等的補償問題被日本政府放置三十年不聞不問太豈有此理。這個問題不也是台灣人的現實問題嗎？解決這個問題也是替台灣人解決問題。雖然，論理和想法非常正確，也有人認為獨立運動的工作已夠吃力恐難兼務。不過，他們還是毅然決起採取行動。

　　這年的除夕，王育德以在日台灣同鄉會副會長的身份，舉行記者招待會。對於日本政府所採取的非人道措拖發表抗議聲明嚴厲譴責；「不給予任何精神的與肉體的休養。只支給微少的薪水，就要把人送回台灣，那是他不在時曾經是敵國中華民國所統

治之下，太太已經和別人再婚的台灣」真是情何以堪？王育德在會場表示茲後隨即要邁向台灣人原日本士兵的補償問題的全面解決發起運動全力投入。這個消息在除夕之夜，被電視的新聞報導傳播出來。

Ⅲ、「迎接會」的夭折

記者會的第二天，亦就是1975年的元旦，朝日新聞的朝刊(日本的大報紙有一天發行2次；朝刊和夕刊)將記者會和王育德投書大大地報導出來。又隔天初二，行動派的王育德很快地「串聯」了他的眾多友人和熟人(包括從台灣返回日本的日本人組成的「台灣協會」，戰前台北帝國大學(今台大)的預備軍「台北高等學校」的校友)做中心，組成了「用溫情迎接中村輝夫之會」。由王育德推舉他的胞兄王育霖的台北高校同班同學－有馬元治－前眾議院議員(有馬於翌1976年12月再當選眾議員)做會長。

「迎接會」成立之後，王育德作中心，台獨聯盟的盟員和家族、同鄉會的會員都動員起來，聚集在聯盟的事務所製作手舉式的看板、宣傳單、署(簽)名板等。然後，大家分頭到銀座的數寄屋橋、新宿的伊勢丹百貨公司前以及澀谷驛前的「八公」忠犬廣場進行街頭宣傳招呼簽署，這些行動N.H.K都有報導。

元月四日，王育德和林啓旭(聯盟盟員)前往首相官邸，提出「用溫情迎接中村輝夫之會」、「在日台灣同鄉會」等七個團體

的「請願書」。一方面，台灣的報紙也引發了批判日本政府的輿論沸沸揚揚，而日本的報紙也連日有所報導。

在這樣新聞報導的風壓之下，日本政府終於抵抗不了抗議、罵聲與請願，將中村陸軍一等兵晉昇為兵長。同時、政府與閣員集贈350萬円慰問金，而「迎接會」也集捐了100萬円，共有450萬円。

這時「迎接會」的會長有馬元治適是「落選中的前眾議院議員」，對這項任務居然滿懷熱情，產生意想不到的使命感。他欣然接受了這項會長的「差事」。元月6日，有馬懷著興奮的心情趕到香港，在那裡待機，等著翌(7)日迎接要在雅加達搭乘中華航空806班機到達香港的中村輝夫，然後陪同他一塊去台灣

元月7日中午近前，李光輝(中村輝夫又改名了)搭乘的班機在香港轉機時，有馬上了飛機，跟坐在頭等艙的李光輝見面握手，並把450萬円慰問金親手交給他。由於日台沒國交的關係，從雅加達陪同李光輝搭機的日本厚生省的局長不便同行到台灣，所以這項護送李光輝回台灣的任務就由有馬代替了。李光輝在台北機場竟也跟離了婚的妻兒抱擁，場面感人也有幾分難言的滋味。有馬原本想陪同李光輝回台東故鄉，卻被台灣政府所阻止而作罷。原來當時台灣政府的對日感情相當嚴峻。日台斷交(1972年9月29日)後才一年四個月，李光輝返鄉後約四年即因癌症而過世。有馬會長送走中村輝夫兵長後，「迎接會」也就隨之解散了！

Ⅳ、「台灣人原日本士兵補償問題思考會」成立

第二次世界大戰結束後，經過長達30年之久，日本政府對於舊帝國殖民地台灣人原日本士兵(軍人及軍屬〈軍伕在軍中打伕以外的人員〉)的「戰後處理」；包括戰死者，戰傷、病死者的遺族，戰傷殘障者以及平安復員的士兵20幾萬人，除了極少數被派譴在國內服役以外，完全沒處理。這個問題的最大責任者，固然是日本政府，但是台灣的蔣介石政府也難辭其咎。

原來1952年簽訂的日華(蔣)和約第3條有規定；台澎的當局及住民的對日請求權，列爲兩國政府間「特別協議決定」的主題。一方面日本民間留置在台灣的資產(特別是不動產)的清償問題也須處理解決。日本政府對於和約中的這個「特別協定」事項(主題)先後曾於1960年11月、1962年12月和1965年7月三次向台灣政府提出書面的照會建議進行協議。台灣政府對此未有任何積極的回應，就這樣拖下來。到了1972年9月日中(共)建交，日華(蔣)和約被宣告失效，日台斷了交，增加了問題解決的困難度。

台灣政府之所以對日華和約中的「特別協定」主題事項無意願，主要有兩個要素；一是台灣人日本兵是過去交戰的敵國兵，無可能替他們處理請求權。另一個要因是日本民間留置在台灣的資產幾乎都被國民黨或公或私所佔有，如果「特別協定」事項被搬出來，難保國民黨必須將侵佔的(民間)日產吐出來，豈不"得不償失"！

▲ 台灣人日本兵死傷索賠補償「思考會」人員街宣簽署活動（右起王育德博士，黃昭堂夫人）

　　當然，解決台灣人日本兵的戰後問題的主導權還是操之在日本政府的手中，他們不動腦筋想辦法解決，無論如何該被撻伐、譴責是無血無目屎、無情無義！

　　日本帝國殖民統治下的台灣，於1941年(終戰前4年)制訂了志願兵制度，三年後的1944年開始實施徵兵制。直到終戰，有軍人8萬人、軍伕13萬人，計21萬人被徵調去華南和南太平洋各地的戰場，對日本帝國所發動的「大東亞」、「太平洋」戰爭協力，奉獻青春，甚至犧牲生命。日本厚生省的調查戰死者3萬千餘人（一說約近10萬人），他們的遺族以及戰傷的殘障者本人，戰後長

期陷入生活的困境，從未得到日本政府的任何關懷。對比起日本人士兵得到的優厚補償，甚至韓國人原日兵的問題也都在1965年的「日韓基本條約」生效後獲得解決。日本政府對台灣人原日本兵的不公不義，真叫人無法忍受！

1975年，在史尼勇(李光輝)返回台東不久的2月28日，由於王育德的奔走招呼友人和熟人，沒幾天有14位日本的著名的大學教授(8名)和文化人聯名參加擔任發起的負責人，組成了「台灣人原日本士兵補償問題思考會」，會址設在東京澀谷車站不遠的玉山學舍(郭榮桔博士的事務所)。會的代表者是明治大學著名的國際法學者宮崎繁樹教授(後來曾任明治大學的總長〈多學院的綜合大學校長〉)，事務局則由王育德教授負責，於是展開了台灣人原日本士兵向日本政府要求補償(慰問金、養老金等)以及索債(積欠未付的薪俸，軍郵存款)的運動。

「思考會」的活動主要是每個月第一個禮拜天進行街頭啓蒙宣傳活動，在銀座、新宿和澀谷等鬧區人出入多的地點招呼簽署活動。這樣的活動參加人員幾乎都是獨立聯盟的盟員及其家屬。他們每回活動2個小時，聲嘶喉乾地喊叫，反應意外地冷漠。後來，經由媒體的報導回應簽署才漸有起色。

📖 V、從街宣、請願而提告日本政府

「思考會」是台灣入日本士兵戰後處理問題推進運動的「發

動機」。這個會的操盤手、事務局長正是王育德博士。會的14位發起人(負責人)中8位是大學教授,文化人6位中有電影導演、作家、前每日新聞社台北支局長、律師以及有馬元治前眾議員等人都是王博士的緣故者,而他本身只做事並不出名(賣名)。

會才成立的第3天,(1975)3月2日,思考會的成員就開始出動上街頭。第2天,朝日、讀賣等各大報,尤其是朝日大篇幅報導。Japan Times(日本時事英文報)更在3月1日頭版報出,標題是;"Group Urges Fair Treatment For Taiwanese Soldiers, (集團推動公平對待台灣士兵),報導有關2月28日「思考會」在東京神田學士會館的訴求情形。

除了街頭宣傳招呼簽署名活動之外,思考會的代表宮崎教授等人隨即於3月4日前往首相官邸、厚生省及外務省提出請願書。

為了配合日本人為主所組織的思考會,在日本的台灣人於3月15日(思考會成立半個月後)組成了『台灣出身原日本士兵的軍事郵政存款及遺族年金要求委員會』。會長郭榮桔(在日台灣同鄉會會長),代表幹事林景明(當過日本兵),會址同思考會都在玉山學舍(同鄉會所在),實際會務活動配合思考會,所以兩會的"幕後"靈魂人物仍是王育德博士。會的事務、連繫、活動的安排、準備以及會報的執筆、編輯、發行以至於募款和會計全部由他一個人承攬"包辦"。除了出力還要捐款出錢,而且一切的業務都借用王育德的住宅當事務所進行。所以才幾個月,因為王育德在

領導台灣獨立運動，頗爲國府蔣政權所「忌克」，竟向有馬元治威壓說『補償問題因爲王育德介入，台灣政府沒法協助，希望有馬先生不要插手』云云。實質上，這兩個會(思考會和要求委員會)的實務工作的推動者都是王育德和台灣獨立聯盟的成員。祇是爲了避免無謂的政治干擾，他們都只做事不出名。因而，王博士和台獨聯盟的人對這個補償索債問題的奉獻盡力鮮爲台灣人所知道。

思考會和要求委員會兩者的訴求內容稍有不同。前者主要的是戰死者、戰傷病歿者遺族的弔慰金，戰傷殘障者的慰問金以及死傷者的未付薪俸和養老(年)金。而後者除了遺族的年金，也要求返還軍事郵政存款。這種存款是從薪水中事先被強制扣繳的存款。日本政府一直到今天(2012年)，對於台灣人原日本兵的軍郵存款和積欠的薪水，戰後分文未償還。還些個人的當然的權利，竟因事務處理上的困難而一直被無視至今。

思考會成立一個月後，中村輝夫的上司，「莫洛太戰友會」會長川島威伸也參加了思考會。其後「特設水上勤務中隊」(日本人上司60名和台灣人軍伕660名組成擔任在華南的任務)的兒玉立志隊長和千葉泰介等人以及「台步二戰友會」(台灣的日本人主體編成的大型軍事組職)都來參加活動而熱絡起來。

思考會的運動除了街宣、招呼簽署，分別向首相及厚生、外務兩省提請願書(3月4日)，并於3月28日聯合要求委員會，由永末

英-(民社黨)眾議員的仲介向"參眾"兩院議長提出陳情書(3月28日)。這樣的活動已經過一年半了,對於問題的解決并沒有具體的成果。街頭簽署舉辦了好幾次,到11月(1975)尾也不過三千人的回應。兩會的代表宮崎教授和郭榮桔博士等人提出請願書、陳情書,甚至拜訪議員陳情,雖然受到"同情"肯定,官方的反應都是因為礙於「依法無據」而愛莫能助!

VI、藉由訴訟促進從新立法

台灣人原日本士兵的補償問題,的確存在著不少的複雜而艱難的問題。主要的問題出在被補償的對象20餘萬人已經不是日本國民,而且台灣和日本處在沒外交關係的狀態。再加上,他們曾經跟蔣介石政府是敵對的關係,而目前中共又虎視耽耽地對日本主張台灣是「中國的領土」。這些複雜的問題大別如下。

1.法律的障礙:遺族的撫恤金法,殘障者的養老年金的法律裡都有國籍條款,規定具有日本國籍的人才有領受的資格。

2.外交上的障礙;補償的對象有20餘萬人之多,補償的義務(債務者)是日本國的政府。補償的交涉勢必透過政府間的外交管道。然而、日台之間既無國交,而中國又擋在前面,日本政府要跟台灣進行「外交交涉」可就綁腳綁手了。

3.戰後補償的障礙:二次大戰中蒙受日本戰禍最大的中國,

13

▲ 東京高院判決原告敗訴日於首相官邸門口，左起宮崎代表、秋本律師團長；右起有馬會長、王育德事務局長

戰後國共雙方跟日本締訂和約都放棄賠償。對個人的補償，日本政府的態度非常硬直，一味「一切依法」毫不融通，要求補償的裁判，原告從沒勝訴的例。

上述三大障礙之外，台灣的日本兵受害者有20餘萬人，"個別"要跟日本政府交涉談何容易。如要組織團體集體"對付"日本政府或要求台灣政府協助，則又礙於戒嚴令之下禁止集會結社而無法動彈！

基於這些背景的分析，以及一年半來運動的方略的檢討，日本政府的態度既然這麼冷漠，不得不「改弦更張」另謀方策。亦就是『以敵之矛攻敵之盾』，設法促進「政府立法」或「議員立法」。

　　所謂「政府立法」是憲法第72條規定：「內閣總理大臣代表內閣向國會提出議案」。而「議員立法」者指依國會法第56條規定：「有牽涉到預算的法律案，其提議在眾議院須有50人以上，在參議院須有20人以上的贊成」。

　　補償問題的本質屬於政治問題，而日本政府卻主張用法律解決。思考會和要求會被逼訴求法律解決，乃採取提告日本政府，看司法機關如何裁定。然則這種補償問題的訴訟，原告有輸無贏，因為法律就那麼規定。然而，兩會為甚麼料想訴訟不可樂觀，卻偏非要提告？既花錢又廢時曠日，原告當事人都已屆花甲的老人了。

　　然而，訴訟卻也有顯著利點；被電視、報紙等大眾傳媒提出來報導，進而喚起輿論的關切。一方面可以把政府拉到法庭來，取得具體的諾言。如果提告能夠勝訴，那當然是最好不過的了。萬一輸了，或是能夠透過法庭的鬥爭，促成新的立法取得解決的依據。由是，1976年的夏天，思考會和要求會共同集會，決定要提告日本政府的方針，積極進行各項提告的準備作業。

▲ 索賠的法廷鬥爭罔效，訴諸議員立法救濟。結果奏效（右端背影者有馬元治眾議員）

📖 Ⅶ、自由人權協會律師團的奉獻

　　法庭鬥爭的訴訟屬於法律的專業必須由律師承辦。思考會和要求會決定要提告的方針之後，首先要選任律師。兩會所屬意是「自由人權協會」的律師們。

　　「自由人權協會」是於1947年成立的社團法人(會址在東京港區芝愛宕町)，會員主要是律師和知識人。會章第4條記明；「本會以擁護基本人權爲目的」。思考會的代表宮崎(明治大)教授是會員：人權會的和田英夫代表理事也是明治大的教授，由於

這個關係，兩會乃要求人權會支援。

　　1976年8月13日，兩會召開記者會，宣布要提告日本政府。席上，和田教授表明，自由人權協會決定作為它的事業的一環，將積極協助補償要求運動。這項消息在第2天(終戰紀念日的前夕)的朝日、每日和產經各大報報導出來，尤其是朝日新聞大篇幅詳細報導，對於日本政府以喪失日本國籍為理由而不支付台灣人日本士兵應得的補償金，連積欠的薪水和軍郵存款都不償還，指責事屬侵害人權，更違反人道。

　　為了提告日本政府，自由人權協會隨即組成8名青壯年強有力的律師團(團長秋本英男之外、羽柴駿、鈴木五十三、山田伸男、庭山正一郎、錦織淳、遠藤直哉和柳川昭二)。他們完全做義工。從準備作業後正式提告(1977年8月13日)到1992年4月28日最高法院判決下來為止，長達15年之久。他們的奉獻超越了律師的領域，成為「思考會」的成員積極活動。

　　訴訟的原告並不是思考會或要求委員會，而是台灣人原日本士兵或其家族(遺族)。提告者的選定，他們的身分證明、在軍中的相關文件，訴訟的委任狀等作業，由於提告當事人都在沒邦交的外國台灣，各種難題不難想像，但必須克服。

　　在正式提告的三個多月前，自由人權協會的秋本英男律師偕同羽柴駿、鈴木五三十組成律師團飛往台灣。在現地跟相關的當

事人直接面談、調查、檢查證明和文件以及取得委任狀。結果，接受了戰傷者8名(其中6名去年秋天已取得)和戰死者遺族4名(另一名在日本)。另外也跟軍郵存款的關係人交換了意見。律師們在百忙中，利用黃金週假期，抽出時間在台北限於工作只停留3晚4天(交通時間就佔去將近2天)。

為了這次的實情調查有效率，萬無一失地進行，在律師團出發的一禮拜前，(特設水上勤務111中隊)的幹部千葉泰介即早一步先趕去台灣跟戰友接觸安排妥善了。他在苗栗造橋見到戰傷者鄧盛(左眼失明、右臂前膊切斷)，並前往沙鹿、南投縣各地以及基隆跟戰友重會，了解他們困苦的生活狀況。

1977年8月13日，正是終戰紀念日的前夕，台灣人原日本兵戰死傷要求補償由秋本英男律師向東京地方法院正式提出告訴的訴狀。原告包括戰傷者鄧盛等9名、戰死者(家屬)5名計14名。提告要求的主旨是「被告(日本政府)應對原告等各支付500萬円，⋯⋯要求公告此一判決以及臨時執行。」。

訴訟提起的三個月後11月28日，東京地方法院第一次開庭公審辯論。其後經過18次的公審，從台灣請來3名原告(鄧盛、全永福和遺族辜許玉娥)出庭證言。被害事實明確，補償的要求至為當然合情又合理沒"違法"，可是審理案件卻耗費了4年半的時間，於1982年2月26日才做出判決。

判決的結果是駁回原告的所有請求。判決的要旨三項中，第一項複述原告戰死傷的經過事實。第二項對原告要求的補償損失，認為戰死傷是屬於戰爭的損害，宜由國家的立法政策去處理，不得自行請求。第三項對原告主張憲法請求權的平等原則，認為沒溯及效力(現行憲法是戰後制定的)，而且補償金來自日本人民納的稅金，只限於付給日本人，台灣人已經無日本國籍沒納稅金，所以不能領受補償金。

　　對於這個判決，宮崎代表在市民集會席上發表談話，表示很遺憾，特別對於上述第三項深表不滿。秋本律師則是非常憤慨，譴責法院的論理在國際上行不通。辯護團絕對無法容認。他還說，人都有良心，法官也是人，怎麼會想出對台灣人分文不必付的論理？

📖 Ⅷ、上訴與國會議員立法的醞釀

　　補償運動從史尼勇出現後，從事街宣和陳情是第一階段，提告訴訟是第二階段，而國會議員的特別立法 "運動" 可以說是第三階段。

　　東京地方法院的一審判決敗訴後，雖然大家都很失望也很氣憤，是否要提出上訴，而專從國會議員的特別立法去努力。惟思考會的代表宮崎教授認為上訴不會妨害到立法，如果擔心有妨害可隨時撤回上訴。辯護團的見解和人權協會的聲明咸主張要繼續

上訴。不過今後運動的重點將偏向對國會的工作。

敗訴的判決後，竟也有讓失望的當事人驚喜的現象。蓋從判決那天(2.26)到原告代表鄧盛回台灣(3.11)的半個月間，媒體對補償問題的好意而大肆的報導。報紙、電視和廣播電台紛紛對法律的過度無情感到悲憤，齊聲論證國家必須基於人道的立場，早一日建構補償措施。這個現象，簡直是長久以來媒體所累積的能量，趁在鄧盛等人來日出庭和判決的此時大爆發的氣勢。而社會上的輿論也做出呼應而沸騰起來。一般日本人對台灣人懷有好感，跟台灣有緣故的日本人也為數不少，現在透過媒體知道了問題的所在，有媒體做後盾，自然產生同情而投書報紙，對鄧盛等人直接表達慰問和鼓勵。

訴訟是不得已的 "激烈" 的手段。在敗訴之後，思考會隨即召開2次幹事會，宮崎代表、律師團，原告代表鄧盛、事務局長(王育德)等人之外，也加入媒體的意見，做出此後運動的方針‧訴訟委任律師團，對政府和國會的工作光靠思考會的力量不夠，仍須媒體的支援和國民的協力形成聲勢施加壓力。

新的特別立法途徑政府立法看來無可能，那就只有促進議員立法。這方面在提告之前，早就有所胎動了。

先是思考會和要求委員會成立後，前眾議員有馬元治隨即加入思考會當負責幹事。稍後兩會的共同記者會時，民社黨的現職

眾議員永末英一也趕來參加並發言說,他本身在30年前,曾經在各地和台灣出身的人一同從事過戰鬥的經驗。民社黨對這個補償問題很關切,跟政府質詢過。批判政府之餘,表示願意跟大家一塊爲貫徹所期的目的奮鬥。永末議員果然積極行動,記者會後即斡旋會的代表直接交陳情書給參眾兩院議長。

翌(1976)年11月,思考會利用12月初眾議員選舉的機會,對439名改選前的議員發出意向調查函,結果有122名(25.5%)回應。他們全都表示當然要對台灣人原日本兵補償。另外對於必要的立

▲ 歷時17年的台灣人日本兵戰死傷補償索賠運動於國會立法成立後落幕,「思考會」解散,前排左起黃昭堂、有馬、宮崎、庭山(律師團長)、王育德夫人、有馬右後立者王育德千金

法措施是否願意協助？大多數表示有意願，惟社會黨和共產黨則少數有條件的意見。

　　為了推動議員立法，思考會跟該會負責幹事之一的有馬元治眾議員商量企劃，經過半年的準備與折衝，於(1977)6月2日在眾議院會館召開了議員懇談會。與會議員有6名；自民黨有馬元治、志賀節，社會黨橫山利秋、山本政弘、民社黨永末英一，共產黨東中光雄(公明黨沒人參加)。另外派祕書者4名，思考會宮崎代表等，辯護團秋本律師，要求會郭榮桔會長等數名，厚生省也派事務官傍聽。會中，永末的發言最積極，有馬則多加回應。而共識的趨向則是由跨黨派的議員立法儘快解決補償問題。六天後，有馬議員召集了第2次議員懇談會(兩會的人員沒被邀請)，外務、厚生、郵政和總理府派官員出席，聽取政府過去對應的方法了解問題所在。

📖 IX、「特別救濟法綱要」與議員懇談會的壯大

(一)「台灣人原日本士兵特別救濟法綱要」

　　訴訟在東京地方法院拖延進行期間，律師團認為結果未必樂觀，既然補償問題礙於國籍條款，無可援用以解決補償問題的法律，那麼就該促成特別救濟的法律(立法)。因此，辯護團的律師作中心起草了「台灣人原日本士兵特別救濟法綱要」，經由人權協會和思考會的承認而定案，於1980年4月公諸社會。思考會的

運動並有莫洛太戰友會等許多團體的贊同。

「綱要」的目的是基於國家補償的精神救濟台灣人原日本軍人軍屬因公戰死、戰病傷歿者家屬及戰傷殘障者。救濟的種類分三項；(1)殘疾年金以及殘疾臨時補助款的支給。(2)殘疾特別臨時補助款和(3)遺族特別臨時補助款的支給，支給金額戰死傷殘疾者每人500萬円為準。總之，補償問題反正早晚必須從新特別立法才能解決，這是政治以前的人道和國家信義的問題。

(二)跨黨派議員懇談會的壯大

一方面，國會議員對補償問題既關切而積極地行動起來，1977年6月初，召開的第一次跨黨派議員懇談會，參加者祇有6名(另外有祕書代理出席4名)。經過約3年半後，1980年10月尾召開的第3次懇談會，出席議員10名，祕書4名。政府相關各省(部)廳派出多數官員，思考會和要求會也多數列席。

這次的會議聲勢壯大，成果也多。有馬議員推舉稻村左近四郎為會長，另外五個黨(共產黨除外) 各選任1人為副會長，另外邀請3名大臣經驗者為顧問，而有馬則擔任事務局長。後來稻村辭任，由有馬當會長。

會議中就補償問題多所質問和議論，並具體地整理成一份「台灣人原日本兵補償請願書」提出給鈴木善幸首相。書內強調

日本政府和日本人的信義與道德有了問題。除了提到思考會和人權會擬訂的「特別救濟綱要」，對戰死傷者特別臨時補助款的提案之外，更臚列了軍事郵儲金(6萬帳戶、1億6200萬円，未付薪資(47,169件，6,558萬円)和骨灰葬祭費(14,093件，1,634萬円)的問題。書尾更說，這些情況越知道越令人心痛，切望政府在當事人還活著儘快做出補償的具體措施。

半個月後，又召集了十幾位議員舉行第4次懇談會。這次為了鞏固組織，通過會章，並將會的名稱定為『台灣人原日本兵的問題等懇談會』。會的宗旨為；台灣人原日本軍人軍屬的未支付薪資，戰死傷者問題，軍事郵儲的支付及台灣人原文官的養老金問題的調查與建立解決的辦法。

這個時候懇談會的參加議員，名簿上已有33名，勢態日益壯大，事實上已形同跨黨派的議員聯盟。

X、高等法院的判決

訴訟一審判決後，有馬元治當鄧盛的面約定懇談會的方針要在本期國會促成議員立法。四個月後(1982年6月)眾議院法制局擬訂了「有關台灣人戰傷病者戰歿者慰問金法案綱要」。懇談會決定提出，卻一再被政府要求延期，以致其後一年半多，陷入休眠狀態。

一方面東京高等法院第二審經過3年5個月後於1985年8月26日做出判決，上訴被駁回。大家在失望和悲憤之餘，卻注意判決文中有異例的『附言』部分，而產生一線希望。它說：『控訴人比起同樣境遇的日本人顯然很吃虧，且戰死傷已經過40年以上的歲月，克服可預料的外交上、財政上、法的技術上的困難，早日排除這種不公平的吃虧，盡力於提高國際信用，乃是對參與國政者的期待，特此附言』。

吉江清景(高院庭長，王育德台北高校的同班)這項"奇襲"式附言引起社會的重大關注，不啻給原告打了強心劑，也成為懇談會促進立法的大動力。

律師團隨即向最高法院提出上訴。沒幾天後(9月9日)補償索償運動的操盤手王育德博士不幸因心臟病逝世(享年61歲)。十一年多來，他在教學、研究，從事台灣獨立建國運動同時全力投入補償運動(業務幾乎都在他的私宅，連家人也加入)，可以說是『油盡燈滅』。

思考會的會報發行了22期，其中1-17期出自王育德的手，其後事務局長由秋本律師團長接任。不料才一年，英年43歲的秋本律師也因過勞，急性心不全而逝世。

在向最高法院上訴到判決駁回(1985-1992)期間，運動的重點在議員立法。按說社會輿論、媒體、司法的認知都已經成熟，議

員也在行動，政府也有意配合。然而法律的制定竟要耗費2年多時間，最大原因是中國(北京)的干預，亦即對中交涉問題。

為了清理來自中國與國府的障礙，懇談會的有馬會長前後走訪東京中國大使館和亞東協會以及飛往台灣，同時推動國會立法，他自況(一人三角色)，疲於奔命。

XI、有馬元治會長的折衝奮鬥

台灣政府對補償問題原本興趣缺缺，可是到了補償有望，「錢」途可靠的階段，就想要來分一杯羹，對有馬會長指三道四，說本件跟中國無關，亞東才是"窗口"。一方面，中共就是硬要求台灣是中國的一部分，要用「中國台灣」才行。對此，有馬會長用舊金山和約及日中國交共同聲明加以反駁。中共的第二項要求是反對「兩個中國」或「一中一台」問題，對此根本不必要提到。第三項問題是國際紅十字會原則上「一國一會」，在台灣的「中華民國紅十字會」名稱要如何處理？這是事關撫恤金實施支給問題，有馬會長一直強調人道的立場，而且補償金的性質改變為救濟金了。撫恤金法第1條也揭示人道的精神。結果決定採用英文名稱(不宣布)為；法律上寫成「國際紅十會條約受理人道問題的機關」，英文名稱為「Red Cross Society of Chinese Taipei」(中華台北紅十字會)。

在有馬會長的奮鬥之下，外界(國共)的干預障礙清理之後，

撫恤金法案於1987年9月10日和18日，先後在眾、參兩議院大會全體「一致」通過成立。翌年4月又通過「特定撫恤金實施法案」。據此決定支給撫恤金給戰死傷者每人一律200萬円，9月台灣紅十字會開始接受申請支付。

📖 ＸⅡ、後記

最高法院似乎在等待國會立法的成立，落實施行有一段落，才做出「形式」上最後判決駁回上訴，終結長達15年之久(1977-1992)的訴訟。法庭的鬥爭雖然敗訴，運動的目的，藉由國會立法達到了。長達17年的努力奉獻獲得了告慰。得到補償金的人多達2萬9,872人(1994年末時)。金額將近600億円。至是思考會功成身退，在判決定讞三個月後解散。

做為戰後處理問題之一環的台灣人戰死傷者的補償問題，日台雙方政府長期不關心，也無作為，讓當事人長年窮苦潦倒。為了撫慰被害者的傷痕，王育德博士率先挺身出來奉獻，宮崎繁樹教授呼應參預運動，秋本英男律師及自由人權協會，台獨聯盟的成員以及台灣同鄉會郭榮桔會長的協力又捐款，最後是有馬元治(在台灣出生長大)議員來折衝實現特別立法而大功告成。這些幕前幕後出錢出力的人無私的付出，在台灣的歷史上留下了美麗的一頁，你我都不會忘記吧！

尋夢記 浮生尋夢紀行2

著　　　者　許極燉
責任編輯
美術編輯
出 版 者　前衛出版社
　　　　　　10468台北市中山區農安街153號4樓之3
　　　　　　Tel: 02-2586-5708　Fax: 02-2586-3758
　　　　　　郵撥帳號：05625551
　　　　　　E-mail: a4791@ms15.hinet.net
　　　　　　http://www.avanguard.com.tw
出版總監　林文欽
法律顧問　南國春秋法律事務所林峰正律師
出版日期　2014年2月初版一刷
總 經 銷　紅螞蟻圖書有限公司
　　　　　　台北市內湖舊宗路二段121巷28.32號4樓
　　　　　　Tel: 02-2795-3656　Fax: 02-2795-4100
定　　　價　新台幣300元
©Avanguard Publishing House 2014
Printed in Taiwan ISBN 978-957-801-737-5

＊「前衛本土網」http://www.avanguard.com.tw
＊加入前衛出版社臉書facebook粉絲團，搜尋關鍵字「前衛出版社」，按下「讚」即完成。
＊一起到「前衛出版社部落格」http://avanguardbook.pixnet.net/blog互通有無，掌握前衛最新消息。
　更多書籍、活動資訊請上網輸入關鍵字「前衛出版」或「草根出版」。

印刷廠 / 德昌印刷廠股份有限公司
電　　話 / 07-3831238　傳真 / 07-3834640
ｍａｉｌ / dechang.print@msa.hinet.net